坚守，播种梦想

无边有际 清水五谷 主编

中国言实出版社

图书在版编目（ＣＩＰ）数据

坚守，播种梦想 / 刘际，刘春主编 . -- 北京 ：中
国言实出版社， 2018.10
ISBN 978-7-5171-2941-7

Ⅰ．①坚… Ⅱ．①刘… ②刘… Ⅲ．①散文集－中国
－当代 Ⅳ．① I267

中国版本图书馆 CIP 数据核字（2018）第 238195 号

责任编辑：张　丽

出版发行　中国言实出版社
　　　　　地　　址：北京市朝阳区北苑路 180 号加利大厦 5 号楼 105 室
　　　　　邮　　编：100101
　　　　　编辑部：北京市西城区百万庄大街甲 16 号五层
　　　　　邮　　编：100037
　　　　　电　　话：64924853（总编室）64924716（发行部）
　　　　　网　　址：www.zgyscbs.cn
　　　　　E-mail：zgyscbs@263.net
经　　销　新华书店
印　　刷　虎彩印艺股份有限公司
版　　次　2018 年 10 月第 1 版　　2018 年 10 月第 1 次印刷
规　　格　700 毫米 ×1000 毫米　1/16　16.25 印张
字　　数　280 千字
定　　价　46.00 元　　ISBN 978-7-5171-2941-7

梦想的呼唤

清水五谷

随风潜入夜，润物细无声。

当我们在编辑大学生诗歌散文集《绽放的青春梦》时，就想到要编辑一本乡村教师散文集。那些大学生，多数来自贫困家庭，来自偏远乡村，他们怀揣着梦想，走出山区，走出贫困的家庭，奔向大学，奔向前程，奔向梦想。让他们起步飞翔的，是乡村教师；让他们怀揣梦想的，也是乡村教师。现在依然如故，农村的孩子要改变命运，离不开乡村教师；贫困的家庭要斩断贫困代际传递，也离不开乡村教师；如今要振兴乡村，更离不开乡村教师。

2015 年下半年，重庆市扶贫开发协会和江苏省丹阳市李氏教育奖励促进会合作开展了一项评选"美丽乡村教师"公益活动。这个项目是武警重庆总队原政委、重庆市扶贫开发协会原会长张家万将军争取来的。他现继续发挥余热，关心和支持扶贫公益事业。我作为工作人员参与了项目的具体实施。当时严格按规定条件评选出 100 名扎根乡村、坚守教学一线 20 年以上的优秀教育工作者作为重庆市"美丽乡村教师"，每名教师获得 1 万元奖励金和荣誉，极大地肯定了他们的工作，他们的坚守，他们的成绩，他们的奉献；也激发了他们继续前行的动力，扎根基层的韧劲，为人师表的榜样力量，献身乡村教育的忘我精神。通过这项活动，让我更深刻地认识了乡村教师。我们需要乡村教师，广阔的农村需要乡村教师，偏远的乡村和山区更需要乡村教师。乡村教师高尚的人格魅力已深深烙在我心里，他们美好的形象，爱岗敬业的情怀，无私奉献的精神，也激励着我。

义之大者，莫大于利人，利人莫大于教。

乡村教师散文集《坚守，播种梦想》由此而来，从不同角度展示了乡村教师的生活、经历、工作、处境、教学状况和个人风貌，反映了乡村教师的心灵、情感、思想、境界、追求和向往。共收集重庆、四川、贵州、宁夏、湖北、山东、广东、福建、江苏、天津等 10 个省区市 59 名乡村教师的散文类作品 76 篇。这59 名乡村教师绝大多数是在职乡村教师，少数是退休乡村教师或曾担任过乡村学校教学的教师或其他人士。《坚守，播种梦想》分四个部分即四辑，第一辑是坚守的力量，有18篇散文；第二辑是流淌的情感，有18篇散文；第三辑是心灵的印迹，有19篇散文；第四辑是舞动的思绪，有21篇散文。

《坚守，播种梦想》，我们从中可以窥见到广阔的天地，偏僻的乡村，遥远的山区，简陋的村校，久远的足迹，纯洁的心灵，学童的神情，家长的期待，教师的担当。作品的作者，老的已经退休，最老的八十几岁。他们的经历见证了早期的乡村教育和那个年代的生活，以及他们走过的坎坷道路和积极向上的精神境界。最老的那位退休老教师回忆他1965年那次学生家访时写道："这次家庭访问，历时七天，行程七百多里，穿破了两双草鞋，做好了六个学生的家访工作，可算不辱使命，圆满地完成了任务。同时对我个人来说，也是一次很好的锻炼，使我至今难忘。"另一位近八十岁的老教师写道："我始终不改终生从教的初心，一直坚守教育岗位43年。"还有一位从教时间较长的在岗教师写道："在我眼里，学生憨憨的笑容是最灿烂的霓虹灯，琅琅的读书声是最动听的歌声，学生考上大学的录取通知书是给我的最神圣的奖励！我不后悔当初的选择，不后悔30年来的坚守！"而最年轻的作者，是大学毕业踏入乡村学校不久的乡村教师，他们只有二十几岁。他们既有热情向往，又有孤独迷茫；既有责任担当，又有思想彷徨。年轻的和中年一代的乡村教师，他们对乡村教育也有深刻的感受："乡村教师，以前总觉得是一种凄凉、孤寂的代言，而今，自己站在讲台上才觉得那是一种莫名的荣耀。""这些年我一直坚守自己对教师这一职业的高尚情操：爱与奉献。让自己所带的班级成为留守儿童的第二个家，我就是他们全权负责的'父母'。""就是从'0'开始，老师一笔一画地改写我们的人生，点燃我们对未来的憧憬，在我们心中铺起一条路，一条通往大山外面的路！"每一篇作品，都给我们开启通往乡村教育的路径，通往师生交融的画面，通往学生内心的世界，通往教师最深处的灵魂。

尽小者大，慎微者著。

这本书得以完成，首先要感谢乡村教师的大力支持和参与，有的直接写作赐稿，有的帮助联系教师，有的帮助推荐作品。同时还要感谢学生，大学生诗歌散文集《绽放的青春梦》出版后，有的学生主动给我们联系乡村教师，有的给我们提供乡村教师的电话或QQ号。当然还要感谢重庆市有关区县扶贫部门，好些工作人员也帮助联系爱好写作的乡村教师，尽力支持我们主编这本书。还有几个乡村教师qq群，提供了联系全国各地乡村教师的平台，在此也表示感谢。

一年之计，莫如树谷；十年之计，莫如树木；终身之计，莫如树人。

我又翻开了《坚守，播种梦想》，仿佛走进了大山深处，走进了乡村学堂，走进了过去的时光，走进了学童的天地，走进了教师的心灵。乡村教师，不仅是灵魂工程师，更是播种梦想的园丁。我再次听到了呼唤，大山村庄的呼唤，偏僻村校的呼唤，学童成长的呼唤，孩子梦想的呼唤……

目　录

第一辑　坚守的力量

第二辑　流淌的情感

第四辑　舞动的思绪

后　记

第一辑　坚守的力量

愿做大山孩子王

刘红廷

到今年，我已经在重庆市黔江的山区里当了 30 年老师，其中 20 年是代课老师。代课老师，其实就是农民的身份、教师的职业。2007 年，我获得了黔江区代课教师择优转为公办教师考试的第一名，带了 20 年课的我终于成为了正式教师。

在代课的 20 年里，经济上的贫穷一直困扰着我，说来不怕笑话，我有时真的是连买盐巴的钱都没有。

1996 年的春季学期刚开学，在浙江桐乡一所私立学校当校长的弟弟叫我到他们学校去教书，每月基本工资 1200 元，是我代课工资的 10 倍，为了生活，我决定外出上课，3 月 5 日的一大早，我含泪告别父母出发了。走到村口，我所教班级的 21 个学生和他们的家长全都默默地站在那里，为了坚定出去挣钱的决心，我没敢看他们一眼，继续朝前走去。忽然，我听到原来班上最调皮的学生张森林哭着喊，刘老师，您走了谁来教我们啊！这一喊，全班学生都哭着跑来把我围住，他们的哭喊声一下一下撞击着我的心，家长们也红着眼圈对我说，刘老师，我们知道让你留下来是苦了你，但你走了，我们的孩子也就废了啊！我热泪长流，再也迈不动下山的脚，我对孩子们轻声说："别哭了，我不走了！"

2008 年 4 月，由中国红十字会、中华慈善总会、重庆广电集团联合举办的"大爱中华行"仪式正式启动，我是这个活动首位获得捐赠者，当爱心大使林志颖把五万元捐款交到我手上时，我整个人都眩晕了，一辈子都没看到过这么多钱，我一直以为是在做梦，小心翼翼地抱着这些钱回到宾馆后，马上就在电话里和妻子商量怎么花这笔钱，妻子说先还债，再给全家老小买一套新衣服，给上高中的女儿每月涨 50 块生活费。回家后上课的第一天，是作文课，题目是《我最喜欢的课外书》，我花了整整一节课的时间来引导学生，可他们就是无从下笔，因为我们这些山区里的学生，除了一本《小学生字典》以外，根本没有钱

买课外书！突然我就有了一个想法，把这笔钱捐给学校，建一个图书室，让孩子们有课外书看！放学后我把这想法告诉妻子，同为教师的妻子沉默了一会说，我就知道你会变卦！还不赶快给领导汇报去！我当即找到学校领导，校长说，这是用来改善你们生活的，这钱我们不能收！在我一再恳求下，最后，学校只接收了我们 3 万元。1 万元添置了 1 套音响系统，从此改变了人工打钟的历史，1 万元建了一个贫困生基金库，专门用来资助贫困学生。1 万元建了 1 个图书室，孩子们终于有课外书看了！

2012 年，我的女儿在重大上大二了，我每月只能给她的生活费是 500 元，其余开支是她利用周末打工来维持，每到周末她就从大学城坐公交车到大渡口去做家教，每次坐车她都会晕车，非常辛苦，为了解释我为什么把钱捐出去，我给她讲了 07 年我参加感动重庆十大人物颁奖时的一个真实故事。由于走山路，裤子到处是泥巴，我到朝天门买裤子，选中后，就和卖裤子的老板讲价，老板是一位 50 岁左右的大姐，标价 150 元的裤子，好不容易讲成 125 元，我正要付钱的时候，这位大姐看了看我，她说您好像是《重庆发现》里播过的刘老师，她又仔细地看了看，说一定是，你是好人！这条裤子我不要钱，送给你！她说她是忠县的，小时候就是因为没有好老师，她读到二年级就辍学了，出来后，吃了很多苦，要是能遇到像你这样的好老师该多好啊！从那以后，女儿渐渐地理解了我。

有人问我：这样苦这样累，你后悔吗？我要说，三十年来，我已深深爱上了教师这份职业，无论多苦多累，只要一走进教室，我就神采飞扬，一走近学生，我就如鱼得水。在我眼里，学生憨憨的笑容是最灿烂的霓虹灯，琅琅的读书声是最动听的歌声，学生考上大学的录取通知书是给我的最神圣的奖励！我不后悔当初的选择，不后悔 30 年来的坚守！

作者简介：刘红廷，一级教师，重庆市黔江区城南中心校副校长，中共党员，重庆市散文协会会员。坚守山区教育，无私奉献 30 年。曾经借钱借粮办学校，竭力资助贫困生，一个人办起一所学校， 2007 年，通过"代转公"考试成为了一名正式教师。曾获得"感动重庆十大人物"、"重庆市五一劳动奖章"等十多项省部级奖励，坚守山区教育的事迹已拍成电视剧《海坝的春天》在重庆卫视等媒体播放。

投身巫溪教育，终生无怨无悔

骆世富

我是万县人，1960 年万县师范毕业，分配到当时万县专区最边远的巫溪县。

从万县到巫溪，唯一的代步工具，就是大宁河的小木船。我们十六个同学坐了三天船才到巫山县的大昌镇，然后步行到巫溪。当年正遇自然灾害，在路上买不到吃的，我们向农民苦苦哀求，才买来几个柚子充饥。

在文教局报到，我被分配到尖山区土城初中。从县城到土城两百多里，途中住了两宿，走了三天。土城中学是 1958 年办的学校，只有四间土平房，教室坑坑洼洼。初中三个年级，一百多个学生，租住邻近的民房。吃的全是包谷，还要师生自己把它磨成粉，干萝卜菜打汤，很难看到油星。吃的水从小水库挑来，浑浊不清。结果我们脚肿，四肢无力。当时中心工作很多，经常帮生产队抢种抢收，课还得照上不误。

1961 年春季，我到巫溪师范函授部，负责尖山区小学教师辅导。十个学区，大部分在深山老林，辅导一遍要走一个多月。1962 年秋，我到尖山中心校任教，随后负责教导工作。1964—1965 年在万县河口和驸马公社搞"四清"，回县后到朝阳中心校作教导主任。那正是"文革"时期，整个社会很乱，学校无法正常上课，我还被当成"走资派"揪上台批斗。即便这样，我仍然恪守教师道德和职业本能，认真开展小学和"带帽初中班"教学工作。二十年后，一些在中小学任教或任校长局长的，就是当时"帽子班"的学生。

1971 年春，我到渔沙小学任校长。从尖山到渔沙，上三十里，下三十里，峡沟里再走十来里。中心校八个班，十五个教师，加上村民校二十几个教师，多数来自开县、云阳、奉节、万县。当地领导和群众欢迎我，希望我把这所学校办好。我下定决心，带领全体教师奋力拼搏。首先考虑要充分调动教师的积极性。我挑选有能力、有敬业精神的教师组成校委会，发现有什么情绪，就去沟通，帮助解决困难。李隆杰家住凤凰老高山，妻子独自一人在家带两个孩子，

我们就把她安排在太平村当民校教师。刘大钊家住农村，路隔两百多里，我们每学期安排一周时间让他回去料理。为了改善生活，我到邻近生产队协商，用学校的大粪换土地，种蔬菜、玉米和洋芋，当年就有收获，吃不完的就做咸菜。在当地买不到装咸菜的坛子，我就步行百多里，到云阳去买。挑着两个大坛子，走在小河的峡沟里，扁担撞在悬岩上，一弹，差点把我撞下深渊！七十年代搞计划经济，粮油定量，只能到粮站购买，连肥皂煤油也按计划供应，太紧张了！我主动和供销社把关系搞好，可以开"后门"多买点，用来改善教师生活。没有煤炭，就组织师生轮流到山上砍柴。从周一到周五，我在中心校蹲点，周六就下村民校。学生读书刻苦，升学的很多，后来找到工作，成了名师、名医、军官或政府部门官员。那个时期，整个学校学习、工作、生活开展得生气勃勃，是我当校长的鼎盛时期。

1978 年秋，我到尖山中心校任校长，仍然发扬渔沙办学精神，处处带头，奋力拼搏。当时教师编制很紧，小学基本上是一人一班，我和副校长梁国泰包一个班，我教语文当班主任，梁老师教数学还兼总务工作。不管在哪里当校长，我都特别重视教学质量。关键是提高教师的业务水平。我提出，一个合格教师业务要全面，既能教语文又能任数学，史地音体美各科都能上。梁老师擅长数学，我要他每学期出一百道数学题，每个教师都做，还要组织考试。检查教学效果，每期都要抽考或统考，每次阅卷分析至少要花三天时间。现在想起来，还真有点"傻"劲和"拼"劲啊！

1981 年春，我到区教办作主任。我和教研员翻山越岭跑遍了全区所有的学校，弄清办学情况和师资水平，然后制定办学规划。我的理念是办好两所中心校，然后带动全区学校。关键要有一个好的领导班子。通过几个月深入各校听课查访，挑选年轻有为踏实肯干的教师到领导岗位，把乐于吃苦水平很高的教师安排在重点小学任教。通过三年努力，全区学校工作井井有条，生气盎然，被县教育局评为先进集体。

1989 年秋，我调任城厢小学校长。城厢小学是全县重点小学，但办学条件很差。校园面积只有十四亩，全校教职工百多人，学生近两千，没有必要的活动场所。一个年级只有一间办公室，十几个教师挤在狭小空间备课改作业。教师住房只有十二套，八十多个教师大部分住校外。看到这种状况，我很着急，便在校委会商量，通过社会集资来改建原教学楼。我和副镇长赵心梅、副校长田卫东到各单位集资。哪是集资，简直是求情，"化缘"！不少单位五千、三千、几百元这样凑，结果集资二十多万元，教育局给了二十万元，共花了四十三万元，修了三十八套教师住房。

在城厢小学，我仍然重视提高教育质量。我用了一年时间，深入一线跟班听课，也要求教师相互听课。整个学校，教师认真教，学生刻苦学，努力向上的气氛十分浓厚。三年功夫，质量提高很快，巫中在全县招收的重点初中班百分之九十以上是城小学生。我们开办了数学奥林匹克学校，从三年级起，各班挑选数学尖子组成四个奥数班，再挑选得力的教师利用周末进行辅导。这些学生学得很好，年年在省内和全国奥数竞赛中获奖，进中学后数学特别好，后来都上了重点大学，向永阳以高考数学 148 分考入北师大，吴双考入清华大学，贺涛以奥数全国一等奖被上海复旦大学破格录取，郑昌熙从上海交大毕业后到美国读研攻博。

回头看看，我不到二十岁就来到巫溪，一干就是四十年，如今已是七十八岁老人。我把全部青春献给巫溪，经历许多艰苦，但我无怨无悔。我始终坚持自己的人生信念，堂堂正正为人，认认真真做事，真诚善待每一个同志，做了一个教师和校长应该做的工作，对得起每一个学生和家长，对得起党和人民。不说什么功劳苦劳，只说"问心无愧"就行了！

作者简介：骆世富，重庆市巫溪县教师，1960 年 8 月参加工作，中共党员，先后供职于巫溪尖山土城初中、上磺初中、塘坊中学、巫溪师范函授部、尖山小学、朝阳小学、尖山渔沙小学、尖山小学、尖山区教育办公室、凤凰小学、凤凰职业中学、城厢小学校长，历任教师教导主任校长、区教育办公室主任、专职党支部书记。

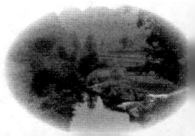

只为那一双双纯真而渴望的眼睛

黄芳

18 岁踏上乡村教师的讲台，现在已在这讲台上站了整整 24 个春夏秋冬，乡村教师生涯充满酸甜苦辣，没有城市的喧嚣，没有都市的繁华，没有多样的娱乐方式，只有冷清的校园，萧条的街道，只有从教室到办公室两点一线的单调生活……不是甘于过这样冷清孤单的日子，而是当每次站在讲台上，台下那一双双明亮清澈的大眼睛，用渴望的眼神看着我时，我心里总有一种莫名的心酸，一种莫名的情愫在滋生，也就在那时，心里总会暗暗下定决心：不管条件多么艰苦，不管发生什么事，我都一定要坚守在这里，坚守在自己的家乡，守着这帮纯真的学生，不为别的，就为了那一双双纯真而渴望的眼睛……

我记得当初从学校师范毕业时，有机会在县城最好的小学任教，但那时的我年幼无知，太单纯，认为城里学校的教师都是教学经验丰富的，我一个初出茅庐的小姑娘，怎么能胜任城里的教学？于是婉言拒绝，选择待在了自己的家乡 -- 白云。然后被分配到了乡里一所海拔约 800 米的村校。刚到那所学校时，每天晚上睡觉，耳边传来的是风吹树木那种像狼在号叫的声音，吓得我每晚都是蒙头睡觉，第二天早上醒来，被子上面全是潮湿的。更可怕的是，我严重的水土不服，拉了整整两个月的肚子……

更为严重的是，在那所村校，得自己上山去捡柴，烧火，煮饭。每次煮饭时，都成了一个大花猫。说实话，当时到了山上，看着满山的柴火，心里是非常高兴的，捡了满满一大背篓，可当背起来往回走的时候，那可真叫艰辛，一步一滑，一步一跤，等到了学校时，满身的泥土，满身的伤痕，满脸的泪水，那一副狼狈落魄的样儿，可真叫惨不忍睹，当时的我，好想扔下背篓一口气跑回家……

第二周到了学校，本以为又要到山上去拾柴火，可没想到的是，在我堆放柴火的区域，竟然整齐地堆满了柴火，当时的我非常高兴，终于暂时可以不用去捡柴火了，心里还暗自高兴，还以为是仙女下凡帮了我这个大忙！第二天，我到班上去说了这件事，让我没想到的是，全班同学齐刷刷地举起右手，大声地说："老师，老师，你的柴火我们全班同学给你包了，星期六，我们全班同学都一起去捡柴火，然后给你放在那儿，你就不用担心了，以后你都不用自己去捡柴火了，你捡柴火还没我们熟悉呢！"看着那一双双稚嫩的小手，一双双透亮的大眼睛，听着那一句句真诚朴实的话语，此时的我，是幸福的，也是深受其感动的！在接下来的日子里，同学遵守承诺，从没让我的柴火断过，我享受着他们对我的照顾……

说实话，虽然被这群孩子感动着，但那时的我，并没想到要坚守在这里，坚守在这"风狼"号叫的高山小学，直到第二年的上期期末，我让学生写了一篇题为"我的理想"的作文，一个小女生，在交作文的时候，怯怯地走到我身边，红着脸对我说：老师，我长大后也想当老师，做一个像你这样温柔的老师，老师，我喜欢你！"然后在我的的脸颊上亲了一口后便飞快地跑到了座位上。当时的我微微一怔，不知她葫芦里卖的是什么药，只单纯地以为这个小女孩喜欢我。可当我打开她的作文本，并读完她的作文后，我才知道当时她为什么有那样的举动，也正是这篇作文，让我初次有了准备留在乡村教书的想法，她在文中这样写到：老师，我爱你！我长大后也要当你这样温柔美丽的老师！我每年都会给你买糖吃！可是如果你今年就走了，我就不喜欢你了！我也不会给你买糖吃了！如果你要走的话，也要等到把我教到考上初中后，你再走，可以吗，老师？我求求你了，老师，你一定不要走，一定要等到我考上初中后再走！我们这儿每年都在换老师，来了又走，走了又来，刚好和老师有点熟悉，可是又走了，老师，我是真的很想你不走，就在我们这儿教书，我一定会非常听话，好好学习的，老师，你留下来吧，我们真的需要你，我也真的很喜欢你！"读着读着，我的眼睛湿润了，第一次觉得：原来我从师范毕业来到这所学校，根本算不了什么，最可怜的是一直生活在这里的这些孩子们，他们每天天不亮就起床来上学，没有好的学习条件，没有固定的老师，和老师刚建立起来感情，可老师又抛弃他们离开了……

怀着一份同情心，我答应了这个小女孩，试着适应高山的一切气候条件，可现实是残酷的，毕竟海拔有 800 多米，一到冬天，冷得瑟瑟发抖不说，每天晚上都不能睡个安稳觉，听着窗外凛冽的寒风呼呼的号叫，就像是鬼哭狼嚎般，直叫得人心惊胆寒，彻夜难眠，每天上完课就只有窝在寝室里，缩在被窝里（哪怕被子总是那么湿漉漉的），又加之线路的问题，煮饭烤火都不能使用电器，我每天为了一顿饭，就像一个大花猫一样，满脸的烟熏火燎……渐渐地我妥协了，

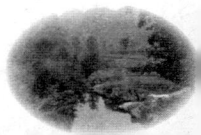

不愿遵守那份简单的承诺，但心里想着，我离开这所村校，但我可以不离开自己的家乡……

于是我离开了这所村校，来到了离自己家近的乡村小学，在这里，我尽情地播撒自己的热情，将自己所学毫无保留地传授给我的学生。可慢慢地，随着自己孩子慢慢地长大，我的心有了一丝丝地动摇，为了孩子，我应该到城里去教书，于是我朝着目标努力，自考了专科学历，紧接着又读了本科，其目的就是丰富自己的知识，提高自己的学历，为自己以后进城教书打好坚实的基础……

一次偶然的机会，可以让我离开乡村学校的机会来了，城里一家单位遴选，教师也可以参加，我递交了我的材料，没想到竟然成功了。就在我准备好一切，打算上完最后的一个月，办完手续就离开这所学校时，一件让我再次改变想法的事发生了：那是一次主题为"感恩"的班队课上，同学们自己组织，自己排练，内容丰富，形式多样，通过唱歌、跳舞、诗朗诵、表演小品等表达对父母、对老师、对同学、对长辈等的感谢，大家神情激动，大都沉浸在一片感动的氛围中。最后几分钟了，同学们分发了瓜子、花生、糖、水果等，大家静静地吃着，默默地沉思着，大都以为本节课就在这种沉默中结束了。可令我万万没想到的是，一个班上最不起眼、常受人欺负的一个小男生，怯生生地将他今天发的唯一的一个苹果塞在我手里，眼含泪花地说"老师，你吃"！听着这一句简简单单的话语，我一下子就愣住了，眼泪夺眶而出……孩子，看着你那天真无辜样，我好惭愧好惭愧……三年来，虽然你什么也听不懂，可你每天按时上学，上课时也端正地坐着，佯装认真地听课，从不影响他人！作业也一笔一画认真地书写（虽然一道题也没做对），考试时一个空也不留（虽然全都是照着题单上的题目誊抄一遍）。虽然老师从不让其他同学欺负你，虽然老师也尽最大努力让你多学一点知识，可是却收效甚微，这三年来，你仅仅只学会了一首诗，会唱一首歌……我激动地接过苹果，一把把他搂在怀里，哽咽着说："孩子，老师谢谢你！谢谢你！……"就再也说不出话来，只任凭那激动的泪水在我脸上肆意流淌……那小男孩见我哭了，一下子被吓坏了，吓得手足无措，不知怎么办，睁大那双无辜的眼睛怯怯地望着我，小声地说："老师，你怎么啦？苹果是干净的，我没吃过……老师，你别哭……"边说边伸出手轻轻地擦掉我腮边的泪水，用那双无辜的眼睛望着我……我对你的关心太少了，也没教会你什么，可你却是唯一一个在我面前哭的男生，仍是那么地不舍，我惭愧呀！但说真的，我一直都挺喜欢你，也挺佩服你，从不讨厌你！孩子，请坚信，你一定会有出息的！

是的，有这样一群人，他们坚守在落寞的乡村，行走在崎岖的山路，依靠三尺讲台、一支粉笔，为千千万万的农村娃，画出了一片未来。而我自己尽管喜欢乡村那种淳朴的气息，每当夜晚一个人窗前看着村里的灯火，心里就有一种莫名的平静；而更多的原因则仅仅是为了那一双双纯真而又充满渴望的眼睛……

虽然乡村教师生涯充满了酸甜苦辣，然而，我决不能任由生活的艰难销蚀我的梦想，我定将不忘初心，努力前行，努力做一个具有大山教育情怀的教师，不为别的，就为了那一双双纯真而渴望的眼睛！

作者简介：黄芳，女，高级教师，重庆市武隆区白云乡中心校，副校长，24年教龄，区级教学骨干，市级骨干教师，曾荣获"百名乡村优秀教师"和"最美教师"等荣誉称号。

教育有苦有乐，人生从此安放

王敏

杨卫平老师在《感动学生的 56 个故事》一书中讨论特岗老师，她说"给你三年，给你一个有特色的环境，三年后只有两种结果，离开和离不开。"我想，我属于后者。

接到填特岗转正表通知的那一天，我在中心小学监考小考的孩子。内心莫名激动，眼眶温润。拿着手机，盯着童老师发的通知，看的入神，以至于郭老师巡考进门我都没有发现，笑而不语的责备也算是体谅我们特岗三年如一日的身心煎熬。

2013 年 6 月底从西北师大知行新闻系毕业，因为太多原因不得已放弃了记者的生活，回到了家乡，蜗居在家里一个月，早早晚晚都穿着睡衣，几天不洗脸，甚至除了上厕所都一步不出自己的房间门，复习，考试！！！"如愿"考上了特岗，接到面试电话的那一刻，我躺在地板上，内心的疼痛无以复加，那一刻，我知道我的人生就这样不一样了。

9 月份去学校报到，周六，陈儿庄校园异常安静，校门口的月季开的正艳丽，待蕊的，含苞的，怒放的，结籽的，各从其事，各安其命。从此以后，我就要与你们相伴了吗？满院子的八瓣梅芬芳馥郁！篮球场的水泥板铺的很光滑，对于喜欢打篮球的我，内心似乎满足了很多。还在补觉的陶老师穿着拖鞋来给我开门，一起见校长，问候，寒暄，一切都进行的顺理成章，看不出谁的欢喜谁的忧伤。恍惚中听到校长跟爸爸说，把档案室腾出来给我住，周一给我安排课程之类的事情，怎么听起来像我大三在临夏支教的生活？我在做什么？好像自始至终什么都没说，坐着，发呆！！！！！

周一，从亲戚家去学校的路上遇到很多孩子，笑着，打着，闹着，跑着，推搡着，喊着，聊着天，牵着手，去上学。亲戚家的小弟弟有点自豪的不停向身边的伙伴们介绍"这是我姐姐，要在咱们学校教书"我笑而不语，脑袋里播放着白土窑那群孩子的小脸蛋，我一定是想他们了吧，已过两年，他们都在哪里读书，或是打工或是别的……校长将他的三年级语文给我带，他去带了二年级语文。接到课程安排后我去了办公室，遇到了这三年来，总是无话不谈毫无顾忌又相处轻松自在的胡老师，校园生活嘘寒问暖贴心照顾，有好吃的总会想起我带上我的田老师。在他们的帮助下，我有了自己的办公位置，那是一个前面能看见窗户，后面能靠着窗户的地方，当太阳升起来的时候，前后阳光都照进来，在我的桌子上聚集一束光，像向日葵，像希望，温暖坚强。

　　没有教案，没有任何教辅资料，提着一本书走进教室。叽叽喳喳瞬间鸦雀。我在黑板上一笔一划的写下自己的名字和电话。孩子们开始骚动，跟着念"wang ming"，我内心一圈黑线奔腾而过，就知道会这样，但我还是不开口，给名字标拼音，有孩子念对了，有孩子正在努力拼读，有孩子正在认真抄写，有孩子正襟危坐，似乎想要知道接下来发生什么。我还是不开口，尝试表情包教学第一次。我认真的看着每个孩子的口型，用微笑，点头，摇头，皱眉，呲牙咧嘴来评价，果然，越来越多的孩子分清了前后鼻音，内心一阵激动，忍着。大约两分钟后，我擦掉黑板，终于开口问"黑板上刚刚有什么吗？""wang min+telephone"我终于开怀大笑，带头鼓掌，掌声越来越大，我让孩子们像我一样站着，鼓掌两分钟，坐下。课堂气氛已经高涨，孩子们很开心。我认真发表作为老师的第一次长篇大论的说教"孩子们你们好，感谢你们记住了我的名字和电话，我是你们新来的语文老师兼班主任，从此以后将与你们如影随形。我的电话将会出现在你们的爸爸妈妈手机上，甚至我会在某个阳光明媚的午后出现在你家门口哦。"讲台下一阵唏嘘，随即一阵热烈的掌声响起来，我怔怔地看着每一张灿烂天真温暖如晨光的笑脸，湿了眼眶，感谢妈妈以身作则教我宽容博爱。

　　同年冬天，周一，校园里银装素裹。还在睡梦中的我听到宿舍门口的扫帚、铁锹、簸箕夹杂着孩子们叽叽喳喳的欢笑打闹声，拉开窗帘的一瞬间，内心热浪腾涌，孩子们已经把我宿舍通向教室的那条路扫的干干净净的了，而且正在清理宿舍到办公室的路……那一瞬间，一个老师的幸福感"爆棚"，就算内心真的有太多渴望，太多不如意，太多不甘心，在那一串串印在雪地里的小脚丫面前，这一生想要到处奔波折腾的念想变得轻如这雪花，满天纷飞了。以至于后来被同事们笑我傻乐，迟到了王校长的例会，冻得鼻青脸肿，衣服湿透，被孩子们塞进脖子里的雪融化在心口冰凉难忍，也毫不吝啬的用了整个早读的时间跟孩子们满操场追逐打闹，堆雪人打雪仗。每每翻到那些照片，都会笑着感叹，

那是唯一一个无与伦比的下雪天。

　　曾经的大学外教Pop老师，用记录祝福生日的方式去关爱和了解每个学生。我是一个情感大于理智的教育者，所以也采用了她的办法去走进孩子们的内心，很遗憾，我没有坚持下来，因为各种不是借口的借口。虽然没能善终，但是开始的时候效果还是很不错的，孩子们激动兴奋的期待着自己生日到来老师给的惊喜。作为平等交换条件，我的生日孩子们也知道了。于是，某年春天的某个早晨的第一节课，当我推不开教室门的时候，才知道自己被这帮屁孩给"耍"了。被要求翻窗子（还好校长没看到），这么简单粗暴的事情让我做，真是小看我这个文绉绉的美女老师了，哼哼。爬上窗台的一瞬间，泪崩啊，这个时候被校长大人传唤绝对是件很幸福的事情，因为窗户里面有张桌子，桌子上面还架着两个椅子，而我需要翻过去，孩子们，安全系数是负值啊啊啊啊啊啊啊啊！！！更绝望的是，一个老师的号令，在此时是完全失效的。过五关斩六将，好不容易爬到一堆零食旁边，悲催的发现，被孩子们当孩子了。

　　在我看来，一个教育者成长的最初阶段就是模仿，于是我又模仿了幼儿园的亲子活动，因为孩子需要很多的陪伴，而农村的孩子最缺失的就是父母的陪伴。我的初衷是制造机会，拉进孩子与家长和老师的距离。让孩子们内心积极健康，但那真的是一次刺激冒险又后怕的经历。恰逢校长不在，跟主任打了个招呼，擅自带着四十几个学生和四十几位家长，浩浩荡荡的去了沙漠。那一天，我看到了很多大人像孩子一样的疯狂，在沙漠里追逐狂奔大笑，甚至跟孩子们拥抱，孩子们从未有过的快乐幸福和骄傲洋溢在小脸蛋上，陪伴的力量真的很强大。我就那样看着，笑着，拍着照，记录着孩子们这美好的瞬间，这重要的一堂课。手机不停的响，是校长的，媳妇的，陶老师的，主任的……我知道我"闯祸"了。活动结束，家长和孩子们都平安回到学校，家长们要陪我去领罚，我拒绝了。如果真的出现意外，真的是我无法承担的，我也必须去面对，这是责任。衣服里外全是沙子，头发丝和头皮上都堆满了沙子，没来得及回宿舍收拾，直奔校长办公室，领导的脸都黑了，我像个犯错的孩子一样被两个人轮番教训安顿分析利弊劝告了两个小时……在这个安全高于教育的时代，我开始变得怯弱……

　　棱角再分明，终有一天会变成圆。年轻气盛，热情洋溢，从来不是不成熟的理由，而成熟，是一件失去和收获并存的疼痛又不得不接纳的事件，好坏全由自己买单。

作者简介：王敏，女，宁夏同心县教师。80后文学爱好者，沉溺文字，追逐安宁。喜欢草木长情，倾心日月星辰。相信"越努力，越幸福"。教学论文曾发表于《学校教育研究》杂志。论文多次发表在国家刊物，TCL希望工程烛光奖教师，市级优秀青年教师。

不改初心，终生从教

杜正坤

    20世纪60年代，从我走上教育岗位起，我就下定了终生从教的决心。当初，任教于海拔1400余米、离乡政府30余华里的天元公社（乡）白果耕读小学。在这里，一教就是整整10年。这10年时间里，我担负着4个年级、30余名学生的全部课程的教学任务。凡是教过复式班的老师都有这样的体会：复式教学，特别是多级复式教学是最难教的。一个年级虽然只有几个学生，但麻雀虽小，肝胆俱全，备课是偷不了懒的。4个年级的复式班，8门主课的复式教案，从教材钻研到教案书写，每天花费的精力相当多。备课和上课的"动"、"静"搭配，稍有疏忽，整个课堂就会乱成一锅粥。所谓的"动"、"静"搭配，就是指多级复式班在授课过程中学生的自动作业和教师直接讲授新课的合理安排。以一、二、三、四4个年级的复式班为例，4个年级的学生同在一个教室里上课时，教师首先必须以最快的速度安排四、三、二年级学生自动作业，然后对一年级学生直接教学，讲授新课；其次，对二年级讲授新课，一、四、三年级自动作业；第三，对三年级讲授新课，依次反复。在学生自动作业过程中，教师每隔5分钟时间，挤出一分钟左右时间进行巡视指导。安排自动作业份量要合理，如果份量过重，学生在预定的时间内完不成；份量过轻，学生完成自动作业后，就会无所事事，甚至会发生捣乱现象。在4级复式班里，一堂课每个年级的直接教学时间，一般只有8分钟。为了向这8分钟时间要效益，我在备课和讲课中尽力做到精心设计课型，提高授课技能，锤炼课堂语言，提高课堂教学质量，使学生在教材、教学目标的谁知点、训练点、教育点、激发点和切入点上与教师配合默契，从而培养和提高了学生的学习能力。

    在村小的10年里，我每天除了上课、备课、批改学生作业，有时还要参加生产队的农业生产劳动。晚上，在昏暗的煤油灯下钻研教材、阅读报刊杂志或者其它文学方面的书籍到深夜。山风乍起，从门缝里、墙缝里、瓦缝里钻进来的风，搅得灯苗忽明忽暗。我只好一手护灯，一手按着书页，在字里行间寻觅着精神食粮。书籍像一把灵巧的钥匙，打开了我心灵的窗扉，使我豁然开朗。我起早贪黑，辛勤耕耘，终于探索和掌握了多级复式的教育教学规律和方法，在教育教学实践中取得了比较满意的效果，受到了家长和社会的好评。

在村级校的经历，使我看到了边远农村学生求学的艰辛。每天拂晓，娃娃们就被大人们喊起来上山牧牛羊。放牧回家，吃过早饭，匆匆赶到学校时，至少是上午九点钟。下午2点钟又必须从学校赶回家去放牧牛羊。有时，我为了给学生补课，稍微迟一点放学，学校两边山上的家长就会此起彼伏地喊着自己孩子的名字，催他们赶快回家。在家长们的长呼短唤中，往往还夹杂着一些粗鲁的骂声："捡狗子（学生的小名），你这个狗杂种，还不快些回来放羊子……""黑娃子，你死到哪儿去了，还不回来通衣禄（方言，通衣禄即吃饭）。"为了不让学生挨骂，我坚持做到学生一到校就立即上课，课间休息时间也尽量缩短，每天一锤锣上完5节课，就赶快放学，督促学生跑步回家。

那时，搞大集体，牛羊都是生产队的，分散到各家各户喂养，饲养一头大黄牛，一年记300个工分，一只山羊，一年记20个工分。一个头等男劳动力，劳动一天记10个工分，年终决算时，每个劳动工日（10个工分为一个工日）报酬只有3～4角钱，有的生产队每个工日甚至只有1～2角钱。生产队的粮食分配是"四六开"，即40%的工分粮，60%的基本口粮。基本口粮按人头平均分配，工分粮则按全队全年工分粮总数除以工分总数，一般中等水平的生产队人均基本口粮只有160～200市斤，工分粮，每10个工分分值大约只有2～5两。农民既差钱用，又缺粮食吃。学生上学读书，每个学期虽然只有几角钱的书杂费，但大多数家长都拿不出这笔钱来。我在村级校任教10年，基本上没有人交过书杂费，还要常常掏腰包给学生买铅笔和作业本。那时，队里每年按最高标准给我记3000个工分，每年劳动报酬大约是90～120元，扣除粮食款以后，就只有60～90元了。国家每月补助的5元钱，只够中心校扣学生的课本和作业本款。尽管工作量大，条件艰苦，报酬少得可怜，但我矢志不渝，默默无闻地为山区教育事业贡献着自己的青春。

1971年秋，我调任石门公社中心小学（即现在的下堡中心小学）教育革命领导小组副组长（石门公社党委副书记崔大庆任组长，贫下中农宣传队队长、学校所在大队的党支部书记张传涛和我任副组长）。实际上，学校的日常工作全落在我的肩上。我既要履行校长、教导主任的职责，负责全学区（一所中心校、14所村级校）的教育教学管理工作，又要履行教员职责，兼任班主任，教一个

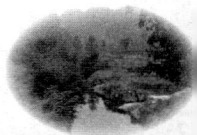

班的语文课。教语文课，最艰巨的任务是间周一次的作文批改。50多个学生的作文，全批全改，需要下很大功夫，我好几次都累晕倒了，但苏醒过来，还得继续工作。全学区的村级校，离中心校最近的中阳村校、前进村校也有5里远的路程，最远的猫儿背林场小学和马鹿小学有60余里路程。我每周都要挤出时间，走山路到村校去检查指导工作，一个学期至少把全学区的村、民校巡回检查一遍以上。我到村、民校工作的目的，一是征求当地干部、群众和学生家长对学校的要求、建议和意见；二是了解教师在教育教学和生活中存在的实际困难；三是深入课堂听课，检查教案和作业批改情况；四是了解教师思想动态，总结教育教学经验。

我放弃了无数次改行从政的机会。1974年，县委组织部让我到某公社（乡）任党委副书记，但我舍不得离开钟爱的教育事业，在我的苦苦要求下，当时的县委常委、组织部长杨书俊同志终于收回了成命。在以后的岁月里，组织上多次动员我改行从政，1984年动员我担任土城乡党委书记；1993年，组织部门又找我谈话，动员我任西宁区公所副区长……但我始终不改终生从教的初心，婉言谢绝了领导的好意，一直坚守教育岗位43年。

作者简介：杜正坤，重庆市巫溪县教师。1960年9月参加工作，历任小学教师、校长、区教育办公室主任兼党支部书记、中学校长兼党支部书记、区农教主任，10余次获得县以上党委、政府优秀共产党员、优秀教育工作者、师德标兵等荣誉称号。退休后，先后担任巫溪县退休教师协会副理事长兼秘书长、顾问。获重庆市双五好退休教职工、重庆市百姓学习之星、全国关心下一代先进个人称号。

山区教育事业的脊梁

杜正坤

　　年轮之树已绕到 78 圈的笔者，接触过数以千计的人民教师，常常为老师们那份特有的执着所感动，也深深感受到了老师们那种大山一样的品格，草原一样的情怀。

　　红池坝隐去了春申君称雄的辉煌，老木园掩埋了白莲教起义军的铁骑，大宁河水淹没了宁厂古镇的"万灶盐烟"，后溪河波涛冲走了日本倭寇轰炸机扔下的罪恶炸弹……过去的一切都成了历史。而今，峡郡巫溪的山变得更绿了，水变得更清了，路变得更宽畅了，房屋由岩洞窝棚变成了鳞次栉比的撑天大厦，过去贫穷落后、卫生条件极差的巫溪县城变成了全国卫生县城、全国园林县城、全国生态县城，获得了中国人居环境范例奖……一切的一切都变了，惟独没变的是生活在峡郡巫溪的 50 多万巫咸儿女对这片土地的依恋、对美好生活的憧憬和对事业的执着追求。他们在历届县委、县人民政府的领导下，以愚公移山精神战天斗地，拼搏向上，奋发图强，谱写出了辉煌的历史篇章。战斗在渝东边陲峡郡巫溪县 4030 平方公里土地上的 6000 多名中小学教师就是这里艰苦创业的代表。他们忠诚党的教育事业永久不变的情怀，他们以辛苦和奉献，在峡郡历史的画卷上添加着一笔笔浓墨重彩。

　　巫溪中学第十四任校长秦远猷，在职时曾多次荣获省、地、县优秀党员、"优秀政工干部"，退休后又获得重庆市"优秀离退休干部共产党员"、"重庆市教育工作终身贡献奖"，住在 50 多平方米的房子里度过了 85 岁生日，2016 年 6 月与世长辞时，存款折上的余额却不到 5 位数。

　　曾被重庆市委、市人民政府追认为"优秀教师"的巫溪县尖山镇大包小学教师向清泉，从教十年，为学生垫支了数千元书学杂费，而自己却没有穿过一双皮鞋，也没穿过一件 30 元以上的衣服，在洪水袭来的生死关头，他把希望推给了学生，自己却被滔滔洪水无情地卷走。

巫溪县下堡镇宁桥小学周大秀老师积劳成疾，累死在讲台上，人们清理她的遗物时，除了一大纸箱人民代表当选证书、优秀教师、优秀班主任、优秀党员、劳动模范证书以外，别无它物。

全国优秀教师、巫溪县田坝镇上鹿村小学赵世术，在大山深处坚守三尺讲台34年，即便双腿残疾，靠妻子背送到学校坚持上课13年，用残缺的身体支撑起一所村小学。妻子成为了他与学生之间的"桥"，他把自己化作了山里孩子通向知识彼岸的"桥"，以春蚕蜡炬般的师者大爱，照亮了山里娃的希望之路。用无怨无悔的行动演绎了"春风化雨人做桥"的动人故事。

感动中国人物、全国优秀教师、天元乡高楼双河村校刘坤贤，高位截瘫，只有一条腿，坚持站着上课20年，"我在学校就在，要坚持到最后一刻。"为大山的孩子撑了一片艳阳天。

面对秦远猷的贫寒,面对向清泉妻儿的哭泣和他那矮小的土房,面对赵世术、刘坤残疾的身体，笔者想起了那些富翁们穿着的数万元一件的名牌服装、闲置在一边的豪华别墅和花天酒地、醉生梦死的生活。

巫溪这个贫困山区县，许许多多的乡村教师，在大山里教书十多年、二十多年甚至四十多年，始终默默无闻、任劳任怨、无怨无悔。他们想在县城买套房子却没有经济实力，只好望房兴叹。每天工作下来，声音嘶哑、力尽精疲、沉重的工作负担和经济压力像山一样压着，有时只好无奈地嘶哑着喉咙对着深山峡谷"哦——哦——哦——"地长啸几声，以驱逐、排解苦恼和辛劳。面对他们的叹息，那些高高在上的权贵，对此又会如何着想呢？

峡郡教师，既普通又平凡。普通得好像大山上的石头，风吹日晒，色固质坚。正是这些普普通通的石头，铸成了峡郡巫溪的雄魂，岁月摧残，伟岸依然。平凡得像原野上的无名小草，冬去春来，黄绿更替。正是这些小草孕育了原野的生机，严冬酷暑，生生不息。

珍惜生命，渴望富足，追求欢乐是人与生俱来的本性，可峡郡教师的心里只有学生。他们说，为了让广大人民群众的孩子受到良好的教育，为了培养一代新人，虽然累，虽然穷，虽然苦，但苦中有乐！

峡郡教师，山区教育事业的脊梁！

作者简介：杜正坤，重庆市巫溪县教师。1960年9月参加工作，历任小学教师、校长、区教育办公室主任兼党支部书记、中学校长兼党支部书记、区农教主任，10余次获得县以上党委、政府优秀共产党员、优秀教育工作者、师德标兵等荣誉称号。退休后，先后担任巫溪县退休教师协会副理事长兼秘书长、顾问。获重庆市双五好退休教职工、重庆市百姓学习之星、全国关心下一代先进个人称号。

坚守，只为那儿时的梦想

舒义权

绽放的生命之花

我叫舒义权，是丰都县仁沙镇中心校渠溪教学点的一名普通教师，自一九九二年参加工作以来，一直扎根于山区教育教学工作。二十几年的守望，只为那份简单而执著的人生信念——我要做一名山区教师。回顾自己的从教之路，物质上虽清贫，精神上却饱满，看着一批批走出大山的学子，我倍感欣慰！

梦就这么真实

记得我四年级放假了那天，手里举着"双百分"的通知书和盖着鲜红大印的奖状，高高兴兴急匆匆地奔回家。父亲正坐在屋檐下抽着旱烟袋，一旁的母亲掐着小菜。"我又得第一名了……"，"爸爸，下学期我们要转到中心校读书了"，"哦，回来啦"。

当时的我有些落寞与茫然。深夜父母的一段对话，解开了我心中的疑团："他妈呀，你看孩子成绩这么好，可我身体又不争气，不能做重活啦，上学期孩子的学费还没有交给老师，下学期到中心校费用更加贵，你看咋办呢，哎！""我看就让他在家放牛吧！""这样行吗？我怕他长大后，会怨我们一辈子的？"……

那一夜，我失眠了，我告诉自己，不能辍学。为了能凑足四元八毛的学费，我背上背篓，满水田拾掇生产队稻谷田里漏掉的稻谷；火辣的午后，我却满山遍野采摘地瓜；夜深了，我还在整理着"战利品"，以便送到集市上卖个好价钱。在那时，一个朦胧的梦在脑海中萦绕：长大后我一定要当一名乡村教师……

梦醒时分

怀揣着工作岗位的介绍信，肩上托着"嫁妆"的帆布口袋，满怀希望的走进仁沙镇教育办公室。接走我的是一位满头银发的老校长。踩着泥泞的小路，步行了近两小时，总算到"家"了：操场上的杂草足有半人高，贫瘠的山梁上庄稼被风吹得七歪八倒，走进低矮的土坯房子，篾席吊顶，上面正上演着蛇鼠大战，十几张缺胳膊断腿桌凳上面，好像被灰尘封存了许久，墙上刮出一块长方形水泥块算是黑板。我当时整个人都懵了。"小舒，这就是红庙子村小，只有一个班，十八名学生，希望你好好干，工作干好了，就把你调到红星完小"。老校长面带微笑，和蔼可亲地告诉我。我木讷地点点头。无奈地放下包裹，收拾起屋子来。 既然当下没有更好的选择，就认认真真干好眼前的事情吧。

情也悠悠

刚到任的第二周星期三，发生了一件震撼我心灵的事。"彭小玲同学今天怎么没有到校呢，有哪个同学知道？""我知道，她昨天回家不小心掉水田里，把衣服全打湿了"。作为班主任的我，马上让安排班长组织学生上课，自己带上跟彭小玲家附近的一个同学，向彭小玲家奔去。路上，我问起了彭小玲家里的情况：三年前，她爸爸在外地打工，因为一场车祸丧生，车主肇事逃逸，至今未果。上月不堪重负的妈妈弃家外逃。唯一可以依靠的爷爷上周风湿病、气管炎又犯了，屋漏偏逢连夜雨，昨天，彭小玲不小心掉水田里。"老师，到了"，我推开半掩的破旧木门，这门吱吱嘎嘎地响了起来，我伸头一望，屋里阴沉沉的一片，屋顶不时滴下几滴雨来，四周寂静得能听见房顶稻草被风吹过的声音，连空气中都好像弥漫着一股霉味。屋角一阵急促的咳嗽声把我一惊，一个低沉的声音颤巍巍地传来："是哪个？"。我走近些看，原是一位老人，斜斜地靠在床上。旁边用竹块铺了个临时床，彭小玲蜷缩着身体躺在上面，以一双惊恐的眼睛盯着我们。我心里一紧，鼻子一酸，差点没能控制住自己的眼泪。我简单安慰了几句，立刻赶回了学校，找有女儿的老教师，借了一些旧衣服，在食堂里盛了些饭菜，到药店买了些药物，再次赶往彭小玲家。事后，我向学校反映了小玲家情况，学校决定免去彭小玲小学阶段的所有费用；从此，我们班与我个人，经常给他家送去一些日用品和粮油。我一有空，就与彭小玲讲心里话。看到彭小玲脸上渐放的笑容，我揪紧的心也慢慢释然了。我更加坚信了我当初的选择，没有错！

空巢老人，留守儿童，成为时代新名词，二十几年的乡村教育生涯不知发生了多少故事：午睡的孩子因为想家私自出逃，害得我顶着火辣辣的太阳到处寻找四个多小时；漫山遍野地寻找因父母离异而逃学的"狼孩"，引导他走上

人生正道；山洪爆发，我背着残疾儿童送她回家，却被玻璃划破脚板；孩子们书包里揣满山果，脆生生地叫"老师，您吃这个，好甜！"；大山的百姓背上新米，提坨腊肉……"老师，我娃有出息了，感谢您"……一把辛酸泪，多少感人事！

斗转星移，曾经青春萌动、意气风发的我，现已两鬓斑白。曾经的学生牵着他们孩子，又投到了我的门下。一切都在变化，而我的信念没有变，对乡村教育的感情却像陈年的酒，愈加浓烈。空闲时，我独自流连山梁，欣赏那夕阳的余辉，聆听崎岖山路上洒落一地的"锄禾日当午……"，每当此刻，我幸福着，我觉得我生命之花在这里尽情地绽放。我爱上了大山，更加爱上了大山的教育。

作者简介：舒义权，重庆市丰都县教师。1992 年 7 月毕业于重庆市丰都师范学校，分配到丰都县仁沙镇红庙子村小任教，2001 年，通过函授学习毕业于涪陵师范学院中文专业。2004 年 4 月光荣的加入中国共产党，同年任仁沙镇红星完小教科室主任，2006 年 7 月，调任仁沙镇教育管理中心教科室主任，2011 年调任仁沙镇渠溪完小任校长至今。

为爱坚守，执着耕耘

刘长明

这里讲述的是刘长明的故事，他生于1964年1月，重庆市城口县东安镇人，大学文化程度，重庆市城口县东安镇中心小学的高级教师，1982年3月开始从事小学教育工作，一直担任班主任，分别承担过小学的所有课程教学。36（1989年至1991年7月在梁平师范学校读书）年来，他刻苦钻研，勤学苦练，从不计较个人得失，把所有的爱全部倾注在小学生身上，把所有的情全部洒在小学教育事业上，结出了累累硕果，取得了显著成绩。他曾先后获得"重庆市最美乡村教师"、"重庆市 城口县优秀教师"、称号；7次获得" 重庆市城口县东安镇优秀教师"称号、"重庆市城口县数学学科教学竞赛"二等奖。他最近10年带领的班级，4次被评为"重庆市城口县优秀班集体"、5次被评为"重庆市城口县东安镇优秀班集体"；写的论文获得重庆市三等奖，也有论文在《城口教育发表》，和同事们一起编写了我校的《乒乓球活动课教材》、《启明星》杂志！2014年他推荐的他自己的学生陈艳被重庆市政府评为"最美留守女童"！业余训练的学生叶超在城口县一运会上获乒乓球男子单打亚军，从而为我校申请乒乓球特色学校奠定了基础；2015年7月在城口县"体彩杯"运动会所指导的乒乓球项目取得男团第八名的好成绩，2016年7月，辅导的乒乓球男团在城口县三运会上获得金牌，男子单打王成秋也获得金牌，男子单打田峰获得第四名；女团获得团体第六名，伍月红获得女子单打第七名的惊人成绩！

一、"爱"，是他勇于攀登的不竭动力

爱孩子既似慈母，又像严父。他说，就是因为喜欢孩子才选择了教师职业。他36年来始终立足于小学教学第一线，遵循教育规律和小学生身心发展规律，树立科学的学生观、教育观、教师观，对孩子一视同仁，无私奉献，促进每位小学生在不同水平上发展。他常说，孩子的心灵最纯洁，每个孩子都是一朵最

美的花，教师应该热爱每个孩子，爱孩子是教育工作的核心，教师要将爱心倾注在每一位孩子身上。他不仅是这样说，而且也是这样做。1988年，他在离家约15公里的木魁河小学工作，当时教的是一、三年级复式教学，两个年级50余人，辛苦就不用说了，由于当时农村条件非常艰苦，有一位家长因为交不起学费就不愿让自己的孩子上学，他知道情况后，多次去做工作，最后用自己非常微薄的工资帮他交了学费。这个学生后来知道了，学习非常努力，回来努力拼搏，最终跳出了"农门"，成为了一名人们羡慕的国家公务员。1991年11月，他在重庆市城口县的东安乡的黄金小学工作，他的一名学生（陈尚银）突然得了疟疾，肚子长泄不止，他一边将他扶到他自己的床上休息，一边找人给他家人带信，一边找人去请医生，等到家长来时，学生已经把他的床铺泄得肮脏不堪了，他没有丝毫怨气，还张罗着给家长和医生弄饭。第二天学生的病好了，他独自一人去河边在寒冷的河水里洗被子，事后他说，这跟待自己的孩子有什么两样呢？

爱校胜于爱家。36年来，他从未因家庭原因而影响工作。1991年春，他接手了一个基础非常差的班级，数学合格率不足40%，当时的黄金小学又不通电，晚上靠点煤油灯照明，学生基础太差，为了提高学生成绩他决定上晚自习，于是，他白天兢兢业业的工作，夜晚又在微弱的煤油灯光下辅导学生，那时他还是一个实习老师！4月的一天，他老婆生孩子，请假回去一天，把家里稍做安排，又把全部身心投入到工作中去了！6月下旬他要去重庆梁平师范学校参加毕业考试，走的那天，学生、家长站在学校边小河的铁索桥上，夹道送行，那依依惜别的场面让人难以描述，人人都怕他再不回那里工作了！他参加毕业考试后匆匆赶回来，刚好是学生毕业考试，学生们听说他回来了，个个高兴不已，毕业考试取得了非常好的成绩，合格率达到90%，直到现在，在那里只要一提到刘老师，个个仍然赞不绝口。在工作中，他从不计较个人得失，从不叫苦叫累。平日总是起早贪黑，早到迟走。在他的眼里，学校胜似自己的家，学校的工作比家还重要。

爱同事似兄弟姐妹。由于学校年轻人较多，作为青年人的领头人，时时处处事事爱护他们、关心他们。在"普六"、"普九"工作中，青年教师每天加班到深夜，为了他们的成长，常常耐心的指导他们，带他们下村时，精心安排，不厌其烦的示范，和家长们耐心的交流，学习，让年轻的教师们很快的学会做家长、社会的工作，形成教育合力！常常把自己的工作经验毫不保留地传给年轻教师。

二、"学"，是他刻苦钻研的永恒追求

好学、勤学是他的挚爱追求。他始终认为学习使人前进，学习是人可持续发展的动力和源泉。在他身上真正体现了终身学习的理念。36年来，他从未间断过学习，从一个中师毕业生一直学到大专课程，自理万余元的学费。为了不放过任何一次学习的机会，他总是利用假期参加各种教育研究的前沿培训活动，从未完整地休息过一个寒暑假。2006年暑假，他克服种种困难，顶着酷暑，不畏40度以上的高温，参加重庆市第二期"贫义工程""第三轮教师培训项目县小学数学教师新课程培训"，他虚心好学，努力拼搏，结业时被评为"优秀学员"，受到奖励。2012年1月和2014年2月先后两次参加国家教育部"国培计划——中西部农村骨干教师培训项目"时，两次都被评为"优秀学员"，受到奖励。平时，抓紧点滴时间，博览群书。自加压力，自定读书计划，每月读10本杂志、每季读完1-2本理论书籍。

三、"研"，是他开拓创新的重要法宝

他是六十年代的人，那时学习不要说用电脑、用多媒体，就是连看都没有看见过。2000年我们学校有了电脑了，他先是向他自己的女儿和儿子学了最基本的知识，然后努力自学，后来成为了我们学校第一个用课件上课的教师。2013年10月城口县的教学研究月活动，他积极参加，并且在城口县新课程课堂竞赛高望片区复赛中获数学科一等奖；在城口县数学学科教学竞赛中获二等奖！课余时撰写的《教育教学成功的秘诀——爱》获重庆市三等奖；并在《城口教育》上发表；撰写的《浅谈利用思品社会课培养小学生的感恩意识》、《浅谈农村小学低、中、高段班主任的角色的转变》分别获重庆市第十、第十一届基础教育课程改革征文大赛三等奖。在教学研究过程中，大大提升了教师的研究水平与综合素养，特别是对教育实践活动的反思能力，有了长足的发展。为一线教师在教育教学实践中对小学生的观察、、分析、评价提供了直接的参照和支持，为教师们展开课程设计和教学提供了范本。

四、"范"是他工作的一贯准则

俗话说"学高为师，身正为范"，他在工作中，处处体现了这句话。他深深地知道：既然选择了教师的职业，就要安于清贫。做教师是发不了财的，想发财就别做教师，教师为人师表，传道授业是天经地义的事。既然选择了教师

的职业,就不要把精力放在勾心斗角,怨天尤人上面,要明白自己的职责所在——教好书育好人,这是良心所在,对得起自己的这份职业,对得起党和人民赋予的重任,不误人子弟,心安就好。他事事从严要求自己,语言文明,入情入理,课堂上引导学生学习知识,如春风化雨,润物细无声;课外,说话风趣幽默,深受学生的爱戴,是学生们真正的良师益友。和家长沟通,和颜悦色,家长们赞不绝口。学校的大事,他非常关心,不管哪位,如果违背原则,他都会毫不留情的指出来;对待学生更是如此,评"三好学生"、"优秀班干部"、"优秀少先队员"他从来都是一把尺子量到底,家长、学生都非常佩服!特别是对待贫困生时,更是全方位了解,认真比较,把有限的资金,给更需要的人!

五、"敬业"是他的"口头禅"

他自觉践行社会主义荣辱观,模范遵守公民基本道德规范,恪尽职守。在领导心目中,他吃苦、虚心、诚信肯干;在老师及教辅后勤职工眼中,他热情、温和、真诚待人;在学生的记忆里,他严厉、慈祥,以身作则。自1982年走上讲台至今,三十余年风雨,他在教育系统这块园地里坚持信守承诺,默默奉献,成长为极具高度信誉的教育工作者。一堂课的设计他要反复斟酌,选择最佳方案,课后他又要认真反思。对待学困生,他从不歧视,总是耐心的讲解、辅导,想方设法激发其学习积极性,让他们有充分展示的平台,从不同角度,有不同的发展。批改作业精细有加,对出了错的学生找来进行一对一的辅导,。他常说,不要让一个学生掉队。所以三十余年来,他所教的班(或学科)的成绩出来都是名列前茅的。为了提高教育教学质量,他除了改良教育教学方法外,还坚持出满勤、干满点!

六、"传",是他尽心履职的真情流露

长期以来,主动做好传、帮、带。无论是校内还是校外,他认为每一位小学教师都是我们事业发展的力量,培养他们是自己应尽的责任,因此,他总是不厌其烦,毫无保留,全心全意地帮助所有小教同行。他常常指导年轻教师的汇报课、研究课、公开课,自己还常常上示范课。主动承担了我校特色学校建设的有关任务,快55岁的人了,还亲自示范训练学校乒乓球校队的队员,甚至还常常和他们单打,让队员领会打球的精髓;还训练年轻的教师,让乒乓球特色学校的建设后继有人。这些经验和做法引来了一些学校观摩学习,也得到了他们的好评!

对校内的青年教师，他更注重言传身教，在平日工作中，他有良好的师德修养，严谨的工作作风。不仅上班指导每一位教师的教学活动，课后还与他们逐一反馈和互动，同时还定期上示范课给全校教师观摩。他指导青年教师严格细致。既有理论上整体框架的指导，又有操作过程中具体环节的指导。从不放过每个细小的教学环节。如教具演示，收放顺序都一一指导到位。在他的指导下，青年教师迅速成长，成为学校骨干教师，甚至县级骨干教师。

虽然他年过半百，但他始终如一，几十年如一日，使自己成为先进教育思想的实践者，科学育人的示范者，青年教师的引领者，一刻也不放松自己，坚定自己的理想信念，恪尽职守，任劳任怨。他的事迹很好的诠释了教师这一崇高使命，为爱坚守，执着耕耘这是他 36 年工作的真实写照。

作者简介：刘长明，重庆市城口县教师。1981 年毕业于城口中学高中部，1982 年 3 月参加工作，1989 年 9 月至 1991 年 7 月到四川省梁平师范学校民师班学习。2001 年 7 月至 2004 年 6 月参加重庆教育学院数学教育专业函授班学习，大专毕业。1988 年 12 月 30 日，城口县职改办公室批准为当时的小学一级教师；1996 年 12 月，重庆市职改办公室批准为当时的小学高级教师；2017 年 11 月 24 日，重庆市职改办公室批准为现在的高级教师（中高）。参加工作以来，前 20 年都在城口县东安镇最边远的学校工作，现在城口县东安镇中心小学工作。

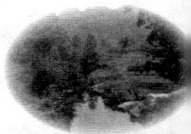

行走在教育的路上

王小丽

我叫王小丽，来自石柱县西沱镇小学。作为一名农村教师，我和许多普通老师一样，没有感天动地的壮举，也没有做出过什么令人艳羡的伟大成就。虽然今天我依然能够荣幸地站在教学的讲台上，却还是感到有些惭愧，因为没有什么丰功伟绩。但是，我非常庆幸能够在这里，书写和回味我所经历的那些平凡教育中的点点滴滴。

1976 年的那个美丽的初夏，天地间多了一个我。我从小就是个非常听话的孩子，尤其是老师的话，对我来说就像圣旨一样，从不违背。在我心中，老师的一言一行，一举一动，甚至一颦一笑，都是那么神圣与完美。小时候，我最喜欢看的电视剧就是关于老师的，记忆中最深的片断，是一位美丽的乡村女教师带着一群孩子走过窄窄的田埂，在开满野花的草地上追逐、嬉戏。老师头上的蝴蝶结跟随着她一起跳动，就像一只蝴蝶在田野上飞舞，那一刻，我羡慕极了，老师，好美！后来，那首歌《长大后我就成了你》让我对老师更加崇拜，简单朴素的想法变成了越来越清晰的愿望：我要当老师！初中毕业，我以优异的成绩顺利进入石柱师范。三年后，19 岁的我终于带着梦想走上了三尺讲台，走进了简陋的课堂。面对着台下那一双双渴求知识的眼睛，我激动、紧张，更感受到了一份沉甸甸的责任。

美林，一个我永远不会忘记的孩子，她有一定的智力障碍，家庭情况也比较特殊。美林的爸爸憨厚老实，三十多岁还没娶上媳妇，美林是他捡来的孩子。特殊的出身和智力障碍，使美林从小就非常孤僻，很少与人说话，更让人心疼的是，近乎呆滞的她有时甚至会在课堂上不自觉地大小便，难闻的臭气常常引来同学们的谩骂与嘲笑。看着模样俊俏却目光呆滞的小美林，我有一种说不出的难受，我突然想要去保护她。为了能让她尽量不在课堂上大小便，只要一下课，我就拉着她的手带她去厕所，让她尽量能按时排便，帮她清理脏物，我也不知道从小就怕脏的我，那时候是哪里来的力量，竟然能够一次次从容地在厕所里帮她清理弄脏的衣裤，每一次，美林总像是做了什么错事，怯怯地望着我，呆滞的眼睛里有了异样的神色，我不忍心看她不安，总是不住地说："没事儿，没事儿，我们家小美林越来越乖了。"那几年，生活条件较差，没有妈妈的小美林常常穿着别人穿过的旧衣服，我工资不高，只能偶尔挑上一两件便宜点的衣服买来送给她，她每次穿新衣服，脸都红红的，很害羞，也不笑，但我知道，她一定很开心。遇上过节，我喜欢在家里做一些小零食，带到学校给孩子们解馋，每到这时，孩子都开心地围着我，等着我给他们发好吃的，只有美林坐在座位上不动，目不转睛地望着我们。我带着孩子们走过去，围在小美林周围开始发零食，每次都会偏心地给她多发一点，发完后，再用小木梳给她梳个漂漂亮亮的"节日头"，时间一长，她也会偶尔回报给我一个开心的笑容。为了让她能多认几个字，午饭后，我常把她叫到身边，一字一句地教她读课文，手把手地教她写字，有时，她竟然也会因为自己歪歪扭扭的字而向我投来歉意的眼神。时间一天天过去，没想到，我的坚持真的换来小美林奇迹般地变化：课堂上不自觉的大小便几乎没有了，话变得多起来，脸上也常常有了笑容。平时看到我，常会蹦跳着跑上来，向我咧开嘴笑，偶尔也会告诉我她吃了什么，放牛的时候遇上了什么新鲜事儿。那年的儿童节，她再也不是旁观者了，她和其他孩子一起在舞台上表演节目，动作稍有些笨拙的她竟显得异常可爱。期末考试，她竟破天荒地考了六十九分。看着小美林眼中的光彩，我常情不自禁地陶醉，我相信，那时的我，脸上一定美得像朵花儿。

从教几年后，我被安排到一所大山里的村小支教。报到的那天，我和几位同去支教的老师共同坐上了仅有的一班途经那里的汽车。汽车沿着盘山公路小心地行驶着，往窗外望去，公路一边是茂盛的植物，一边则是吓人的山崖。汽车绕了一道又一道弯，每次都以为到了终点，却哪知峰回路转，不远处，又是一道弯。不知过了多久，也不知是谁先发现了新大陆，我们终于看到了自己即将工作的地方：坑洼不平的操场上除了一条通向厕所的小路，其余全是杂草，像是许久无人呆过，最显眼的是那排白白的教室，教室旁有一间低矮的厨房，仅此而已。一眼望去，目力所及之处，除了山还是山，这就是我要工作一年的地方吗？

接下来的日子单调而乏味，我班只有十几个学生，我每天所做的就是一天天重复着昨天的故事：开门、上课、下课、扫除、关门……每天迎来的是那十几双空洞无神的眼睛，每天批阅的是那十几本弄脏了又揉皱了的作业本，每天

面对的是像死人一样沉寂的大山……单调乏味的生活带来的是一种职业的倦怠，上课变得漫不经心，作业批改次数越来越少，反正山高皇帝远，领导也无暇每天来关注我们的工作，再加上山里孩子那脏兮兮的小手，那揉皱了又弄脏了的作业本，那一双双呆滞的眼睛，更加让我失却了工作的热情。于是，课堂常常成了我和学生的"阅读课"，我看我的小说，他读他的课本，至于是否真读，那是他自己的事儿，我并不多管，只在我看小说累了的时候，便想起放他们出去玩耍一阵。时间就这样一天天流去，日子就这样一天天打发，我也离孩子们越来越远。突然有一天，在我看小说的时候，一位小女孩拉了拉我的衣袖，怯生生地对我说："老师，您长得真像我妈妈，我妈妈在外面打工，她说，让我好好跟您学习，将来也像您一样，当个老师。"说完，递给我一张她和妈妈的合影。我看着小女孩，心里一颤：跟我好好学习，将来像我一样当个老师。这是多么纯朴的愿望！可我却在干着什么！小女孩的话像鞭子一样抽在我身上，我突然意识到自己肩上的责任并没有因为环境的不同而有所改变，无论我在哪里，无论学生怎样，把他们教育好，让他们学到知识，教给他们做人的道理，这都是我作为一位教师应尽的责任，那一晚，我失眠了。

接下来的日子，我重拾对教育的热情。认真备课，上课：教他们写字，给他们讲王羲之和欧颜柳赵；带他们作文，让他们学习用文字来传达自己的思想；领着他们唱歌，使他们知道有一种音乐叫做贝多芬，有一种语言可以通向世界。山里的孩子除了课本，几乎没看过别的书，我用自己微薄的工资给孩子们添置了一些适用的书籍，带着他们透过阅读，走出大山，看到山外面的世界，去体会生活不只有眼前的苟且，还有诗与远方。终于，工夫不负有心人，艰辛的付出得到了丰厚的回报，孩子们在一天天发生着可喜的变化：作业本开始干净了，头发梳得整齐了，眼睛逐渐有了光彩，话语变得文明，上课小手举得勤了，教室里的玻璃窗也被孩子们擦得更亮了，讲台上，孩子们拿来的桑椹、李子、新鲜的蘑菇，常常堆成了小山……放假回家，原单位的同事说：小丽，看，山里的风都把你吹老了！我笑着说：可我让山里的娃儿们变"乖"了。一年的支教生活结束了，放假的那天，孩子们都围着我，舍不得我走，他们簇拥着把我送上车。我不知道他们追着汽车跑了好远，只记得回头的瞬间泪早已模糊了双眼，把手伸进口袋想拿手绢擦一擦，摸到的却是孩子们不知道什么时候塞进来的糖和饼干，那一刻，矜持的我再也忍不住，任泪水肆意成河。后来，原学校同意了我再支教一年的申请。相好的同事都说我傻，说在那样的穷乡僻壤，你做得再多有谁看见。可我知道我不傻，我在做着非常有意义的事情。记得泰戈尔有这样一句诗：天空中没有翅膀的痕迹，但我已经飞过。

多年的教学生涯，让我慢慢懂得：教育，仅凭一颗爱心是不够的，要想给孩子一桶水，自己必须成为活水源头。我不想做春蚕和蜡烛，我想在照亮别人的同时，也能让自己成长，只有不断地学习，我才能带着孩子们走得更远。于是，我报名参加了自学考试，重新拿起书本。为了不让学习影响自己的教学工作，我每天早上五点钟准时起床，利用工作之余的时间把每本书（包括考试资料）都背得滚瓜烂熟。最终，十二门科目，我花了两年的时间，以极其优异的成绩拿到了毕业证书。后来，我又利用周末每次坐船三个小时到万州学习钢琴和古筝，并开始自学《新概念英语》。知识慢慢地丰富起来，我的眼界也变得越来越开阔，我所学的东西让我的课堂呈现出更多的精彩。孩子们越来越喜欢听我上课，同事们也夸赞我的课越来越有自己的风格。慢慢地，荣誉变得多起来，我的心里也越来越敞亮：我知道，我的责任越来越大，前方的路越来越长……

2014年9月，我和来自重庆市各区县的49名小学英语老师一起参加了为期120天的"国培"学习。这次学习成为我人生旅程中又一个重要的转折点。

初到国培班，同学们流利的英语让我自惭形秽。我在给彭校长的短信中说：彭校，同学们个个都是科班出身，好多还过了英语专业八级，感觉压力好大！校长回信说：西小人素来不服输，望发扬云梯精神，学业定成的！看到彭校长的鼓励，我知道不能再给自己找借口，好好努力，定会有所收获的。为了能听懂全英文讲座，我就在头天晚上把老师发给我们预习的讲义挨个儿翻译一遍，遇到不懂的地方，就向其他同学请教；为了练好口语，我每天五点准时起床，躲到厕所里一遍遍跟读英语教师课堂话语；为了能更好地理解专家教授所讲的内容，每天晚饭后三个小时的学习反思雷打不动。说真的，这样的学习对于成年人来说有点儿苦，但是，也正是这样的学习给我带来了从未有过的幸福。

研修期间，我每天都把写好的学习反思通过网络发给老公看一看。一天，老公把我发给他的几十页文稿打印出来，在网络那头给我竖起了大拇指，夸我说："你好厉害！写了这么多，看到你写的这些，我也想写了，我也要读点书，练练笔。"于是，在我的影响下，老公也开始写起了"下水文"，每次写完，他都会发给我看，还时常开心地对我说："呵呵，没想到这么大岁数还会重新拿起笔，像小学生一样写作文。"刚到十八中念初一的儿子也不甘示弱，竟然要和我来个学习比赛。寒假回家，看着儿子作业本上密密麻麻足有三四万字的自创小说《旅行》，我的眼眶湿润了，那一刻，我忽然理解了"教者，上所施，下所效"的真正内涵。我问儿子："累吗？"他说："有点累，但很满足！"

为了使自己学到的东西能帮助更多的人，我还利用教师业务学习时间，在学校举办了一系列讲座。每次讲座后，老师们积极的反馈，发自内心的感慨和工工整整的笔记，让我倍感欣慰。"教育意味着一棵树摇动另一棵树，一朵云推动另一朵云，一个灵魂唤醒另一个灵魂。"读着这句出自德国哲学家雅斯贝尔斯的名言，我的眼里盈满了热泪。

　　目送着一批又一批可爱的孩子离开校园，迎接着一批又一批可爱的孩子走进校园，在这一次又一次的迎来送往中，我已经在教育这条路上走了二十年。二十年后的今天，少了最初的豪情万丈与意气满怀，多了一份对孩子，对教育淡然而朴实的爱，我将怀揣着这份爱，和各位老师一起，踩着坚实的脚步在教育的路上不断前行……

　　作者简介： 王小丽，女，重庆市石柱县教师。1995 年毕业于石柱县师范学校，从教以来，一直坚守在农村教学第一线。先后自学了钢琴、古筝、新概念英语，并积极投身教学研究，主研多项市县级课题，形成了独具特色的教学风格。曾撰写多篇有实用价值的教学论文和教学设计，在各级各类刊物中发表。先后被评为石柱县优秀教师、教育科研先进个人、石柱县十佳课改标兵、石柱县十佳好老师、重庆市"最美乡村教师"及重庆市小学语文骨干教师。

十九岁那年的孤寂

梁斌

山如摇篮，学校恰似襁褓中的婴儿。清晨，当第一只白鹭从学校对面山坡上的竹林飞起时，她恰在咿呀学语。书声烂漫，把周围的大山惊醒；傍晚，当天边最后一抹晚霞渐渐褪去羞涩时，她正在快乐游戏。欢声笑语，随流淌的小溪一路向远方奔去。

不知不觉，我已经在这样诗意的环境中工作了三十个春秋。鬓生华发，青春不再。偶尔蓦然回首，想到当年那个青涩的我，万般感慨涌上心头。一九八七年，十九岁的我在这大山里感受到了什么呢？

那年八月，我刚刚师范毕业，被分配到原万县桥亭乡新岭村小任教。我本来就是山里的孩子，但报到当天，我还是被眼前的景象惊呆了：不通水电，一里多外有一口井，三间土坯房，坑坑洼洼的地面，四面漏风的窗户，破破烂烂的桌椅。二十几名学生分成三个年级，可教师只有我一个，而且全校只有我一个成年人！我既是校长，又是教师，还是出纳、炊事员等等。一个人的学校！十九年来我第一次如此惶恐不安。

借来扫帚清理完学校，硬着头皮开了学。我先把一份正正规规的课表抄在教室墙上，课表上我设置了语文、数学、音乐、体育、美术课，所有的课都是我来上。感谢师范学校对我的培养，我体育还行，音乐和美术虽然不专业，但好歹也开了课。没有领导、同事跟我商讨，所有教学上的、生活上的大事小事通通我一个人做主，一个人负责。从早到晚，我带着孩子们学习、做操、唱歌、游戏，忙到精疲力尽。当目送最后一个孩子离开学校，在夕阳下蹦跳着回家时，我转身面对的，是空无一人的学校。微风拂过树梢，树叶沙沙作响；夕阳拉长了我的影子，只剩我和我的影子形影相吊。十九岁的我感受最深的不是艰苦，不是忙碌，而是吞噬人心的孤寂！

没有电的长夜漫长无比。伴着星光，我点上一盏煤油灯，认真地备好第二天的课，再看上一会书，涩了眼才闭目睡去。冬夜尤其难熬，窗外山风呼啸，我裹紧了被子依然寒气逼人。孤枕难眠，辗转反侧，我觉得自己简直就像荒岛上的鲁滨逊，被放逐，被遗忘。可是我才十九岁啊，大山里的这座"孤岛"我究竟能守到几时？

年轻的我在不眠的冬夜里开始思考一个人的坚守到底有什么价值。我见过山那边的世界，我知道那个世界有多么繁华多么有吸引力，而这里，几乎与世隔绝。可当我闭上眼睛，脑海里浮现出来的却是课堂上那一双双期盼的眼睛，这些纯朴的孩子很多人根本还没看到山外的世界，要摆脱贫困愚昧，要走出大山，他们需要有人站在这里，给他们点亮那一盏路灯。他们天真地走在人生路上，全然地信赖我这个十九岁的老师给他们带来知识，带来希望，我又怎能辜负这一双双清澈如山泉的眼睛呢？我人生的价值在这里！我的二十几个学生他们的未来在我的每一节课里，在我每一天的陪伴里。世界上再也没有什么比这更有价值的东西！

不知不觉中，原来我已经和我朝夕相对的二十几名学生有了那么深的羁绊。教师这个职业的意义也不再是书本上的文字，而是每一个清晨我打开大门，迎接那些踏着露水，走过泥泞，甚至赤脚跑来的山里娃们。他们从不同的路上汇集到了这个简陋的学校，"孤岛"宛如麦加，而我负责敲响大山深处文明的钟声！

迷惘的我找到了坚持下去的理由和勇气，因为我开始明了：青春除了激情和热血，更需要踏实和坚守。

孩子们的成长也给我带来了信心，最初的不安消失了，我慢慢习惯了一个人的独处时光，学会了守住那一份孤寂，静待一树一树的花开。那一年，我教的村小学生成绩历史性地第一次超过完小。那一年，我十九岁，开始了一个乡村教师平凡而又诗意的职业道路。

作者简介：梁斌，重庆市万州区教师。1987 年万县师范学校毕业，先后在原万县桥亭乡新岭村小、万州区康家小学任教，现任万州区丁阳初级中学数学教师，副高级职称。2012 年获得"银星"奖，2015 年获得万州区"优秀班主任"，同年获得重庆市"美丽乡村教师奖"。大山深处默默耕耘三十载，守过一个人的村小，右手打着石膏用左手板书两个月送过一个毕业班，资助过不少贫困学生，收获了无数山里孩子和家长的感激之情。扎根山区，无怨无悔，最大的愿望就是能变成歌里传唱的"好大一棵树"。

我的教学成长经历

梁斌

我是一名从教近三十年的乡村教师。这三十年教学中没有轰轰烈烈的壮举，有的只是日常的简单平凡：备课，上课，批改作业。在呕心沥血的辛苦中呵护幼苗，对学生进行辅导，谈心。正是因为这周而复始的教学生涯赋予了我宝贵的课堂教学经验。每当望着在我教过的学生，不断地在中考的赢得胜利，一届届地跨入高等学府的大门，我感到十分欣慰，由衷感到自豪和幸福！！在此，我将自己在乡村一线任职的感触、欢乐与大家一起交流、共享。

一、言传身教，培养学生健全的人格

在教学中，我细心观察每一个学生的动态，用责任心去教育每一个学生。记得毕业后刚刚踏上讲台的那一个月，由于我的威严指责在课堂上不断地纠正批评学生所犯的各类错误。一段时间后我感觉上课时课堂气氛越来越沉闷，面对基础教育很差的乡村教育我陷入了迷茫和沉思，心里不停的问自己，怎样才能让学生兴趣性的爱上我的课堂教学，课后我通过深入调查找到几位学生和他们聊天谈心，才知道我不断的纠正和指责伤失了他们的自尊和自信。在痛心我教学失误的同时不断地探求方法，放下了"师道尊严"的架子和学生建立了深厚的友谊，结成了真诚的朋友。"亲其师，才能信其道"，在我的教学经历中得到了真实的印证。

二、与时俱进，不断创新

俗话说：干一行、爱一行、专一行。特别是在这个知识爆炸的时代，我们课堂里的知识在不断更新，一天不学习我们在课堂上就有可能有漏洞。在教学中要时时掌握时代的脉搏，用最好的理念、最新的知识来充实武装自己。特别是像我这个从八十年走过来的老师，更要低调谦虚接纳新的教学方法，要抱着活到老学到老，和年轻老师广开言论，共同探讨高效的教学方法，让课堂教育不断的蜕变成长，这样才能在课堂上让学生得到高效的收获。

三、以德服人，爱心普照

对优差生所犯的错误尽量做到公平公正，对差生不厌恶，不嫌弃。对优生我会要求更高，严格要求，因为我知道只有严师才能出高徒。让每一个学生感受到老师的爱心、关心和热心。真正做到老师爱每一位学生，学生中每一位就爱老师。就在上期毕业前夕我班有个叫罗红的学生非常爱出风头，每次都是带头起哄，长期违反纪律，不但自己不想学还想别人也不学。在家对父母都是拳打脚踢，老师的批评教育更是不当回事。我好几次就想放弃，觉得是不可救药了，但是，强烈的责任感、崇高的师德和无私的爱心不允许我放弃。我几次登门拜访都吃了闭门羹。通过我几次和他邻居，同学，亲戚了解到；父母离异，跟着年迈的奶奶生活根本得不到家庭的温暖，产生了破罐子破摔。一次罗红生病在家，我提着牛奶水果再次登门拜访，罗红看见我激动得泪流满面，尊敬的行礼说：老师我对不起你。几次躲你是我不好意思见你，我在班上厌学捣乱。孩子嘛是在错误中成长的。通过罗红的事例我趁机教育了几位差点像罗红一样想法的学生。几位学生改变了学习态度，明确了学习目的，学习成绩有了明显的提高。

我们这职业有快乐和财富，那就是每天被学生包围的青春气息。从教三十年，通过我和同事探索的教学方法大胆的运用在课堂上都得到了很大的收获，为学校赢得了许多荣誉。不过日新月异的教学方法还需要我和同事同心协力去探索。众人划桨开大船，同船共济济沧海。让高效率、高收获的教学方法不断地运用于课堂，让孩子跨上高等学府的大门，成为祖国的栋梁之材。

作者简介：梁斌，重庆市万州区教师。1987年万县师范学校毕业，先后在原万县桥亭乡新岭村小、万州区康家小学任教，现任万州区丁阳初级中学数学教师，副高级职称。2012年获得"银星"奖，2015年获得万州区"优秀班主任"，同年获得重庆市"美丽乡村教师奖"。大山深处默默耕耘三十载，守过一个人的村小，右手打着石膏用左手板书两个月送过一个毕业班，资助过不少贫困学生，收获了无数山里孩子和家长的感激之情。扎根山区，无怨无悔，最大的愿望就是能变成歌里传唱的"好大一棵树"。

最美不过夕阳红

杜四清

有一首歌叫《最美不过夕阳红》：夕阳是晚开的花，夕阳是陈年的酒，夕阳是迟到的爱，夕阳是未了的情。礼赞那些老骥伏枥，志在千里的人，而我觉得更像是对郭村学校李加宁老师一生坎坷，一路荆棘的经典诠释。

李加宁，现年 58 岁，土生土长的郭村人。他的父亲，是教育界的前辈，是郭村小学早期的校长，十年浩劫，蒙冤"右派"，平反昭雪后，只有初中学历的他，接了父亲的班，子承父业。那一年，他 20 岁。"接班的老师，没多少文化，怎么教得好孩子？"许多家长发出质疑。"接班的，只能安排当工人，要么下厨房煮饭，要么在学校当杂工。"许多学校领导如是安排。年轻气盛的李加宁沉不住气了，心里默默想：自己这么年轻，只要努力下功夫，一定能够当一名好老师。

人类最伟大的就是有梦想，梦想需要拼搏来实现。5 年后，他在万县教师进修校完成了中师学历，实现了教师资格的华丽转身。同时也迎来他教育人生的辉煌阶段。连续几年担任小学毕业班数学教师，每年的升学率都居武陵区前茅。

84 年 9 月，他被万县县委、万县人民政府授予"优秀教师（先进工作者）"光荣称号，并且光荣出席了万县教育先代会。

85 年 5 月，他还光荣出席了"全国二十四省市小学数学学术研讨会"，之后，在本校率先学习运用"尝试教学法"、"黎氏教学法"等教学方法改革研究，收到了良好的效果，多次获得区、乡先进教育工作者称号。

86 年秋，郭村小学附中扩容增班，缺数学教师，已成小学数学骨干教师的他，毅然承担起初中数学的教学任务，并担任班主任，慕名前来该班就读的学生挤爆了教室，80 多个学生，后挨墙壁，前抵讲台，那才是叫真正的超大班额。

87 年 12 月，郭村中学成立，李加宁老师是建校元老，他与学校领导、老师们一起规划新校选址、建设；他与学生们一起挖土、搬砖、砸石。在板桥河

边建起一座美丽的学校。他，因为教育教学及其管理出类拔萃，被提拔为学校中层干部。正当他将在教育领域里大显身手之时，命运乖舛的他，却因学历未达专科而不具备认定初中教师资格。那一年，是91年。

曾经战斗的小学向他呼唤，抛出橄榄枝，可他毅然决定，参加大专进修，繁重的教学任务，繁琐的后勤管理，繁忙的进修学习。他就像一块永不停息的钟表，校园里，总是他来去匆匆忙碌的身影。而一次误入美丽陷阱，更是让他雪上加霜。人生路上，荆棘丛生，险象环生。有谁不希望跨越千山万壑，扬鞭一马平川。可命运却跟他开了一个玩笑。于是，他效法闻一多先生"何妨一下楼"，一头扎进教室，一心钻研教学。虽无等身著作的功绩，却也在平凡的教育之树上结出累累硕果。

2004年他担任初三、2班班主任和初三政治课，该班冉艳琴顺利考入万中。2008年他任的九、2班中考总分在612以上的有8名。其中邓大清 、冉先以总分680分别进入万二中（录取线675）和万中（录取线670）。所任政治学科谭露和李罗获得满分50分。那一刻，板桥河边沸腾了，山村里朴实的家长无法用语言表达谢意，只好请一场乐队在学校门口载歌载舞庆贺了半天。

干一行爱一行是李加宁最朴素的写照。他教《生理卫生》，学生升学成绩名列前茅；他教《政治》学生升学成绩常有满分；他教只是结业科目的《生物》，在全区也是榜上有名；他当班主任，独辟蹊径，学生自主管理，堪称典范。 然而，他忘记了自己还是一名小学教师。政策又跟他开了一个玩笑。2009年工改，他有中教职称还是小学教师资格，晋升时又被拒之门外。

生命有限，精力有限，长年累月的苦心经营，精神煎熬，他终于不堪重负，各种疾病的折磨，让他不得不离开讲台，当起了管理学校档案、普九、印制试卷的闲人。勤劳的人是永远闲不住的，面对学校杂乱无章的档案资料，他经年累月，几载寒暑，硬是将全部档案资料分类、归档、入卷，目录索引，一应俱全，实现了学校档案资料管理的科学化，规范化。

2015年3月，九年一贯制的郭村学校成立，面对新学校，新气象，新起色，年已58岁的李加宁老师，如久旱遇甘露，再次迎来人生的春天。他被学校安排主管"均衡教育"档案资料整理工作，学校成为武陵督导片区"均衡教育"样板学校；并迎来辖区8所中小学近百人现场观摩学习；随后，他被任命为学校督导室副主任，放手大胆督导学校各项工作；再后，郭村学校"李加宁班主任工作室"挂牌成立，他和他的班主任工作团队，在探索1---9年级各年龄阶段学生的自主管理方面已初见成效，伴随着工作室一次次活动的开展，工作室在学校班级管理中的成效日益凸显。

愿李加宁老师这朵晚开的花，更加绚丽灿烂。

愿李加宁老师这杯陈年的酒，更加可口醇香。

愿李加宁老师这场迟到的爱，能终了一生的教育情怀！

作者简介：杜四清，重庆市万州区教师。现任万州区郭村学校副校长，万州区语文骨干教师，中学语文高级教师。1985年万县师范学校毕业参加工作，先后担任过村小、完小、中心小学、初级中学教师。教学之余，积极进修学习，分别取得中文专科、教育管理本科学历。多年从事初中语文教学，指导过多名学生获得国家、省市、区县级作文大赛等级奖。闲暇之时，喜欢写点小说、散文、诗歌、随笔；爱好书法。

爱溢浦里河畔，心系山村学子

王凌云

王凌云老师在万州区弹子学校任教，是地地道道的山里人，自 1984 年中师毕业以来，扎根在自己的家乡，万州最西部的浦里河畔，三十多年如一日，心系山村学子，把自己的青春和热血默默奉献给了乡村教育事业，他的爱心溢满了浦里河。

带病工作，润物无声。2003 年 10 月，他因误服巴比妥类药物过敏，溃烂两个月才痊愈。他一边坚持治疗，一边坚持上课，没有请假，同学们看着老师讲课时脸上、嘴角龟裂处流出的血水，眼眶都湿润了；2004 年 11 月，他摔下深沟，造成脊柱压迫性骨折，有两节脊柱挤压在了一起，本应到重庆大医院去牵引手术，上钢针。但作为班主任，他实在不忍心丢下班里的 53 个孩子，就叫乡卫生院的骨科医生到家里治疗，只在家里躺了两个星期，就颤巍巍地到教室坐着上课，钻心的疼痛，让他冷汗满面，时不时咬紧牙关，眼角扯动。同学们看在眼里，痛在心头。就是在躺床治疗的两个星期里，王老师每天也在关注着班里的学生。他把班干部会议放在家里召开，及时了解学生动态，精心布置班级工作。他还嘱咐尖子生给成绩暂时落后的学生补课……

这两次伤病，他都带病坚持上课，学生被感动了，特别地勤学、守纪、向上，2006 届毕业班被评为万州区先进班集体，中考成绩创弹子学校新记录。

由于错过了治疗时机，压迫在一起的两节脊柱，现在周围长了骨刺，时时疼痛，腰不能弯曲，"有所得，必有所失"，王老师说"他能教到这样的班级，这样的学生，很幸运，虽然耽误了治疗但是决不后悔"。

勤能补拙，天道酬勤。王老师是一个中师毕业生，但他深知"给学生一碗水，自己要是一条流淌的河水"的道理。因此，他不断学习，更新知识结构，扩大教育视野，学习新理念，接受新思想，勤于实践，勇于探索。通过刻苦学习拿到了本科文凭，成为了万州区级初中语文骨干教师，获得中小学高级教师职称；他主研的区级立项课题《九年一贯制学校教师校本培训对策研究》、《养习励志一体化教育研究》，都已经结题；他撰写的论文数十篇获市区级等级奖；指导教师参赛，十一人获区级决赛一、二等奖。近十年来，他获得镇校级"优秀党员"、"优秀班主任"、"先进个人"的荣誉共计9次；获得万州区级"基础教育课程改革实验先进个人"、"义务教育阶段学校教学工作先进个人"、"万州区中小学教学工作先进个人"、"教育系统政务信息工作先进个人"、"万州区中小学领雁工程先进个人"等殊荣6次；近5年，年度考核连续五个优秀；2015年获得重庆市级美丽乡村教师奖。

桃李不言，下自成蹊。王老师当班主任一直到2013年，长期担任初中语文教学任务，教学成绩一直名列九年一贯制学校前列。

王老师的爱心唤醒了学生身上一切美好的东西，激发他们扬帆前进。他在教育教学工作中，练就了一双敏锐的眼睛，养成了一颗细微的心，能及时发现学生身上的问题、存在的异样，并能及时纠正、教育、培养，使之沿着健康的道路前行。他的班级里，始终洋溢着一股暖流，似一团和风细雨，感染着整个班级，渗透到每个学生的心中。

2009届有个女孩叫黄兰兰，她学习成绩一般，也不敢在同学面前发言，是班里有名的"胆小生"。为了帮助她练习胆量，王老师课上经常提问她一些很容易的问题，并且课下经常找她谈心，鼓励她。当发现她的普通话很好时，就在语文课中，让她带着大家朗读，渐渐地，综合性学习里的演讲，她也能够大胆地走上台来。后来黄兰兰同学的学习更是突飞猛进，还当上了王老师精挑细选的课代表，中考升入市级重点中学。

王老师愿做那打开学生心灵窗户的烛光，用真爱照亮孩子。他的爱心让2006届自卑自闭的问题学生江浩，变得阳光开朗，并以高出录取线30分的优异成绩考入了万州中学，高中毕业考入新疆大学；另一缺失母爱的学生，曾经性格孤僻，沉默寡言，对学习兴趣不大，也在他的悉心照看下，走出阴霾，鼓足干劲，升入区级重点中学，高中毕业考入西南政法大学，现在工作在长寿区检察院。

正在弹子学校就读的初2019级八年级（1）班学生张小江，在六年级时父母双亡，几乎要成了问题学生。王老师积极协调学校、政府给予张小江最多的关怀，王老师也对他无微不至的关心、爱护，还支助了现金一千元。现在，张小江树立起来生活的信心、勇气，还是一名品学皆优的学生干部。

一年一年，一届一届，看着孩子们的成长，王老师心里有说不出的喜悦，

他的细心关爱就像水一样载歌载舞，使"鹅卵石"们日臻完美。

这样的事例每届都不少，同学们都喜欢叫他"老王"。各个学校都到弹子来挖掘生源。但是每届招生，家长只要知道王老师教初一，都想尽一切办法，硬要把孩子送到他的班上。

王老师是地地道道的山里人，三十多年如一日，心里真真切切地装着山村学子，他的爱心溢满了浦里河。

他是一名乡村教育忠实的守望者，在万州最西部的浦里河畔，留下了不平凡的足迹，他是一位美丽的乡村教师！

作者简介：王凌云，重庆市万州区弹子学校初中语文教师，党员，中小学高级教师，区级骨干教师。1984 年 8 月中师毕业以来，一直坚守在万州西部边陲小镇的弹子学校，为家乡教育事业，默默奉献青春与热血。主研结题了三个区级科研立项课题；获得区级"基础教育课程改革实验先进个人、义务教育阶段学校教学工作先进个人、中小学教学工作先进个人、教育系统政务信息工作先进个人、中小学领雁工程先进个人"及"重庆市美丽乡村教师奖"等荣誉。

无悔的青春，含辛茹苦育桃李

陈蓉

从教 23 年来，一直是一名乡村教师。从教的生活是清苦的，更是快乐的，有喜有忧、有泪有笑，更多的则是看到孩子们一天天的进步由衷的感到快乐和幸福。夸美纽斯说："教师是太阳底下最光辉的职业。"带着对教师的崇拜，带着对教育事业的憧憬与热爱，二十三年前，我义无反顾地选择了教师这一职业，我心中便有一个执着的信念：全身心投入教育事业，努力工作，不断进取，尽我所能，让每一个学生能学有所获、健康成长，让每一个家长都放心。

怀着对教育事业的憧憬，踏上了开往大山深处的唯一班车，在崎岖、颠簸的山路上行进了几个小时，终于在大山脚下看到一些破旧的房子——那就是我工作的学校矿山小学。之所以叫矿山小学，教室、教师寝室都是曾经采矿工人用过的破旧的厂房，当时学校只有 6 个老师，6 个教学班，每个老师包一个班。学校里既没有操场、更没有厕所，要上厕所还得到离这里较远的地方。看到破旧的校舍，抬头仰望四面都是狰狞的大山，感觉自己就像是呆在井底里的一只青蛙。紧挨着的这座山叫鸡尾山，当时人们的安全意识还不是很强，那时就听附近村民讲已经裂起好宽的缝了，在 2009 年垮塌，山下的房子包括学校夷为平地，想起都心有余悸。特别是到了冬天，其他老师离家近，放学后都陆续回家了，我一个人孤苦的看着几间破房子，听着刺耳的北风像狼一样呼啸，让我胆战心惊。我的心在流泪、在彷徨，我一个女孩能不能坚持下去？

从教的生活虽然艰苦，但更多的是快乐。我的热情自由地描绘着我无悔的青春。学校教室及其简陋，屋顶的瓦片，墙壁是毛石头砌的，地面坑坑洼洼摆着几张破旧的桌子，教室前面是用几根木架子上面镶几块木板做的黑板。当我走上讲台的时候，看到孩子们一张张天真的笑脸，一双双渴求知识的眼睛，我的心便坚定下来，我要留下来，我要尽我最大的力量，教他们学习更多的知识。山里的孩子很乖巧，上课听得很认真，下课时就来背书、批改作业，由于学校

没有活动场所，孩子们便会围着我拉拉家常，听我讲故事。看到孩子们一天天的进步，一天天快乐成长，我心里挺高兴的。作为老师，在学校的身份是多重的，既是知识的引导者，又是学生的朋友，更要像慈爱的母亲那样去关心他们，因为在他们幼小的心里母爱是一缕阳光，让他的心灵即使在寒冷的冬天也能感到春天般的温暖，让他们的灵魂即使遇到电闪雷鸣依然仁厚宽广。山里的孩子很纯洁，学校没有食堂，他们早上会带一些冷饭、红薯到学校，留着中午吃，我就帮他们热热，他们会很热情地把他们认为好吃的红薯拿我尝尝。山里的家长更是淳朴、热情、好客，有时家里做好吃的，一定要请我去。放星期了，那时每周放一天，我离家远，我就会和附近的孩子一起到山上放牛、摘猕猴桃，其乐无穷。

如今国家对教育事业的重视，学校的环境发生了翻天覆地的变化，教师的待遇也有了很大的改观，但又给我们乡村教师带来了新的挑战：留守儿童的教育成了新的难题。我班37个学生，就有11个留守儿童。监护人要么是爷爷奶奶、要么外公外婆，监护人对下一代的过分溺爱，知识的不足，观念的陈旧，对孩子的健康成长十分不利。监护人的观念就是只要给孩子吃饱、穿暖就行了，孩子一些基本的要求也会被拒绝。"爷爷，明天是星期天，我想跟你一起去赶集买几本课外书。"小艺怯怯地说。"老师发的书都没学好，不买，" 爷爷回答道。"外婆，'六·一'儿童节我想参加跳舞。" 睿嘉用乞求的目光望着外婆。"参加那个干啥嘛，还得买新衣服。"

作为乡村小学的教师不仅要有较强的业务素质，更重要的是要有颗爱心。在教学中我便有了更多的付出，我认真钻研教材、认真备课、认真批改作业、认真上课、认真进行家校联系。每次看到学生们取得优异的成绩，我心里才觉得坦然。我不敢自诩是春蚕，是蜡烛，是人类灵魂的工程师，但我可以这样自豪的说："我无愧我的学生，我无悔我的选择。"诚实做人，踏实做事，严谨治学，是我一贯的准则。我不但是学生的良师亦是益友，当学生在学习上遇到困难，我会耐心地辅导；当学生思想上有波动，我会及时发现，并正确引导。有天中午我改完作业，小艺倚靠着我，怯怯地对我说："老师，我觉得你比我妈妈还好。"此时我心里感到无比的甜蜜。

在数年教书生涯中，虽然辛苦，虽然清贫，虽然也有过急躁，彷徨，甚至想放弃，但回想走过的历程，也是人生一笔宝贵的财富。我拥有充实的教师人生，我相信，当我的生命走向尽头时，我可以自豪地说："我无悔选择教师的职业"。

作者简介：陈蓉，女，重庆市武隆区教师。1994年8月参加工作，热爱教育事业，一直在边远山区教学，所教班级班风好、学风正，教学成绩一直名列前茅，得到家长一致好评。曾获"优秀班主任、优秀教师、美丽乡村教师、优秀留守儿童代理家长、优秀指导教师"的光荣称号；积极参加各类教育、教学活动，在市级征文活动中获得一等奖和三等奖；在区级微课制作大赛、优课赛课活动中获得好成绩。在公开刊物上发表多篇教育、教学方面的论文。

大山的呼唤

朱思润

"人生到处知何似，应是鸿飞踏雪泥；泥上偶然留指爪，鸿飞那复计东西。"古人苏轼的这句诗，好像恰恰给我画了像。记得当时，正是 1957 年 7 月份，为了响应党和政府的号召："有志青年到边远地方去为山区文化教育事业贡献力量。"我是一名共青团员，更应该冲锋在前，愿意毕业分配到山区搞支教工作，并向班主任周兴国老师递交了申请书。

一、风景这边独好

1957 年 8 月份，云阳师范学校 57 级三个班一百多名同学中师毕业了。学校领导和班主任通过志愿申请并经上级批准，组织三十位支边学生队伍，走上了赴巫溪工作的征途。我就是其中的一员。队长是吴美驹。我们一行从云阳沙湾乘船出发经奉节—宝子山—长溪河到达巫溪县城。一路水陆兼进，跋山涉水，风餐雨宿，真个是壮志凌云、心潮澎湃；尤其是攀登宝子山时，那美妙无比的阳光彩影，那扣人心弦的溪谷翻越，那旖旎百度的山间云雾，真是风景如画、动静交响。当我们走到长溪河镇，大家都累了。我在大家休息时，拿出画笔画了一幅《宝山云雾风光图》并在画幅上题了一首即景诗：

云雾飘渺真若仙，征程支教不等闲。
红蓝绿紫相携手，歌浪起伏荡山间。

经过艰难跋涉，我们队伍就到了巫溪县城。我们受到"暑假乐园"领导和教师们的热烈欢迎，并参加了他们组织的各种活动。但我却被指定担任两堂小学数学课的示范教学。由于才从学校出来，没有教学经验，只能从理论上讲些教学原理和演示方法。但是我终于完成了两堂课的指导性教学。尽管出了一些"洋相"。但还是受到大家的好评和推赞。

二、"我爱巫溪，我爱朴实厚道热情的巫溪人"

1960 年姗姗来迟。我在西宁区下堡中心校工作已近三年。忽然，我接到云阳电函，告知"母病重危，请速回云。"于是我就向区文教干事向子珍请假（当时正要放暑假），他说："你向姚书记说一下，他准就行！" 姚书记听我说明情况后就说："原先要留你给区公所画丰产门、丰产田、丰产碑和出几块壁报，以迎接九、十月份的检查。现在要请假，只能准暑假 8 月份一个月。你自己考虑一下！"由于探母心切，我就回到云阳，看望母病。此时又考虑时间紧，只呆了五天就动归程。但，天不作美，夏雨暴发，溪河涨水，路途受阻，回到巫溪就超假三日。当时区里领导不分青红皂白就按"自动离职"处理了。我真是喊冤枉。我大哭一场。感到喊天天不应，呼地地不灵。这真是有人在整我、迫害我！但我有一个信念："我爱巫溪，我爱朴实厚道、热情的巫溪人。我要继续在巫溪教书育人。"但，又面临这种境遇，真是走投无路。这时，突然见到下栈村小的傅良材老师，在互相交谈后，他要我到他家暂住，再想办法。于是就到了他家。接着带我到紫坪大队邀学办民校。当场就有 60 多人报名。但由于半溪公社的李书记不同意办民校就又悬着了。我只有回云阳。当我动身到了下栈坪，忽然遇到石门公社刘绪辉书记。他要我到石门公社办民校。这真是雨后见彩虹啊！

接着，石门公社召开三级干部会。会上刘书记就公布我到坪岗大队组织民校教书了。事过两年，又调我到金狮大队教民校。在金狮一干就是十九年。我爱巫溪，我爱巫溪人的朴实厚道和热情，并爱上了半坪女孩蒋坤翠，于 1966 年下年结婚，建立了一个美满幸福的书香家庭。

1972 年 5 月，下堡学区杜正坤校长在金狮民校召开了复式教学观摩课，得到了学区领导的好评和全学区 60 多位教师的一致称赞。当时，我作诗一首，以记盛情：

一元复始转新春，复教公开白凡行；
全体观摩评价冠，忠诚教育希望臻。

我坚信古代孟子所说："故天将降大任于斯人也，必先苦其心志，劳其筋骨，饿其体肤，空乏其身，行拂乱其所为，所以动心忍性，曾益其所不能。"果然，

1980 年 2 月，接到县教育局通知《关于朱思润等同志分配工作的通知》，我就从哪里跌倒就从哪里爬起来了，依就分配到下堡中心小学校，我又重新当上了正式的公办教师了！我爱巫溪，是巫溪人落实党的政策，让我爬起来再战斗，是巫溪人让我有家庭的支撑和港湾，在风雨中不气馁而再上征程，并且担任两届小学毕业班的教学工作，在全县统考中两次赢得第一名，受到上级通报嘉奖。接着我又被分配到西宁区教办担任县教师进修学校西宁函授站的函授教学工作。做出了很大成绩，受到表彰。1984 年上年，调到西宁中学任教，先后任两个初中毕业班的教学和班主任工作，在升学统考中，两个班皆获得全县升学率一、二名，获得县委、县府的表彰和奖励。我培养的学生，有的已当上乡镇党委书记和县委书记，有的当上了人民教师、有的当上企业家和科技工作者，真是人才辈出。三十多年我为巫溪教育工作做出了巨大贡献，可以说桃李满天下，笑颜逐浪高，青出于蓝而胜于蓝。这就是我最大的幸福和欣慰。

作者简介：朱思润，重庆市巫溪县教师。1957 年 8 月，分配到巫溪县石门小学工作。先后学供职于巫溪平岗民校、金狮民校、下堡中心校、西宁区教育办公室、西宁中学，云阳县第一初级中学。退休后，历任云阳县老年大学聘为书法、美术和文学课教师。云阳县老年大学常务副校长，重庆市诗词学会理事；万州三峡诗社社委；云阳书法家协会会员；云阳诗词楹联学会副会长；获得国际中华诗词总会、北京万代上品文化传媒、百花奖中华诗词大赛组委会授予中华百家诗词成就奖，中国百名卓越诗词艺术家、"新中国人民美术家"等称号。已出版《巴窗吟稿》《云浦诗卷》《传统诗词曲辅导讲稿》《杜甫客居云阳诗译注》《标准楷行书训练教程》等著作。

志同道合育人才，教学相长续华章

杨林

我的执教生涯整整四十年，始终和语文教育不弃不离。回首峥嵘岁月，颇有真切感受。

感受之一：回顾我的执教生涯，应当感谢艰苦环境的磨练，特别是当年的天时地利与人和。

说到办学条件，当然离不开校舍之类的硬件。我所任教的学校，硬件都比较简陋。当年的马坪初中点，由原生产队的面粉加工厂和饲养场改建而成，宿舍就在加工坊楼上，四面透风，常有尘土飞扬。一天早晨，我起床以后觉得不对，照照镜子，头发眉毛都裹满了白蒙蒙的灰尘，那模样就像老寿星！在另一所中学，我又遭遇过宿舍天花板经常漏水的麻烦。在每所学校，我都和学生一道参加过填补操场之类的建校劳动。好在当年没把什么享受放在心上，因为遇上了尊重知识尊重人才的好时代，不愿虚度年华，力求有所作为。在我从教不久，就幸运地见证了"拨乱反正"和"十一届三中全会"的阳光，学校可以名正言顺、理直气壮地抓教育质量了。我所任职的学校，都在中心乡镇直通县城的公路沿线。我遇到的领导和同事，都是全心全意做事的人，用"志同道合"来形容，没有一丝一毫的夸张。有学生日记写过老师们争着上课的情景。那时还没有"课时津贴"这样的概念，争着上课完全出于一种务求成效的拼搏精神和不计报酬的奉献精神。正因为这样，我们才能在那样欠缺的条件下创造出让大家满意也让自己欣慰的业绩。

上世纪 80 年代初，巫溪中学组建初中重点班，面向全县选录特优生，从乡村小学考上这样的重点班是很不容易的，但我们朝阳小学的贺德林、吴昌凡、杨志能等同学硬是考上了重点班。那些年，初中生考上师范、中专或重高也是很不容易的，但我们的小学附设初中班就有管敏航、郑先斌、张绍平、张绍国等同学分别考上了巫溪师范、重点高中和省属中专。更为突出的是马坪初中，

当年招收的学生都是巫溪中学重点班、塘坊中学普通班这"两把筛子筛下来的"，还有未经筛选也就是没读完小学的，被人戏称为"三类苗"、"四类苗"。就是这样的生源，两年以后却创造了奇迹：在1986年初中毕业会考中，我们语文学科取得合格率100%名列全县第一的卓越成绩，其他学科也都在全县名列前茅；然后在升学考试中，有超过半数的人考上了师范、中专或重高。后来所任文峰职中初89级参加毕业会考，语文合格率仍然是100%，其他学科也在县内领先，升学考试分别为师范、中专、重高和普高输送了合格人才。

于是我有体会：人是要有一点精神的，精神的能量是不可低估的；没有优越的办学条件和一流的生源，但有齐心协力的团队精神，通过艰苦卓绝的努力，也是能够收获优越质量的。

感受之二：语文教育固然要看近期考试效果，但更重要的是可持续发展的素质教育，即读写能力的提高和继续学习能力的培养；语文教师坚持"下水"实践，有助于发挥师承效应，达到教学相长的境界。

我赞同英国哲学家怀特海的观点：把课堂上记住的都忘掉了，剩下的就是教育。就语文教学来说，课堂上"记住的"通常是语文知识，"剩下的"则是语文素质，即语文学习的兴趣与习惯，阅读和写作的能力。在语文教学中，我一直看重自学能力培养，把阅读和写作视为语文学习重点，将兴趣习惯和能力训练放在首位。在"语文阅读学习"课题研究中，我们开展了"以课外阅读实施'悦读'学习，以'悦读'学习促进素质培养"的实践活动。通过长期训练，激发了同学们阅读的兴趣，养成了读书作笔记的良好习惯，同时陶冶了思想情操，锻炼了理解和表达的能力。参与课题实践的04级计算机班有张海燕等5名同学考上职教师资本科，其余同学全部考上专科，后来又有吴应彪等5名同学"专升本"；06级电技班王英俊同学以高考总分651分成为当年县内职高状元，大学毕业后又通过招聘考试回到职教中心担任专业课教师；09级计算机班、财会班、建筑班高考上线率分别为95.3%、96.4%、100%，均大幅度高于市内平均水平。在写作训练中，我们坚持课内外结合，通过日记或周记养成练笔习惯，从而逐步提高表达能力，所教学生作文水平普遍有所提升，部分同学在县级以上刊物发表文章近两百篇，参加征文竞赛累计百余人次获等级奖，其中《娃娃鱼的呼唤》获县级一等奖、全国二等奖并入选人教社"环保小卫士丛书"，《后妈的爱》获重庆市第二届中学生作文大赛一等奖，《感谢大自然——人类母亲的养育之恩》获第九届全国中职校文明风采大赛一等奖。结合语文教学，我也坚持读写实践，自1986年以来先后在《语文报》《语文月刊》等刊物发表作品300余篇，2016

年出版自选集《在心灵的原野上》，为教学相长的预期目标划上圆满句号。

　　一路走来，我庆幸自己有从教的经历，在比较贫瘠的土地上勤奋耕耘，终于有所收获。记得 2004 年被县委县政府命名为"第一届巫溪名师"，我曾鞭策自己"要将信念和热忱进行到底"。记得那次工作调动，学校领导表示惋惜，说一个班一门课可以放心地交给我。古人说，人生得一知己足矣；如今我说，执教生涯有美好记忆，足矣！

　　作者简介： 杨林，重庆市巫溪县教师。1974 年 8 月参加工作，历任巫溪县朝阳小学、马坪初中、文峰职中、巫溪职教中心语文教师。1998 年 12 月评聘为中学高级教师，2004 年 10 月被命名为"第一届巫溪名师"。

教育如情，激荡而生涟漪

黄鉴古

教育是一个逐步发现自己无知的过程。

——杜兰特

笑语盈盈暗香去

踏上教育之路，属偶然中的必然。

高中毕业后，村里缺老师，我这名当时村里不多的文化人当了一名民办老师。民办老师由村干部任用，工作极不稳定，谁上谁下，谁去谁留，全凭他们一句话；同时，所谓的待遇也极其寒薄，老师一年 240 元，校长、主任一年 360 元。低，也就罢了，问题是从来不结算，总是拖欠，以致吃饭、穿衣、治病、人情往来还要家里倒贴；倒贴，也还是罢了，作为民办老师，还要带头完成公粮、水费，因此，民办老师的生活是极其艰辛的，用现在的话说，属弱势群体。

俗话说，教书是读书人的穷途末路。我们这些高考落榜的青年，走不通高考这条路，无缘大学，只得教书，通过民办老师这块跳板，来园自己的半个梦。为了圆梦，为了摆脱村干部的干扰，"焚膏继晷"、"悬梁刺股"也就成了我初为人师的工作和生活形态，由民办老师转为正式老师就成了我的全部动力和奋斗目标。

我们读书时实行开门办学，因而所学知识极其匮乏，与高中生的名号是极不相符的。成为"先生"后，我主动申请，从二三年级数学带起，一直带到毕业班；然后回头从二三年级语文带起，也带到毕业班，这样两个回合下来，小学语数内容基本被我消化、吸收、生成能力；第三个回合是发起初中战役，先啃数学，再攻语文；第四个回合是总攻高中堡垒。几年间，别人在工作之余，休闲娱乐、走亲访友、发家致富，而我除了备教改辅，就是挑灯夜战，不分白天黑夜，不分上班下班，不分酷暑严冬，或者演算数学难题，或者强记定理公式，或者背诵古典名篇，或者练写应试作文，终于，功夫不负有心人，我于1990年用高分敲开了监利师范学校的大门，成为了一名中专师范生，虽然不是大学生，但我通过民办老师这条路，能够转为公办老师，能够行走在通往大学生的路上，在当时的民办老师中已属佼佼者，颇感自慰。

中师毕业后，分配在中学任教，边工作边自修，不久获得大专文凭，终于圆了大学梦，长期担任初三班主任，因工作出色，后又担任副校长。

众里寻他千百度

从师范出来时，我雄心勃勃，踌躇满志，决心献身教育事业，在光荣而又神圣的杏坛上大干一番，大展宏图，以实现我的人生梦，教育梦。无论刮风下雨，还是数九严寒，我从不迟到，五到位（晨读、朝读、午睡、晚自习、晚寝）一样不拉；家中琐事，社会应酬，一律推脱；一天24小时，除了睡觉，都在学校，班级管理、学生管理，样样做得细，做得实。

我尤其爱摸索。

九十年代做班主任的时候，根据多年工作积累，我尝试给每个学生制作了一个《成长档案》，从德智体美劳等方面记录每个学生每时每刻的成长状况，或是正面的，或是负面的，以激励或是警示他们顺利成长。

有了《成长档案》，就如同有了一面明镜，能够清晰地照出每个学生的成长轨迹，学生就能自我激励，自我约束，健康成长。

有了《成长档案》，我的学生们热爱学习，遵规守纪，文明礼貌，充满活力，师生融洽，在全校如鹤立鸡群，各科任老师争相跟我做搭档，校长对我亦是赞赏有加。

《成长档案》实在管用，很快在全校推广。

多年后，上面才下发《学生成长手册》，此时，我已积累起一整套班级管理经验。

习总书记说，为官要夙夜在公。我虽不是官，但那时真是这样的。在任中心校校长期间，我常常想，《成长档案》只是从"法律"、"道德"两个层面进行了约束或引导，那每个班级是不是应该有自己的"灵魂"呢？有自己的"名片"呢？有一天，我突发奇想：校有校名，校有校训，"班"为什么不能有"班名"呢？为什么不能有"班训"呢？考虑成熟后，我召开校委会和班主任的联席会议，要求各班要有自己的班名、班歌、班徽、班训、班旗、班刊，用以铸造班级灵魂，

打造班级名片，并且一切由学生自己策划、设计，班主任、科任老师只能指导，不能代替。这套班级文化建成后，每天早操、每逢运动会或是表彰会，各班高举自己的班旗，高唱自己的班歌入场，已成为学校别具一格而又十分靓丽的一道风景。

十年后，也就是去年，我县教育局才在全县各中小学推广建设这套班级文化。

蓦然回首

"你怎么又在看小说？你太不听话，太令我失望了！"小杨是班上的"尖子生"，是重点高中的培养对象，是班上的宠儿，是全体老师呵护的宝贝。见他又在如饥似渴地看小说，我情不自禁怒不可遏地声色俱厉，吼叫起来，也顾不得教师形象，顾不得教师体统了。我早就给他定下了死规矩：不看小说，不看杂志，不看电视，不得上网，不得贪玩，适量运动，全心学习，全力冲刺重点高中。我要对他负责，对他的前途负责，对家长负责，对学校负责，对自己的良心负责，如果这么"优秀"的学生都不能进入重点高中，叫我情何以堪，良心何以安？

在我的胡萝卜加大棒的政策下，小杨等一批又一批"优秀""尖子生"都用"分数"这张通行证跨入了县重点高中。

小柳，长期逃学，或上课睡觉，或长期不做作业，我见到他就头痛，对付他也很简单，就是几步曲：严厉批评，打，罚跪，检讨，亮相，请家长。可三年下来，他仍是他，依旧故我。虽然这套对他不起作用，但我却因此博得了"严师"的美誉。俗语有云："男服学堂女服嫁。"我这样的老师是大受家长欢迎的，也因此，家长们想方设法把学生塞进我的班里，我的班也因此年年成超级大班，我是吃不消，别人是吃不饱。

小杨、小柳是两种截然不同的学生，学校、班主任、科任老师对他们的态度也是截然不同的：对小杨们的要求是升重点高中，对小柳们的要求是不出事。

物换星移，时变世易。教育人生，行走至此，我慢慢地越来越糊涂，越来越难堪，越来越找不到本心了，我发现了一个极为尴尬的事实：越是"调皮生"、"差生"，进入社会后，对老师越亲热，越礼貌，而那些曾经集万般宠爱于一身、我们曾经引为自豪的"尖子生"们，却离老师越来越远；那些我们曾经厌恶的学生走出学校后也干有所成，有的甚至干大事，出大息，而那些我们曾经付出全部心血的学生大学毕业后，却平静如水，波澜不惊，有的甚至给曾经瞧不起的"差生"们打工。

美国人杜兰特说："教育是一个逐步发现自己无知的过程。"此言乃真理也，它刺痛了我心中最柔软的部分。

记得师范毕业时，我摩拳擦掌，跃跃欲试，以身许教，矢志育人。可执教了几十年，大半辈子过去了，觉得这书是越来越不好教了，我又回到了从前，成了一个"新手"。

根据有关统计，每所学校、每个班级，所谓的"尖子生"不到 5%，其余或是中等生，或是"差生"，在应试教育体制下，这 5% 是"校宝"、"班宝"，学校的人力、物力、财力等一切有形资源，老师的关注、辅导、热情、担心等一切无形资源都要用在他们身上，以确保他们考上重点高中，确保办学"成果"，其余 95% 则是陪衬，则是绿叶，全体学生的学校成了少数学生的学校，全体学生的老师成了少数学生的老师，教育公平成了教育不公，资源共享成了资源独享，而且，学校是幕后推手，老师是幕后推手。

还可以退一步，即使对那 5% 来讲，也未必公平。小杨爱看小说，我却扼杀了他看小说的天性，我挂在嘴边的话是："学好数理化，走遍天下都不怕。看小说有什么用，能当饭吃？"我磨平了他的棱，削平了他的角，他成了装在我套子里的人。但多年过去了，中国出了韩寒，我就一遍又一遍反思，如果不用标准模子去打造小杨，不用一样的套子去装他，全力在小说方面引导他、辅导他、鼓励他，小杨会不会成为第二个韩寒呢？中国会不会因此多一个少年作家呢？

爱学习的，厌学习的，都要求学习；有特长的，无特长的，都一个标准，所有的学生都要一模一样，千人一面，千篇一律，不讲个性，只讲共性；不讲民主，只讲"威权"；不讲主动学习，只讲强行灌输；不讲行行出状元，只讲读书出状元。爱因斯坦叮嘱我们："学校的目标应当是培养有独立行动和独立思考的个人。"又说："发展独立思考和独立判断的一般能力，应当始终放在首位，而不应当把获得专业知识放在首位。"密特认为："每个人生来各自具有不同构成的潜在品质：他们将成为哪种人，完全看养育他长大的方式如何而定。"面对大师们的高屋建瓴，正在教书育人的我们，我一遍又一遍问自己：我们究竟是放大了学生的天性，还是扼杀了他们的天性？究竟是弘扬了个性，还是消灭了个性？究竟是给了学生正能量，还是给了负能量？

那人却在灯火阑珊处

中途迷路，怎么办？教育之路怎么走？教学之路怎么走？

整个国家、整个社会都在谈教育改革，究竟怎么改？改什么？从目前的教

育实践来看，愚以为改革的只是教育教学的"术"，即教育教学的方式、手段，如多媒体教学、导学案、生态课堂、师生关系等，都只不过是披上了新的外衣而已，其实质并没有改变，即不管改出什么新鲜名堂，都在为应试服务，为分数服务，为少数学生服务，为升学服务，为功利服务，"尖子生"依然享受各种厚遇，"差生"依然被打入另册，另眼相看。当然，"术"要改，但更要改的，应当是教育教学的"道"，即教育教学的目的、本心。我想，教育教学的目的本心应该是学生品德的养成和本事的长成。斯宾塞主张："教育的目的在于品德的形成。"哈钦斯则说："教育的目的在于让青年人做好准备在一生中教育自己。"按照大师们的理论，应当从"道"上进行顶层改革，"道"改了，"术"也就相应地改了。

据此，我痛苦地思索着，悄悄地改变着，我在我的一亩三分地里大兴改革之风：我对所有学生一视同仁，不分三六九等；学生个性自由绽放，不追求"大同"；所有学生我都和颜悦色，不要疾言厉色，不要语言暴力，不要语言恐吓；我告诉每一个学生：读书升学可通往幸福之路，打工创业亦可敲开成功之门。

为此，我领头建立了班级QQ群。在群里，只有群友，没有师生；只有讨论，没有灌输；只有自愿，没有强迫；只有平等，没有权威。大家畅所欲言，无拘无束，实乃师生交往、教育教学的崭新天地。

我又贪婪地在理论的乳汁里吮吸着，滋养着。雷夫的《第56号教室》、《陶行知文集》、矢永新的《新教育之梦》，我细嚼慢咽，消化吸收，生成营养。

名家名著让我洗心革面，脱胎换骨，有如凤凰涅槃，浴火重生，我对背后的跟跟跄跄的教育之路，有了本质的认识，对未来的路有了明确的方向。

我一改几十年来只工作不反思、只工作不总结的懒散习惯，一面工作，一面充电，一面蜕变。我把文字贴在博客里，与全国各地的博友们交流分享，论文、随笔、评论一股脑儿地晒出来，任由众人点评，批评也好，表扬也罢，都是财富。拿得出手的文字寄往报刊，几年来，先后在《人民教育》《中国教育报》《中国教师报》《思想政治课教学》《中学政治教学参考》《中小学校长》《教师博览》等报刊发表论文、随笔等80多篇，以总结经验，提升品质，成长自我。

克里希那穆提说："教师与人类的绽放息息相关。"为了每一个学生的绽放，为了伟大的中国梦，为了美好的教育梦，教育之路，虽慢慢其修远兮，吾将上下而求索。

这便是：我有明珠一颗，久被尘劳关锁；今朝尘尽光生，照破山河万朵。

作者简介：黄鉴古，湖北省监利县教师。1981 年参加工作，现任教于监利县福田寺镇中小学校。先后在《人民教育》《中国教育报》《中国教师报》《中国青年报》等报刊发表文章一百余篇。出版专著《做幸福的乡村教师》。

坚守清贫和孤独是教师的选择

田运来

雄鹰的梦，是展翅高飞；骏马的梦，是自由奔跑；江河的梦，是汇入大海……教师的梦——就是忠诚党和人民的教育事业，为实现中华民族复兴之梦而培养有用人才而奋斗。

教师这一职业，是一个立国安邦的职业，神圣而伟大，但却收入不高，又是弱势群体，是一个良心职业。

选择了教师，我们就选择了清贫，选择了孤独，就选择了坚守。

古人说"君子安贫"，伟大先烈方志敏也曾把"清贫、朴素的生活，正是我们革命者能够战胜许多困难的地方"作为座右铭。可见，坚守清贫，尤其是坚守住物质的清贫，既是一种操守，更是一种追求。

我们教师，坚守住了清贫，必将气定神静，任他东南西北风，我自巍然不动！也就能拒腐蚀而自清，方能德高为师，身正为范！

"梅花香至苦寒来，宝剑锋从磨砺出"。坚守住清贫，方能砥砺我们教师的意志，坚定我们教师的毅力，坚定我们教师的操守，坚定我们教师的追求，才能站三尺讲台、挥二寸粉笔、抒一腔热血，铸教育之坚固战线！

美国作家斯诺看到我们抗日军民后说"清贫，是共产党人与生俱来的显著标志"，并断言"此是兴国之光，胜利之本"。事实证明了斯诺的正确性。

教师，作为师者，当应坚守住清贫，也必定坚守得住清贫！

作为教师，我们要坚守孤独，这是我们教师的又一操守。只有远离喧嚣，才能守住灵魂的神圣和心灵的圣洁！

柳大师曾写道 "千山鸟飞绝，万径人踪灭。孤舟蓑笠翁，独钓寒江雪"，那需要何等的勇气方可有这旷世的孤独情怀？可我们教师有，因为我们教师有永存的向往和心灵的诉说 ----- 一切为了孩子，为了孩子的一切。为了孩子，我们可以牺牲一切，更何况区区尘世的喧哗？那也不过是一种幻像罢了！

为了孩子，我们可以爬山涉水，不惧蛇虫虎豹；

为了孩子，我们可以夜夜孤灯，不惧白发皱纹；

为了孩子，我们不畏肆虐车流、凶残的罪犯，不惧身残命亡；

为了孩子，我们同样可以用双手撑起钢筋泥柱下的生命通道……

我们教师，清贫、孤独，但世间不缺同类：守护在祖国边疆的哨兵，拨动大地之弦的环卫工人，十字路口的警察……不同职业，不同性别，……我们心灵相通，我们守望相助！

"人到无求品自高，事能知足心常乐"。作为一名教师，要坚守住清贫，坚守住孤独，要自重、自省、自警、自律，自觉抵制各种腐朽思想的侵蚀，以职责为使命，方能不忘初心，方得始终啊！

作者简介：田运来，四川省达州教师。乡村初中语文教师，从教二十余年，先后担任了学校班主任、团总支书记、安全办主任和办公室主任，对教育教学有着深邃的认识，对教师职业有着特殊的情感，并练笔不辍，其中《校园伤害事故成因对策浅析》被达县教育局评为一等奖，《农村学校安全隐患面面观》被中国教育学会中小学安全教育与管理专业委员会评为一等奖（2008年4月），《那年，那事》被达州晚报刊用，《杨槐花开》被《幸福达川》刊用，多篇教育新闻被区县报刊刊用。

第二辑 流淌的情感

孩子，你一定要幸福

张勤

  他是一个特殊的孩子。十二岁了还从未踏进过校园的大门，明明有父母、兄长，却只能寄养在贫困不堪的外公家。正长身体的年纪却因为多吃了一块肉被外公打断了手。看着同龄的孩子背着书包上学，他只能躲躲闪闪在树林里拾柴火。他就是我的学生——小Q！

  高高的个子，乱糟糟的头发，不合身的衣服包裹着面黄肌瘦的身子。一眼，就会让你过目不忘。那天，送他来上学的是村支书，客客气气的把他"交"给我，简单的说了他的家庭情况：母亲失手杀死父亲被判终身监禁。家里有两个哥哥，父母出事后，外出至今没有音讯，所以他成了一个无人看管的"孤儿"，并且没有户口。村支书说完后，一个劲儿地叮嘱我要对他严加管教，我应着，看着他怯怯的背影慢慢地移进教室。

  让一个从未踏进过学校的孩子直接上一年级，不但难为了孩子，更难为了我这个初为人师的"小老师"。开学第一天，我就发现他的"与众不同"。基本不和同学交流，下课便不知所踪，上课时不是两眼空洞的望着窗外，就是左顾右盼看看同学们在干嘛，思想飘忽不定。这种现象也直接导致我第一节课就收到了一本空白的作业，雪白的纸刺得我眼睛生痛，翻过来一看，名字也没有，我心中的怒火直冲到了嗓子眼，作业不做，难道名字也不会写吗？是谁如此挑衅我的"权威"？我气冲冲的拿着所有的本子小跑进教室，准备揪出这个"罪魁祸首"，不出所料，空白作业本正是他的。

  他呆呆的站在我面前，眼睛垂下去看着地面，两只手不由自主的搓着，看得出来他很紧张。我带着他往办公室走去，他小心翼翼的跟在我后面，低声地说："老师，我不是不做，是我不会"。我气势汹汹地反问道："作业不会做难道名字也不会写吗？"我停住脚看着他，准备训斥他一番。他也正看着我，回答说："不会！"我的心为之一颤，从他的眼睛里，我看到了真诚。我没继续走下去，我说："走吧，回教室。"我开始教他写自己的名字。虽然别扭，可终究是把笔画凑在了一起，也看得出是个汉字。相处的时间里，我看到了他的努力，但我明白，这远远不够，别的孩子有父母可以依赖，但他必须靠自己，也许我能照顾他一阵子，但人生路才刚开始，他必须练就一个男子汉应有的本领，他在努力，我在尽力！

他慢慢开始学做作业，动作很慢，老是磨磨蹭蹭，而且不肯动脑筋，周末作业经常完成不了，即使做了，也做不完整，书写很潦草，作业本总是皱皱巴巴，看上去油腻腻的像被猪油浸过一般，小组长每天都向我告状，虽然我看得见他的努力，但班上的孩子依旧觉得太慢了。于是，我找他谈话，希望他能遵守班级的各项规章制度，按时完成作业，用自己更大的努力去改变原来的生活习惯，争取进步。当然，首先他得学会做一个人见人爱的好孩子，招人喜欢的好同学，同学们信得过的好玩伴。他口头上答应得快，脑袋像小鸡啄米般点个不停。我想，我们要走的路还很长，但我会给他时间。

我喜欢在课余时间找他聊天，从他嘴里，我能听到很多同龄人所不知道的信息。对于学习，我总是给他单独指点迷津，因为我希望他伸手就能摘到苹果。

我想，特殊的孩子，生活环境也会不一般吧！

那是一个周末的下午，带着好奇，顺着路人的指引，沿着隐藏在山林里的小路，我手脚并用到"爬"到他家门口。两间茅草房耷拉在小山包上，似乎经不起任何风吹雨汀。那一刻。我真正理解了"一贫如洗""家徒四壁"是什么含义。我走进家门，说明来意，他白发苍苍的外公坐在火坑旁，看样子病了好久好久。他说："小Q上学去了"我说："我并没在路上遇见他呀？"他说："他一般走小路。"我想，我走的那条路已经够小了，他走的那条路，该是一条怎样的小路？山上的路皆如此，生活这条路，这个年仅十二岁的孩子，又该如何走下去呢？我又问了一些关于他们生活的问题，他说："我常年生病，家里的体力活都是小Q干，之前不让他上学，就是因为他走了之后，家里的活儿没人承担。"我报以理解的态度，并不用知识改变命运的道理去说服他，我知道，在温饱问题都还不能解决的困境里，他又哪里愿意听这些大道理。

聊了一会儿，我说："我能看一看他睡觉的地方吗"？老年人抬手一指，最那边那间。地面高低不平，屋里并不见阳光，我低一脚高一脚的摸到那间房前，掀开帘子。一间小屋子搭了一张一米左右的木板床，上面铺着我这个年纪不曾见过的花纹样式的被子，棉絮、衣服、日常生活用品堆挤着这张不大的床铺，仅留下一块能摆下身子的空地。墙壁是用当地的竹块隔的，一块接一块，一块与一块之间留着一根大拇指宽的缝隙，再无其他遮挡。我问老人："小Q冬天睡哪里呢？"他说："也是那里。"我一怔，这和睡在露天坝有什么区别？大概唯一的区别就是他睡在了"房子里"。

我没有再问下去，这一刻，我完全理解了他之前的种种表现。我开始敬佩他，多么坚强的一个孩子！

想到下山的路还很远，我得在天黑之前赶回学校，便转身向老人告别，他叫住了我，指了指火堂上的腊肉说："我们也没得啥子好东西，你们是城里人，带块腊肉回去吃，这是我们自己养的猪，黑是黑了点，但是很香，这块最瘦，就拿这块吧！说着起身就要去拿口袋。"那一刻，我的眼泪在框里打转，我想起了小Q因为一片肉被打断的手，而现在，老人竟然要送往一整块腊肉！我说不清当时内心的纠结。我委婉拒绝，起身回学校。

回校之后，我并没有告诉小Q我去过他家，只是，我开始不由自主地靠近他。我想让他的童年温暖一点，再温暖一点……

我开始在周围的朋友那里，给他搜集同龄人的衣服，一段时间，我收获颇丰。我按季节给他分好，放在我的住处，适时拿给他换。时不时，我从他眼里看见了泪花。我想，困境里的孩子，常常接受着别人的帮助，这会不会磨灭他的意志，把别人的怜悯和赋予认为是理所当然呢？我怕！因为我清楚地知道，我照顾不了他一辈子，我要做的是让他在别人的帮助下自立自强。为班级抬水，给我打扫宿舍是他在我这里换取东西的筹码。当然，他也很乐意为身边的同学、老师服务，因为这些举动让他觉得，他被周围的人接受了，渐渐地，他开始变得开朗了！

所幸的是，扶贫攻坚的春风抚慰了这些不幸的家庭，现在，孩子得到多方资助，学习和生活都很好！

去年学校组织的一次跳绳比赛，他代表我们班去参加单绳个人赛，很幸运，他获得了低段第一名，那天，他穿着"国家电网"给贫困孩子送的运功服套装，整个人看上去神采奕奕，上去拿奖状的那一刻，我看到了他那两排很少露出来的牙齿，我也很开心。他步子轻快地回到班级队伍里，我说："小Q同学，恭喜你，你的努力终于有了收获！"他看着我说："张老师，这都是你给我的。"不知为何，听到这句话，眼泪不由自主地流了下来，我别过身子，轻轻擦去眼泪，再看看他，眼眶也是红红的，这一刻，我们都是幸福的。而这一切，哪里又是我能给他的呢？世界、社会、周围的人、以及他自己才是真正的元素。不过，我很欣慰，他再次成长了。

成长是一个缓慢且艰辛的过程，不努力哪里会有华丽的蜕变？或许，老师便是你成长路上的守望者，只想站在远处看着你步履蹒跚且一路向前。

作者简介：张勤，女，重庆市城口县沿河小学教师。用心记录生活的点滴。

让留守儿童享受阳光雨露

张秀琴

如若收获美景，就应播种希望的种子，如若推动人类的进步，就应该传承文明的过去。"奉献永远比索取更崇高。"弹指一挥间，在农村教师这一职业已有二十几载的光阴，在教育这方神圣的沃土上，我依然坚持做一个默默无闻的耕耘者。

想当初我怀着学高为师、身正为范的梦想与期望，踏上了三尺讲台，骄傲的成为了一名农村教师。我所在职的学校，位于同心县下马关镇小学，交通虽然很方便，但是农村的环境却是非常的差，当地的主要经济来源以外出打工为主，那么留守儿童的现象较为显著，在孩子成长最需要父母的陪伴的关键时期，这些孩子多半是与自己的爷爷奶奶生活在一起。

农村的早晨，空气异常清新。暖暖的太阳从东方升起时，孩子们已经靠着墙角大声朗读了。从清晨到日暮，一年到头，我们和孩子们相处的时间比和他们的亲人还要长。我是他们的班主任兼语文老师，有时，更像是他们的父母。这些留守儿童与父母整年、甚至几年不能见上一面，在长期缺乏父爱、母爱的环境中畸形成长。以至于形成"生活上缺照顾、行为上缺管教、学习上缺辅导、思想道德上缺约束、安全上缺保障"等五大问题，其对学校、家庭、社会产生了一定的影响。为了使留守儿童尽可能的健康成长、能够安心学习，家长在外安心工作，在工作中，我不断的反思着自己，努力使自己不会愧对于代理家长这个神圣的职责。

这些年我一直坚守自己对教师这一职业的高尚情操：爱与奉献。让自己所带的班级成为留守儿童的第二个家，我就是他们全权负责的"父母"。坚持做留守儿童的"爱心妈妈"；对留守儿童不断开展学习辅导、思想教育、生活服务。记得曾经某一时期，我班有个孩子生病，我立即带领学生去医院治疗。除了对他们无微不至的关怀，还要始终注重他们的行为规范的养成教育，使他们能够

经常受到老师的表扬，以优异成绩完成小学的学业；平时课间关多心留守儿童，经常与他们一起拉家常、做游戏，了解他们的具体情况，这样使他们亲近、信任老师；在他们遇到一些小挫折时能向我倾诉衷肠，健康成长生活学习。时常对留守儿童进行集体座谈、个别访问，真正摸清留守儿童的家庭情况，对留守儿童的性格、兴趣、学习、思想、心理、品格等各个方面的实际情况进行了解、分析，为每个留守儿童建立专门的档案。然后切实做到对他们的关心与帮扶。

留守儿童作为突出的社会问题，学校和家长要携手共进，使这一矛盾有效缓解，针对留守儿童的父母长期在外务工，虽然时时惦记着家里的孩子，但是由于工作的繁忙，意识上的疏忽，不能随时与孩子保持联系，造成孩子情感和心灵的创伤极为严重。留守儿童中品质低下、心态不良、性格倔强等两极分化也不在话下，我们老师总不能看着这些留守儿童的悲剧一幕幕地重演下去，就想方设法把情况反馈给家长，要求家长通过电话、书信随时与孩子保持联系。关心关爱留守学生，不单是学校的事，应成为全社会的共同责任。总之，为留守儿童创设良好的教育环境，是学校、家庭、社会义不容辞的责任和义务，应提高认识，协调一致，为此做出积极努力，使留守儿童和所有孩子一样享有同一片蓝天，受到同样的关爱，把素质教育落实到每一个孩子身上。在这三尺讲台面对一张张稚嫩的面孔，留守儿童偏安一隅。我已暗下决心我将做那暴风雨中自由翱翔的海燕，坚强而又勇敢，宁静而又无所畏惧，不管教学任务多么艰巨，我都会坦然接受；我也愿做那辛勤的园丁，能让学生们的理想小花在我的浇灌之下尽情的、灿烂的开放！来吧，让我们共同携手，与时俱进，努力让让留守儿童享受更多的阳光雨露。

作者简介：张秀琴，女，宁夏同心县教师。从事教育事业 20 几年，先后在同心县下马关镇池家峁小学、下马关中心小学任教。曾获得一级教师职称。

桃花开了

易田

一树一林，一林一山，漫山遍野，铺天盖地。一万片，两万片，三万片花瓣儿，宛如轻盈下坠的蝴蝶，又如黯然飘断的歌声，从枝头轻轻的滑落，牵这枝花蕊，惹那朵花苞儿，恣意摇曳。

我来到这座山里，被其他大山包围的这座山里，阳光温暖的九月。也在六十六拐弯的这里，我邂逅了六个如天使般的孩子。

这里与其他纪录片里一样，山高水远，孩子们对知识的渴望；与其他纪录片不同，风光旖旎，孩子们对老师极其强烈的依赖。突然间的自己，开始有了使命，这时候，才明白这个字眼里的真正含义。使命，是指奉命出行、办事。我奉命于自己，奉命于六位小天使。我来了，阳光温暖的九月。

我"奉命"传道、授业、解惑，每天带着孩子们在知识的海洋里酣畅淋漓，在操场上你追我赶，在图书室里如饥似渴的啃噬，在放学路上沐浴阳光……我陪伴着他们正在历经的童年。剪短女娃娃怎么也梳不散的头发，清理被塞满童年味道的指甲，系上老是不听话的鞋带，寄来一批一批保暖的棉衣。"多穿点衣服。""不要感冒了。""降温了。""衣服该换换了。""换一双暖一点的鞋吧。"絮絮叨叨，每天持续着。

一个假期的分别悄然而至。女娃娃头上耷拉着的马尾，男娃娃静静地听着老师宣布假期的到来。

"老师，你还会继续教我们读书吗？"

"老师，你是要离开这里，回家了吗？"

"老师，等雪化了，这里会开很多花，还有桃花，很漂亮的！"

"老师，你还会回来吗？"

……

"桃花开的时候，老师就回来了。"

......

这一季的桃花，开得特别早。一树一林，一林一山，漫山遍野，铺天盖地，恣意摇曳。

孩子们大喊着："老师，桃花开啦！"

我在远处笑着："看到啦，在你们脸上呢！"

作者简介：易田，女，重庆市合川人，现投身重庆市城口县村小教育事业。热情奔放，有理想，有追求，善学习，持续关注特殊教育孩子的发展。坚信看着孩子们的成长是教师的最大幸福。教师是学生的镜子，学生是教师的影子。

一个乡村教师的幸福感

何芹玲

天气异常闷热，满天的乌云黑沉沉压下来，"咔嚓"一声，天空中发出一道刺眼的光芒，慑人心魄；"轰隆隆"的雷声像在打鼓，天地间一片漆黑。紧接着，黄豆大的雨点纷纷落下来了。"哗啦啦……"瓢泼大雨猛烈极了，霎时间将天和地给缝合了，雨柱犹如一排排利箭倾斜着射向地面……这时，天上、地下到处都是水，简直成了一个水的世界。好大的一场雷阵雨啊！

不知在什么时候，雨，悄悄地停了。风，也屏住了呼吸，一切变得非常幽静。远处，一只不知名的鸟儿开始啼啭起来，仿佛在倾吐着浴后的欢悦。近处，凝聚在树叶上的雨珠还往下滴，滴落在路旁的小水洼中，发出异常清脆的音响。不一会儿，太阳出来了，发出耀眼的光芒。

校园里，湿漉漉的花圃旁，一个衣着时尚、五官精致的年轻母亲正蹲在那儿和自己的孩子说话，那个孩子脸上洋溢着幸福的笑容，母亲问一句，她回答一句，那小小的脑袋一点一点的，像觅食的小鸭子；头上的两条小辫子像蜻蜓的翅膀，上下飞舞着。噢，那是王欣雨的母亲从武汉回来看她了。她母亲一边关切地问着孩子在校的学习生活情况，一边打开带来的一大袋饼干、水果等零食，从中挑出一袋旺旺雪饼，并拆开一小包递给孩子吃，看着孩子吃得津津有味的模样，那位母亲激动得热泪盈眶，王欣雨也很懂事乖巧，不时送一个到她母亲嘴里。她妈妈眼睛不停地注视着女儿，不时摸摸女儿的脑袋，亲亲女儿的脸蛋，那一幅乌鸟私情、舐犊之爱的画面深深感染着我。我站在教室里也眼眶湿润，眼圈微红，不知不觉凭窗倚靠，陷入了沉思……

几个月前我所经历的一幕又重新浮现在我眼前，同样也是暴风雨即将来袭的一个阴沉沉的下午。那天我正在上下午第一节课，当我讲得渐入佳境、兴致正高时，教室门口来了一个满面愁容的妇女，蹑手蹑脚地在教室门前张望。我问她找哪个孩子，她却目光躲闪，慌张得不知所措，两只手不停地来回搓动，

嘴里嗫嚅不清。我警觉地再问："你究竟找谁？跟门卫说了的吗？"她的眼睛竟湿润了，怯怯地说："我来看我女儿王欣雨。我现在武汉打工，两年前我和她爸爸离婚了。离婚时，她被判给了父亲，跟爷爷奶奶生活在一起，他们不许我看望女儿。女儿上幼儿园时，我偷偷去看过，她爸爸知道了，打了孩子一顿，还跑去跟孩子的老师吵架。幼儿园的门卫怕惹麻烦，再也不让我进去看孩子了。现在，孩子上一年级了，学校的门卫都不认识我，所以，我再来看看孩子。我已经跟班主任打过电话，门卫才放我进来的。老师，请您帮帮我！让我看看孩子！"

听着王欣雨妈妈一番几近乞求的话语，看到她那可怜巴巴的样子，我的鼻子一下子酸酸的，连忙喊出王欣雨。可是，令我意想不到的是，王欣雨看到母亲，就像见到瘟神一样，竟不敢上前，躲在我的身后，母亲伸出的双手无奈地停在了空中，渴求的眼睛里溢满了泪水。

我俯身轻轻问王欣雨："想不想妈妈？"孩子瞪大惊恐的眼睛，用力点点头又轻轻摇摇头。原来，她是怕爸爸打，怕奶奶骂。可怜的孩子，尽管日夜思念着母亲，可是，却因为大人的怨恨、敌对、妒嫉而承受着无尽的痛苦。幼稚、纯真的心灵被人为地压抑着、摧残着，甚至扭曲着。

那位母亲伤心极了，我耐心劝慰孩子的母亲别太难过，以后有时间每周都可以来学校看望孩子，我会为她提供必要的帮助；并安慰孩子不要害怕，回家别跟爸爸和奶奶说起妈妈来学校的事。母女终于打消了顾虑，孩子兴奋地扑到了母亲的怀里。看着母亲尽情亲吻着孩子，抚摸着孩子，嘘寒问暖，我很感动，也很无奈。我现在只能给她们提供微不足道的帮助，让她们母女能见面，享受短暂的天伦之乐。她们是多么可怜啊，由于家庭的矛盾而造成人为的分离，我无法化解她们家庭的恩怨，只能以后尽量多给这个孩子一点贴心的关爱吧。

"老师，孩子让您费心了，我要走了。以后请您多关心关心我的孩子啊！"孩子母亲的辞行打断了我的沉思。母亲刚才的欢乐被难舍的依恋所代替，她慢慢向前移动着步子，并不时转身再看看孩子，朝孩子挥一挥手。

看着她三步一回头、渐渐远去的背影，我的眼睛不由得湿润了。我想孩子是无辜的，母爱是无罪的。"世上惟一没有被污染的爱——那便是母爱。"无论这位母亲多么不好，孩子的父亲都没有权利剥夺母亲的探视权，剥夺母亲对孩子的爱。更为重要的是，这样做对孩子的成长极为不利。血缘是不能割断的，对于大人来讲，纵然可以把她当作陌路之人，但是，她对于孩子来讲，却是世界上唯一的、永远的母亲。倘若我们强行割断，就会造成孩子情感上的巨大缺失。

即便是离异时孩子年龄尚小或者孩子和母亲接触非常少，在内心深处，母亲的位置也是不可或缺的。

都说世上只有妈妈好，有妈的孩子像块宝。这位妈妈不知承受了多少自责和愧疚，流过多少伤心和思念的泪水。她无法分享孩子的喜怒哀乐；无法随时为孩子嘘寒问暖；夜里无法及时给孩子披好被头；孩子生病时，也无法守候在身旁；孩子的学习，更是无从过问。这对母亲和孩子来说都是多么大的精神摧残啊！

送走了这位母亲，我转身回到教室，看着一个个单亲家庭里的孩子，以及父母长年在外的留守孩子，我的心久久无法平静。这些孩子面对的都是一份份缺失的母爱。他们甚至一年只能跟母亲见一面，生活中缺少关爱，常常遭遇情感危机，造成许许多多的性格缺陷。

诗人说："母爱就象一首田园诗，幽远纯净，和雅清淡；母爱就是一幅山水画，洗去铅华雕饰，留下清新自然；母爱就象一首深情的歌，婉转悠扬，轻吟浅唱；母爱就是一阵和煦的风，吹去朔雪纷飞，带来春光无限。"

哲人说："有了母爱，人类才从洪荒苍凉走向文明繁盛；有了母爱，社会才从冷漠严峻走向祥和安康；有了母爱，我们才从愁绪走向高歌，从顽愚走向睿智；有了母爱，也才有了生命的起始，历史的延续，理性的萌动，人性的回归。"

可怜这些留守儿童啊，他们连母亲的面都很难见上，又从哪里能享受到润物无声、绵长悠远、伟大无私的母爱呢？

此时适逢湖北省教育厅倡导的"课外访万家"活动正在我校如火如荼地开展，我决定把这个孩子作为我的重点家访对象，抽时间亲自去一趟王欣雨家。一个星期天，冒着倾盆大雨，我来到了王家，孩子的爷爷奶奶热情接待了我，我把孩子在校的学习情况向两位老人汇报后，把话题转移到孩子的性格孤僻上来，询问孩子妈妈的情况，老人们明白了我的来意，一个劲儿地数落孩子妈妈的这不是、那不是，我耐心地劝二位老人，希望老人们多关心自己的孙女，不仅要关心孩子的物质生活，还要关心孩子的精神健康；并向他们列举实例分析如果一个孩子缺乏母爱将不利于孩子的成长等。他们终于表示以后不会再干涉孩子母亲看望孩子了。后来我又多次给两位老人和他儿子打电话联系，渐渐地他们很信任我，成为了像亲戚一样的朋友，我说什么他们都比较信任，听说孩子爸爸和孩子妈妈关系融洽，现在有了要复婚的想法。于是也就有了刚才开头的一幕感人场景。

我衷心地为此感到高兴，一种成就感和幸福感也油然在心底生起。教师的

职业是平凡的，但又是伟大的，因为它可以改变一个家庭的面貌和一个孩子的命运！

雷雨过后，空气中弥漫着清新自然的气息，一切显得纯澈平和。放学后，一个个天真可爱的孩子，小鸟似的扑向了母亲的怀抱。夕阳下的舐犊之爱、天伦之乐是一幅多么和谐美好的画面。我为这些幸福的母子而高兴。

"母爱是一生相伴的盈盈笑语，母爱是漂泊天涯的缕缕思念，母爱是儿女病榻前的关切焦灼，母爱是儿女成长的殷殷期盼。"完整的母爱是温暖的阳光，祝愿天下父母努力把握好自己，安排好自己的生活，给孩子一个幸福的家，一份完整的母爱。祝愿天下孩子远离刺痛，享受阳光，健康快乐地成长。

作者简介：何芹玲，女，大学本科学历，小学高级教师，任职于湖北省钟祥市洋梓镇洋梓小学。从教以来，一直担任语文教学工作，有着丰富的语文教学经验。在教育教学管理中，注重培养和谐融洽的师生关系，营造轻松快乐的生活、学习氛围，渗透爱和尊重的情感体验。所带班级学生个性活泼，各有所长。所撰写的论文获得国家级一等奖，所辅导的学生在国家级作文大赛中获得一等奖，主持的课题获国家级一等奖。荆门市教育科研学术带头人、荆门市骨干教师。从教感悟：教育是神圣的事业，它将成就孩子的一生，影响家庭的命运！

为什么流泪

李世洪

今天，竟有一位家长当着同事的面说看到我那天哭了，搞得我很不好意思，大家又都来问我是怎么回事。我记起了当日的情形。

刘美勇安静地躺在手术台上，左手横伸出来被固定着，要是右手也这样伸开，多么像十字架上的耶稣啊……不知不觉间，我的泪已盈满眼眶。慌忙地转过脸去，轻轻退出手术室，在无人的值班室的窗边擦拭那不争气的眼泪，也不知为什么，我竟扶着窗台抽泣了起来……

也许是太脆弱了吧。但以前怎么就没出现过类似的情况呢？记得十多年前父母相继去世之时，我除了心情沉重之外，竟没有流过一滴泪，也正因为这件事，十几年来一直被妻骂着"狠心人"。我也自认是一个经得住风浪且比较坚强的人。

是这孩子与我之间有着非比寻常的关系吗？他是比较听话，学习努力，原则性强，是我班的副班长，我的小助手。但是，两年多以来，我除了知道他是我的小老乡，父母在外务工，是留守儿童之外，便一无所知了，就连他的父母长什么样子，有什么爱好也不清楚。

难道是孩子的受伤我负有不可推卸的责任？这不可能。运动会之前，我们一再强调安全问题，并制定了详细的预案，他受伤之后，我们立即护送前往医院，并在第一时间通知了家长。我们做好了一切该做的工作。他的受伤纯属意外。

是"老还小"，遇到事情就沉不住气，容易激动了吗？不应该的，四十一二的人，虽工作二十多年却并无一丝白发，我向来都是以"想得开"著称的。

那为什么流泪呢？难道是担心他的受伤会影响班上成绩吗？也不是的。他的受伤虽造成短期内无法学习，但他的意志力，他的不服输的精神会让他尽快赶上来，不至于掉队的。

孩子们平日里多么的纯真活泼，多么的健康向上。我自己的儿子就在他们中间，我早已把他们所有的人当成了我自己的孩子，我不希望他们里面的任何人受到任何伤害，希望他们都能够顺顺利利、健健康康地成长。

为什么流泪？因为我爱他们爱得深沉！

作者简介: 李世洪，重庆市城口县教师。城口县高望初级中学语文高级教师，城口县初中语文李世洪名师工作室主持人，2017 年国培计划重庆市初中语文教师培训团队研修班学员，重庆市教育学会会员。

关爱的力量

田胜铠

　　教师节刚过，所有的老师们还沉浸在节日的喜气之中。早饭刚罢，我手机的铃声响了。打开一看，里面有三条祝福教师节快乐的短消息。来自同一个号码，同一个名字"李在平"。李在平？我在记忆里搜索了好一会。忽然，我想起来了：那是我二十六年前教的一个学生。

　　二十六年前，我在一所偏僻的山村小学教书，那是一个脚踏三省的地方，偏僻、荒凉、贫穷。大而破旧的六间房屋将学校围城一个"凹"字型。前边是围墙，围墙外是一条小路，偶尔有人经过，但也只是一晃而过。

　　刚到这所学校时，学校只有一位不住校的女老师，头发已经花白。她抛给我的第一句话就是："条件艰苦倒没啥，但你班上的李在平难管啊！前几位老师都拿他没办法！"当时，我并没有感到多少意外。第二天，我早早的来到教室正襟危坐，等候学生们的到来。九点多钟，学生才三三两两的来到教室，有的打开书开始唱，有的将书放在课桌上挡住脸，偷偷地斜看着我，还有的与邻桌同学交头接耳，指指点点……我猜想着：他们的一举一动都是冲着我这个新老师而来。我心想，此时索性不理会，等全部到齐后，才来一通事先想好的开场白。

　　接近十点钟，教室里还空着一个座位。我急了，心想：要是在城里，这都第三节课了，可这个学校现在还未开课，真是山高皇帝远啊！我走到座位，问临近的一个同学："这里有人吗？是谁？"她笑而不答，只是将头转向窗外，又迅速收回。我顺着她的目光望去，只见操场上有个人影在晃动，近了才看清楚他的面目：眼光斜视着我，两道鼻涕像两道黑色的瀑布。他肩上挎个黄色的书包，包的下角有个拳头大小的洞，露出书的一角，一身蓝色学生服，脚穿胶鞋，大拇指露了出来。他看我已经发现了他，便一步一步迈进了教室，走到那个空位上，漫不经心地打开书包。我走上去轻声问："你叫什么名字？""李在平。"

他头也不回冷冷地答道。我又问："你家住几队？""我没有家！""没有家？"我心里咯噔一下："那你一个人生活吗？""我跟爷爷奶奶在一起。爸爸外出打工已经两年没回家，从小我就没见过妈。"我愣了。可是从这孩子回答我的问题来看，一点也不傻，思维还十分敏锐。很明显是缺少父爱和母爱，没有受过良好的教育，这便是"问题学生"的症结所在。这样的学生，最需要的就是关爱。这时我迈着沉重的步子回到讲台。就在那一刹那，我决定用激励的办法尝试性地进行教育。

我示意同学们停下，顿时教室内安静下来。我首先凭刚才的了解，简单介绍了李在平同学的家庭状况，然后深表同情地说："同学们，李在平同学从小跟着爷爷奶奶一起生活，爷爷奶奶年事已高，落在他身上的家务活怕是难以想象的沉重；他家离学校路程远，但是据我了解，他很少迟到或缺席过。他的这种坚持难道不值得我们学习吗？""啪，啪，啪…"我带头鼓起掌来，孩子们也跟着拍手。"愿他今后坚持得更好！"这时，教室再次想起了热烈的掌声。我偷偷地瞄了李在平一眼，这时我分明看到李在平低着头，脸上泛起一丝羞涩，眼角盈满泪花，但他强忍着，忍着，忍着…我敢肯定，那是激动，是欣喜，是感激，是愧疚…各种滋味交织在一起的特有的感受！至于这堂课的后面我究竟做了什么，现在一点印象也没有了，倒是李在平那含泪的目光，永远地留在我的记忆深处。

其后的三年里，我和李在平慢慢地交上了朋友：上课，我经常提他的问，哪怕有一点小小的进步都予以肯定；下课了我一同踢毽、捉迷藏；星期天，我到他家家访；我们约几个小伙伴一起放羊，到岩洞里烧土豆，烤玉米棒子；春天，我们一起走进大自然踏青；夏天，我们一起赶麻鱼；秋天，我们一起郊游，摘野果，挖野菜，搞野炊；冬天，我们在一起堆雪人、打雪仗…课堂上，我是孩子们的老师；课余时间，我是孩子王，是他们最信赖的大哥哥。三年里，每一个孩子的家庭状况、性格爱好、生活特点我都了如指掌。特别是李在平和我从冷面相识到友好相处，到知心相交，甚至形影不离。最让我感动的是，以后我到李在平家家访时，临走的时候，李爷爷拉着我的手一再挽留："以后不要嫌弃我家里穷，多来玩！在平在家经常闹着要和老师玩！"我从当时每月只有 42.5 元工资中，拿出部分作为奖金或购买奖品，奖励品学兼优、进步大的学生；资助贫困学生；自购电线，解决学生自习照明……

三年的时间一晃而过，这个班是我一人教的第一个毕业班，28 人，刚接手时，语、数双科的合格率为 0%。经过自己三年的努力，语文合格率为 95%，数学合格率为100％，升学率为95％。那个假期，我调到中心小学教书了。遗憾的是因为工作的忙碌，交通的闭塞，关于我教毕业的那些学生，我再也没有刻意去打听过关心过，他们后来怎样了我都不知道。这是我终生的遗憾！我简直无颜面对人生驿站的第一个站上的那些孩子，那些父老乡亲！但他们始终还记得我，眼前的手机短信就是最好的证明！

值得庆幸的是，二十六年后的春暖花开时节，兴田小学所在的那个穷山沟早已通了省级公路——城（口）巫（溪）路，而且被打造成著名的亢谷4A级景区，正在向5A奋斗。五年前，深圳一家爱心企业为我校捐赠25万元，城口县国土房管、教委也捐赠划拨了资金，加上镇里自筹资金重建了兴田小学。我以校长的身份重新踏上那片土地，去规划我曾经站斗过、却一度几乎被人遗忘的兴田小学的建修事宜。期间我从乡亲们口中了解到：当年我所教的那班学生，如今有的川大、重师大等知名学府毕业后留在城市里工作，有的做了司机，有的成了农家乐老板，有的成了医生。李在平在深圳安家落户，早已有了"漂亮宝贝"，而且过得很富裕……我欣喜之余，不禁感慨万千！

俗话说：小来鼻脓口呆，长大人见人爱。学生的成长和发展有时是意想不到的，如果我们教育学生时更多的是热忱，是关爱，人间就会多一些真情，自己也会获得更多的爱的汇报。让我们用关爱来感动更多的学生，用真诚来打开更多孩子心灵的窗户，用行动来拉进和孩子们的年龄差距！那样，他们的前途将会更加光明，而为师者的我们的生活，也会变得更加充实而幸福。

作者简介：田胜铠，重庆市城口县教师。毕业于重庆教育学院，1986年8月参加工作，小学高级教师。先后在《重庆文学》《农村青年》、《川东文学》、《何其芳文墨》、《曲靖日报》原《万县日报》、《长江诗歌》、《重庆诗歌地图》、《野风诗刊》、《大巴山文学》、《城口文艺》、重庆党建12371平台等发表诗歌、散文200余篇(首)，获城口县建党85周年征文优秀奖、中华文艺全国文学创作优秀奖，有教育论文获全国一等奖，有作品入选重庆市精品选修课程中学语文教材。城口作协会员，现在城口县高望中学工作。

又是一天阳光中

王凌云

5：50　梦境依稀早起

梦中还在度国庆长假，悠哉游哉得很呢。突然，闹铃响了，一看已经5：50了。唉，梦境依稀，长假后的第一天工作就要开始了。没办法，虽然恋恋不舍，我却也迅速地起了床，因为我懂得"一日之计在于晨"的道理。

离开家里，楼道的灯光如初升的朝阳，斜洒在身上，这种感觉真美。

6：05　暖暖校园路上

在校园路上，碰到三三两两到校的初三走读生。这些小鬼头，也不再睡懒觉了，时间观念还是蛮强的，有紧迫感了。遥想七年级上期，晨跑总有人迟到，还老是说"老师哦，我看时间还早，就把闹钟给摁下去了，一不小心睡着了嘛"。"多早"？"离跑步还有十分钟呢"。真让人不知说什么才好。

"老王好""老王早"！嘿嘿，别小瞧这个亲切的称呼哟，它可是我一天舒心工作的开始呢。课后，同学们总是像其他老师一样称呼我为"老王"。家长有时听见了，训斥他们没礼貌，他们却说"叫老王是对老师的亲近，老师说的'亲其师，信其道'，你们干嘛干涉呀？"

望着这些明日的"太阳"，听到这些话语，我就觉得有一股甘泉，静静地在心底流淌，师生之间的这种暖暖的感觉真好。

6：10　甜美等候晨跑

起床号响起，学生陆陆续续地起床。在等候晨跑的时间，我与已到操场上的同学闲聊，看哪些同学身体不适，不能剧烈运动，检查他们的鞋是否适合跑步。偶尔也会被某个同学塞一片吃的在嘴里，你还别说，这种感觉真甜美。

6：30　凝心聚力晨跑

我看着精神振奋、整装待发的学生，向体育委员示意"出发"，我则跑在队伍的后面。不经意地发现有学生向后张望，啊，明白了，那是在看我呢。说实在的，我的体质不好，五十二三岁，感觉到未老先衰了，早已过了运动健将的年龄。但自从国家号召全民健身，特别是初中毕业考试体育占 50 分后，我早上便带领学生在操场上跑步，循序渐进，逐渐增加到 3000 米。

说起来，晨跑好处多多。随着体质的增强，学生成绩也上去了，集体的凝聚力也增强了，近几年，我所教的班级年年被评为"万州区先进班集体"。

当我气喘吁吁，吃不消时，耳边准会想起 "老王，加油""老王，加油"的喊声，我又觉得增添了力量，于是咬咬牙也能坚持在内圈跑完全程；同学之间也相互竞赛、鼓励，个别想偷懒的学生也不好意思了。看来，榜样的力量是无穷的，集体的力量是无穷的。

你看，同学们的助威声也成了增添我力量的太阳。

6：50　香茗涤荡疲惫

我拖着沉重的腿来到办公室，一屁股坐在椅子上，好累，真想睡觉。突然，眼前一亮，拿过口杯，哈哈，又不知道是哪个"小调皮"抢先一步沏好了茶。这种事多啦，任凭你使出浑身解数，也查不出来是谁干的。算了，还是惬意地慢慢享用吧。啜一口，呀，真香！虽不能说荡气回肠，至少疲惫已一扫而空，如同在冬日享受到了艳阳，我又可以精神抖擞地上早自习了。这就是我善于跟他们交朋友的回报呀。

7：20　　最美爱心育人

趁学生早餐的时间，为偶尔生病的同学，买几盒早餐奶或水果什么的，或是安慰几句。这是我坚持的"爱心育人"。我想，一个爱的微笑，一句爱的话语，都可能激起学生潜在的能量，有可能改变孩子的一生。

爱心会让我们发现，每一扇门的后面，都是一个不可估量的宇宙；每一扇门的开启，都是一个无法预测的未来。

窗外的阳光照在身上，暖暖的，最美。

8：00　　生活化的语文

听着班歌《我要飞翔》，我也精神饱满，看着学生们青春的面容，我也神采飞扬，与学生们一起飞翔，将他们带到更加广阔的天地。

学生喜欢我那生活化的语文课堂，我教起来很顺手，学生们学起来更轻松，他们口服、心服、还外加佩服哦。下课后，太阳更加暖和，我难免有点得意，嘿嘿，因为我又"忽悠"了他们一把。

9：10　　崇高升旗仪式

我望着冉冉升起的五星红旗，顿时有种亲切而庄严的感觉，有种心潮澎湃、

热血沸腾的感觉；看着健康活泼的学生，听着国旗下学生的演讲，享受着"崇高"这个词的境界，耳边仍响着那雄浑激昂的旋律："前进、前进、前进进……."。我心里难免有所感慨：你们赶上了好时代，快快茁壮成长吧，祖国等着你们把她建设得更美好呢！

此刻的阳光照在身上，我又多了几分豪情、几分信心、几分力量。

10：30　　教育温柔有加

听完新老师张妍的课，很有感触，她们班的学生很压抑，不愿、也害怕回答问题，看来整个班级文化的建设有待改良。这是我想起了一则经典广告："在鸦雀无声的教室里，同学们正在紧张的进行语文测试。学生偶然得到同学扔在地上的答案纸，他一边注意着老师的举动，一边迅速的把纸头捡在手中，并长长地舒了口气。他刚展开一只角，监考老师不失时机地咳嗽了一声，可怜的答案纸变成了用来擤鼻涕的餐巾纸……然后一句广告语：有时候咳嗽也是一种教育。" 且不说这则广告是为了宣传某品牌的感冒药品，至少它含沙射影到了教育是无处不在的，其方式方法是随时随性的，更何况是一个班级的教育。

其实，我一向也是以严格管理学生而自以为是，班级管理井井有条，似乎觉得只要严格要求就一定有效果，而严格要求似乎离不开凶，骂，压。若真要畅所欲言的话，他们一定不会喜欢我。这学期，三个班并成两个班后，我抓住这个契机，改头换面一下。开学后我一反以往严肃的面孔换以温和的微笑，亲切的语言，课堂上我温和耐心，语言委婉，常使学生在笑声中学会了知识，懂得了道理，他们不再紧张提问，不再紧张被批评，不再不敢发表自己的见解，课堂下他们也敢于向我袒露心声，甚至家里的矛盾，也向我诉说，我轻轻地指点也能使他们马上知道自己的错误，并及时改正，决不比凶和骂效果差，我收到了意想不到的效果。所以，我认为教育是无处不在的，方式方法是随时随性的，更应该是温柔有加的。

窗外的阳光照在身上，也暖暖的，真好。

11：10　　学生帮我反思

我怀着喜悦的心情批改作业。第一本是康曦的，那娟秀的字迹，独到的见解，真让人愉快。第二本是梁艳的，她也是优生，我想：批她的作业肯定也舒心。那知翻开一看，字迹潦草，墨迹暗淡，字都没有拼拢。我不由火往上冒，这个样子，还想考重点，肯定是以为本次月考成绩好，就随心所欲了。我怒不可遏地找了一个同学去把她叫来，指着本子，把她凶了一阵，看她哭着跑了，我的气也消了。

一会儿，彭春同学来向我解释。我才知道，早饭时间梁艳帮同学擦玻璃，手指被钉子划破了，捏不住笔，我又没有给她说明情况的机会就凶了她一顿。

唉，这时，我才明白赞可夫的话有道理"在你叫喊以前，先忍耐几秒钟，想一下你是老师，这会帮助你压抑一下当时就要发作的脾气，转而心平气和地同你的学生说话"。

我陷入了沉思，知道自己感情用事，做出了愚蠢的判断和荒唐的决定，自己遇事不冷静，真是应验了"急事缓办，缓事急办"这句话啊！我马上来到教室，趁课间，给梁艳同学道了歉，谁知她哭的更凶了，我这时才体会到什么叫手足无措。等她渐渐平息下来，我问她是不是我的态度不够诚恳，她说，不是，是没想到老师会给她道歉。

从这件事中，我知道学生也能帮助老师反思：班主任切不可让愤怒冲破理智的闸门，不能把学生当作出气筒，更不能伤及学生的自尊。对优生的教育如此，对于问题学生的教育更是如此，要有耐心才能做好教育转化工作。

魏书生老师说："抽打自己的鞭子要掌握在自己手里，即所谓'高悬鞭策自警'"，我觉得很有道理。其实我在做班主任的第一年里，内心经常会受到学生的挑战，曾经有失去自控的时候；也有过发火发怒，变得暴躁的时候。现在回想起来，这样做不但对自己开展工作无所补益，而且还会加深老师和同学之间的误会和代沟。

抬头看见天空的太阳，是那么的温和，我明白了：耐心，将会让学生在爱的温暖中走向进步。

13：00　走进学生心灵

现不睡午觉了，中午时间长，为了好管理，中午13：00，学生都要到教室自由安排。

我不经意之间看到张英神情有些落寞。啊，对了，可能是这次竞选班干部落选，情绪还没有调整过来。我把她叫到讲台边，小声地开导她说，这次当不成班干部不要紧，只要以后你大胆地向同学们展示自己，就能再次获得同学们的欣赏和支持。张英同意我的观点，还冲我笑了一下说"谢谢你，我的老师！"。看着她轻盈的脚步，落选的阴影应该就这样无声无息地消散了吧。

班级工作千头万绪，但班主任老师只要用"爱"这根针就能把它们串起。教育学生，只要走进学生的心灵，了解他们，理解他们并给予他们更多的爱心，和学生成为知心朋友，就能达到"亲其师而信其道"的目的，就会收获更多的成功和喜悦。

看在西偏的太阳，我想："走进学生心灵"随时不晚。

15：00　　人生几回拼搏

第一次月考后，学校要求我们初三年级认真分析，找出差距，采取措施，扎实工作，花大力气，发扬苦干和巧干的精神，制订毕业升学指标，位列九年一贯制学校第一。

我在办公室经过全面衡量后，订了以下奋斗目标：

1、毕业总平分力争进入同类前茅，要杜绝极差生，使毕业率达100%；

2、本届九年级两个班升学指标要达到：一类高中21人，二类高中50人，普通高中30人，职高20人，升学率达95%以上。

3、对年级前15名学生，各科基本分数要保证达到：语文130分、数学145分、外语140分、物理75分、化学65分、政治45分、历史45分、体育45分；总分达到690分以上。

说实在的，在我们这样的偏僻小镇，这样的九年一贯制学校，从没有出过这样的业绩；况且这个年级的基础又不怎么样，要完成这个指标，师生们要拼尽全力了。

尽管科任老师或多或少的有点意见，怕完不成指标，那本来已经少得可怜的奖金硬是要泡汤，但看见我无意中在看我校的办学宗旨"办人民满意教育，育社会需求人才"那幅标语，他们都笑了，"你这个教导主任每届都唱高调，压榨我们。不过，跟着你小子也确实屡创新高。'人生难得几回搏'，拼了，值得！"

从办公室出来，抬头看见挂在天边的太阳，阳光暖融融的。阳光中我似乎又看见各位科任老师和蔼的面庞，又听见互相鼓励的声音在轻轻回响："人生难得几回搏，拼了，值得！"

18：30　　巧破丢钱案件

课外活动时间，我刚到办公室，张明同学哭丧着脸，向我说他的30元钱昨天晚饭时不见了，自己又没有线索，叫我帮他查找。这孩子，老师不是叫把钱揣好吗？干嘛夹在书里呀？昨天不讲，今天才来找老师，这不是给我添乱吗？

我想了一会也不知怎么办。

我把平常善于观察的几个班干部悄悄找来，向他们了解，昨天晚自习后到今天这段时间内，谁用钱比较反常，最后目标锁定在一个女生身上。

我借口批阅钢笔字，把她叫到办公室，怕被在办公室的其他老师和学生知道，我小声询问，她一口否认，我也没辙了。只好说她昨天晚自习后及今天用钱的反常，列举她买了哪些东西，而她家长一周只给了她几元钱。许久，她终于承认了。但我还是怕冤屈了她,叫她讲清楚,座位隔张明这么远,是怎样发现张明的钱的,又是怎样拿的,知道了这些细节,我才确信是她。

她发誓痛改前非,以此为戒,叫我不要给同学讲,不要给家长讲。她已用了 19 元,我又知道她家很困难,就叫她把剩的一元钱拿出来,我自己凑足 20 元,并向她保证不会让任何人知道,她不相信。我告诉她,我会在班上讲张明的钱丢了,希望拾到的同学主动还给他,为了不引起误会,建议把钱悄悄地放在我办公室的抽屉里,我晚自习下课前才回办公室。听了我的办法,她才红着脸、放心地走了。

晚自习下课前几分钟,同学看着我成竹在胸的样子走进教室,议论开了。我扬了扬手里的 20 元钱,大声宣布:张明的钱找到了。我又提议:为"拾金不昧"的那位同学热烈鼓掌。我故意不看她,但我相信她的掌声是最响亮的。

教育是一门艺术,一门思想的艺术。而这艺术的精华归根结底是一个字:爱。孩子们常常会犯错误,偶尔还会犯大错误,要相信每个孩子都能成为一个好人。爱孩子就意味着要保护孩子那脆弱的心灵。在帮助改正错误的同时,这一点很重要,教师不能让孩子一辈子抬不起头,生活在犯错的阴影中,要对孩子的一生负责,对孩子的未来负责。

这时街上有人放烟花,那璀璨的摇曳的曼妙姿态,犹如天边的道道彩虹,绚丽夺目。

22:00　愿做叶的事业

走在回家的林荫道上,看着在风中婆娑的枝叶,我想起了泰戈尔的话:"果实的事业是尊贵的,花的事业是优美的,让我干叶的事业吧,因为叶总是谦逊的垂着她的绿荫"。

想想自己的一天,我不正是干着"叶的事业"么?

苏霍姆林斯基曾说:"一个好教师意味着什么?首先意味着他热爱孩子,感到跟孩子交往是一种乐趣,相信每个孩子都能成为一个好人,善于跟他们交朋友,关心孩子的快乐和悲伤,了解孩子的心灵,时刻不忘自己也曾是个孩子"。

我做到了苏霍姆林斯基说的这句话, 我是不是一个好老师呢?

呵呵呵呵,我有点陶醉了,街上昏黄的路灯,如春之艳阳,让人浑身舒坦,我不由得加快了脚步。

我每天都重复着相似的故事。故事中我尽情的享受着同事之谊、师生之情的温暖,就像我每天享受着太阳给予我的温暖一样。我也同样热爱我的同事、

学生和我的祖国，就像我热爱给我们带来光明和温暖的太阳一样。

我生活在阳光中。

我爱生活的每一天。

作者简介： 王凌云，重庆市万州区弹子学校初中语文教师，党员，中小学高级教师，区级骨干教师。1984 年 8 月中师毕业以来，一直坚守在万州西部边陲小镇的弹子学校，为家乡教育事业，默默奉献青春与热血。主研结题了三个区级科研立项课题；获得区级"基础教育课程改革实验先进个人、义务教育阶段学校教学工作先进个人、中小学教学工作先进个人、教育系统政务信息工作先进个人、中小学领雁工程先进个人"及"重庆市美丽乡村教师奖"等荣誉。

说好了不掉眼泪

张海英

终于走到这一天，要奔向各自的世界。

长长的三年，忽然就走到了终点。有些措手不及。

三年前，他们还是小不点，稚嫩的面孔犹在眼前，而今都长成了漂亮姑娘帅小伙。

三年前，他们还是调皮鬼，捣蛋的模样还很清晰，如今都拥有了大大的专属世界。

毕业晚会终究轰轰烈烈地展开了。8班隆重，5班漂亮。

他们唱着：放心去飞勇敢挥别，说好了这一次不掉眼泪。

嗯呢，说好了，这一次不掉眼泪。

每一个节目都很精彩，每一位同学都尽心竭力。

可是明天就放假了，然后就是中考。

这三年，跟着孩子们一起，我又接近完整地念了一次初中。他们既是我的学生，又是我的同学；既是我的孩子，又是我的朋友。可我却不能踏上中考考场，不能和他们一起去检验三年的成果，也不能像他们一样尽情哭着道别。我只能微微笑着，退到一旁，送上默默的祝愿。愿他们的成长，顺顺当当。

夜里九点的铃声响起，毕业晚会戛然而止。

明天的我，没有理由留下，那么，就今夜再去细细地看一眼吧。

班主任说，你们会问，张老师怎么又来了。

我知道的，不是班主任的张老师怎么可以隔三差五像班主任一样查寝呢？

但我还是厚着脸皮去了，去默默地告别我的同学我的朋友，去无言地表达无法陪到最后的遗憾，去悄然送上鼓励的目光。

班主任把所有我不愿意说的话都说了，直到逼出我的眼泪，仓皇逃离。连5班的寝室都不敢再去。

从来没有哪天像今天一样渴望自己是班主任，可以名正言顺地陪他们到最后一天。

校园里的灯光早早黯淡，高跟鞋踉踉跄跄，踩在淡淡的影子上，生疼生疼的。说好了不掉眼泪啊，真的没有掉呢，它们只是顺着我胖胖的脸颊，淌进了我宽宽的心里。

作者简介： 张海英，女，重庆市彭水县普子中学老师。好读书，却仅限小说，每有会意，便通宵达旦。常乘火车出游，偶著文章自娱，纵情山水，忘怀得失，以乐其志。喜欢行独辟之径，拥自得之趣，莫管那世人指东又指西。

祝 福

李世翠

金秋的九月是一个收获的季节，农民伯伯黝黑疲劳的脸上写满了幸福。俗话说：种瓜得瓜种豆得豆，而辛勤耕耘的老师们也不断收到了过去和现在所教的孩子们深深的祝福，我的脸上抑制不住内心的喜悦。我迫不及待地打开手机。"老师无论我们飞多高，无论我们走多远，您总是我们回望的起点，我们衷心地祝愿您教师节快乐！天天开心！"这是09年的学生以集体的名义由班长发的；"世上有一种爱铭刻在心，有一种情永生难忘，这就是老师您对我的爱，明天是教师节，我祝愿你教师节快乐！工作开心！"这是我最欣赏作文有天赋的一个女生发的；"亲爱的老师，又忙碌了一年了，你的节日又到了。学生真诚地祝福你教师节快乐！身体健康！"这是02年毕业的一个最不起眼的学生发的。

一条条短信 让我无比欣慰和满足，让我的思绪穿越记忆的河流，曾经的印记浮现河流的碧波上荡漾，一切似昨日般历历在目。

我的学校坐落在巍峨的金山之下，面对秀丽的笔架山，门前有一条舒缓的小河，一条玉带似的公路横穿而过，可说每日纳三乡之生，每日过八方之客。但不知是什么原因，学校的老师是赵巧儿送灯台，有去无回。退休的退休，进城的进城，奇怪的是老师越来越少，学生是连续几年内保持平衡。课程无法排下去，校领导研究决定合班，六年级也合班，六十六人，当校长宣布我任六年级班主任兼语文课，我真不敢相信自己的耳朵，这似乎是在梦中，我用手掐自己的手，天啊，我从事教育二十九年了，从没有任过小学高段的语文，更不用说班主任，我再三推脱，老校长和新校长满脸慈祥的笑容，给我无穷的力量和信心。我赶鸭子上架，第一堂课我准备充分，但学生还是给我出其不意"老师，《咏梅》中"待到山花烂漫时，她在丛中笑"梅花是植物，为什么用女姓的她？"我懵了，急中生智，我说："女性是美的，花也是美的所以就用女性的她．"总算敷衍过去了。当我第一天检查作业时，大惊失色，要么字迹潦草，要么歪

歪斜斜，要么似甲骨文非甲骨文，我深思后决定拿班长"开刀"，我把他的作业"展览"给大家看，顿时班长高贵的头颅低下了头，我语重心长地说："字如其人，一个人写字工工整整，有笔锋，说明他为人正直诚实生活会一马平川；字迹寥寥草草，说明他做事马马虎虎，生活一塌糊涂；你对生活学习积极一点就会快乐一点；你消沉一点就会痛苦一点；一个学生应该让规则守望心灵，让文明成为习惯……我口如悬河，滔滔不绝，娓娓动听，这次杀鸡吓猴效果大大超出我预期的效果。以后批改作业就是一种享受，民主组建一个好的班委，各项工作分片承包责任制，通力合作，班风正了，学习空气浓了，时间匆匆，日子在朗朗的书声中，在声情并茂的讲解中，在嘹亮的歌声中，在孩子们嬉戏的玩耍中，转眼就放寒假，收拾书包过新年。一天大雪纷飞，我在家准备年货，忽然几个熟悉的身影跃入我眼帘，"老师我们给你拜过早年，祝福新年快乐！"先是一惊，然后莞尔一笑，几个调皮鬼七嘴八舌争先恐后说："我们今天想见识见识你的烹调技术。"我在忙碌的新年中用我们苗族人最古朴的鼎罐饭白菜萝卜土猪肉款待了有生以来第一次登门拜年的学生。临别前，纷纷扬扬的大雪，孩子们消失在茫茫的雪花中。斗转星移，又是一年春暖花开草长莺飞的时节，鞍子镇浓重地举办"读经典唱红歌讲红色故事"的比赛，参赛的单位有镇政府、两所学校、（鞍子中心校、新化完小）、鞍子镇政府、医院、鞍子街道的居民，我是六年级的班主任理所应当担起这个光荣而又艰巨的任务。我们精心地挑选了《我们是共产主义接班人》《闪闪红星》两首红歌 ，讲东北抗联大名鼎鼎司令杨靖宇的故事。站在舞台上，孩子们鲜艳的红领巾映红了脸庞，个个精神抖擞，斗志昂扬，优美的旋律，嘹亮的歌声在操场上空回荡，感人的故事讲得声情并茂，掌声经久不息。这美好的一幕让我终身难忘，红色的歌声红色的故事就像战斗中吹响的号角，催人奋进，勇往直前。这届孩子在紧张而又愉快学习中，健康成长。毕业考试是全县统考，全镇前九名都在我班，取得了优异的成绩。我欣喜如狂，这种高兴比自己的孩子升学还高兴。这种高兴就像一朵永不凋谢的玫瑰永远绽放在我的心里，芬芳四溢。家长的脸上也洋溢着幸福的笑容。这批孩子现在高中毕业，其中部分学生已上大学，虽然分别了好几个年头，但是那份师生情依然还浓。常常来学校看我，每逢节日常发短信祝福我；我也在幸福的祝福中深深地祝福他们，鼓励他们努力学习，做一个有用的人。

人们说，老师是个渡船人。送毕业了一批，又接一批，那是一个春天，我在地里忙绿，忽然听到几个最熟悉的声音像小鸟在叫，我猛一转身，是几个调皮鬼，见到平常威严的老师居然是个典型的村妇，他们捧腹大笑，我佯装生气的样子:"你们干什么?""今天是三八妇女节,你一人在家很寂寞,我们来陪你。"边说边笑,我也笑了!笑得像个孩子,仿佛回到难忘美好的童年,在七嘴八舌的议论中,不知不觉天色暗了下来,我只好通知家长,奇怪的是无论家长软硬兼施,都不回去,理由只有一个,要陪老师睡一觉。这一夜寒舍特别热闹,有吟诗有唱歌有讲故事有说笑话。夜很深了,大家枕着美梦进入梦乡。这个三八妇女节,虽然没有鲜花,没有掌声,也没有山珍海味。但在静静的陪伴中,在甜甜的祝福中让人终身难忘。

澎湃的思绪进入今年的教师节,我像往常一样信步向教室走去,今天教室里出奇的静,当我走进教室,一束五颜六色的野花摆放在讲桌上,三十八个学生异口同声地说:"祝老师节日快乐!"我先惊异后微笑,低头嗅嗅鲜花再看看孩子们,大家会心的笑了,这笑声回荡在教室上空,久久不息。这花香在教室弥漫飘香,虽是秋天却胜似春天。

一条条短信传送着彼此的真情,一句句祝福表达深深的爱意,我因为这祝福美的灵感撰写了《秋天的祝福》发表在《武陵都市报》《彭水报》。因为这祝福美我在95年荣获县级"优秀教师",曾被评为优秀班主任,2014年秋参加鹿角片区优秀班主任演讲赛,荣获二等奖。所以祝福是感恩!祝福是勉励!祝福一次次奏响了我爱岗敬业的进行曲,鼓励我俯首甘为孺子牛。

作者简介:李世翠,女,苗族,重庆市彭水县教师。毕业于重庆教育学院,中共党员,从教32年。长期从事乡村教育,深爱教育这片热土,辛勤耕耘,一生清贫,无怨无悔。爱好文学,曾发表十几篇散文。

每一个学生都是一面镜子

曾礼

"老师，还认得到我不？"听到这似曾熟悉而又略带主城腔的声音，我猛然从作业堆里抬起头，看到的是一位满面含春的笑吟吟的姑娘。见我有些迟疑，她便指了指自己的左脸。我有点怀疑自己的眼睛，这个亭亭玉立的姑娘该不是当年那只丑小鸭吧？试探着说："你……你是梅吧？"她欣喜地拍着手说："谢谢老师还记得我。没有打扰你吧？"我连说"没有没有"，随即便让她坐下，给她倒了杯水。

她一边用双手捧着水杯不紧不慢地旋转一边打开了话夹子："老师，得到你当年的支持和鼓励，我中职读完后又考取了大专，现在在主城的一家三甲医院当护士，同时进修本科学历。快六年了，之所以一直不和你联系，就是想给你个惊喜！"

大凡做教师的都明白，记忆最深的有两类学生——成绩最好的和最调皮的；记忆最浅的也有两类学生——成绩较差的和内向的。可在我二十多年的教学生涯中，梅却是个例外，而且是唯一的例外，因为她不是成绩最好的，也不是最调皮捣蛋的，却在我心中打上了深深的烙印。

二十多年前，我头脑一时发热，也跟风从一所乡中心校调到现在的中学任教。我所在的中学在县域内一直以教学质量高著称，除辖区内，周边乡镇的学生也通过各种关系慕名前来就读，导致大班额现象十分严重。我调到中学后所教的班级中，有一个班人数竟达107名之多，何况我只是个教"豆芽学科"的生物老师，一个班一周也轮不了几节课，要一一地把学生的名字和人对上号绝对不是一件容易的事。差不多一学期完了，我也没能搞清楚谁是谁、谁是哪个班的学生，只是把几个成绩最好和最调皮的学生记住了。

梅当时也就十一二岁吧，随便站在哪个角度都看不出她有什么特别之处，倘若硬是要起我说出她与众不同的地方，那就是比一般的女生矮小、瘦弱，焦黄稀疏、乱蓬蓬的头发下面，是一双浑浑浊浊的小眼睛，上嘴唇紧接鼻孔的地方始终是黑黝黝的，左脸上还有一道比较明显的疤痕，衣着总是皱巴巴的，连衣领也没有牵伸展过，而且很少开口说话，一看就是一个不被人重视、不受人待见、缺疼少爱的留守儿童。梅上课时总是那幅一成不变的神态，看不出她是在听课还是没有听课，下课了也多是一个人坐在自己的位置上发愣，交的作业也不晓得是她自己做的还是抄了人家的，每次考试的成绩只是没有吃鸭子罢了。教了几十年书，什么学生都见过，所以我本能地把她归在了"模糊记忆"之列。后来班主任告诉我：这个孩子是她爸爸捡来的。她爸爸因有残疾没有能够结婚，也没有什么手艺，靠东戳西戳打零工来维持生活。这就对了，要不怎么会是这样一个邋里邋遢的小姑娘呢？

很快到了初二下期，开学时好几天她都没来上课，我也没在意，这样的学生来不来都无所谓。随着"生地"结业考试的临近，我发觉她经常迟到或是旷课，即使在课堂上也越来越打不起精神，整天瞌睡迷兮的趴在课桌上翻白眼，时不时还张开大嘴打个呵欠，叫人心生厌烦。但就要结业了，我警告自己千万忍着，犯不着得罪这样的学生，眼睛扫描到她那个位置时，只当她是空气就行了，何况"生地"结业考试后我就不再教她了。

教完这届的生物课，我又开始重复昨天的故事，接任新的班级了。随着新的面孔的出现，我渐渐地把原来的学生给淡忘了，当然包括梅，顶多在偶然碰上喊"老师好"时微微点一下头而已。

有一天早晨，大概是早自习时间，我准备到校门口的小面馆里吃碗面条再进学校。没想到梅也也在里面，正汗流浃背地吃着面，鼻涕已经杵到上嘴皮了也没有用纸揩一下。遇到了以前的老师，她显得很是局促，很是害怕，很是绝望。看到她那狼狈相，我便没了吃面的心情，退出小面馆时鬼使神差地把她的面条钱开了，并示意她快点吃完进教室。都初三了，还这么不慌不忙的。她怔怔地看着我，连面条也忘了吃。

这天中午学时，我正想趴在办公桌上眯一会，听到了一阵轻微的敲门声，便随口说道"进来"。门推开了，原来是梅。她怯怯地走到了我的身边，低着头两手不停地绞着衣角，却并不说话。我问她有什么事。好半天她才艰难地说："老师，我晓得你过去对我的印象不好。可是我没有办法，爸爸病了需要人照顾，请你原谅！"

"还有……还有……"。

我有些不耐烦："有事就说，别吞吞吐吐的"。

"我想去读中职，学护理，可以吗？请你参谋参谋。"

"这种事还是找班主任吧！"

"不，我就找你。"

"为什么？"

"我觉得你和班主任不一样。"

我很是为早上给她开了面条钱而后悔，也知道毕业班的班主任们正因为中职学生不好动员而焦头烂额，便想给她的班主任一个顺水人情，连说"可以可以"。她满意地走了，还要走了我的电话号码。事后，我很惊诧于她不找自己的班主任而是找我这个早已与她不再相干的老师拿主意，这是不是有点病急乱投医的味道哟？我真的和她的班主任不一样吗？

我还是把这事告诉了她的班主任。她的班主任一边取笑我一碗面条就收买了一颗人心一边也因为又完成了一个招生指标而欣喜，说管她呢，只要她愿意去读。后来听说她果然去主城的某所中职学校读护理了。

客观地说，我认为医院的护士应该是身材高挑、长得比较漂亮，同时也都心灵手巧，温柔可亲的。凭梅的身高、长相与性格，学护理恰当吗？那么自闭、家庭那么困难的一个孩子愿意把自己的命运交给一个萍水相逢的人来安排，对于她来说，需要多大的勇气哟！如果她中职读完后找不到工作怎么办？那样岂不是害了人家？以后很长一段时间，我都因为自己的敷衍了事而内疚、不安。

看着落落大方的梅，我能够想象她求学的过程的艰辛以及涅槃后的自信。即便如此，我还是有一种深深的忏悔，不知道怎样面对她发自内心的感激和长久积蓄的对和指路人见面的渴望。忽然又忆起了孙睿小说《三十而厉》中的话："自己上的是师范，毕业后的工作自然就是当老师，但这么多年当下来，收获是'洗涤自己'，每一个学生都是一面镜子，在讲台下面照着自己，能让老师照到自己的不足或性格和能力的缺陷，老师未必能因此改好或提高，但照这么一下就是净化。"眼前的梅不就是在不经意间照出了我做人和师德方面的缺陷，照出了我灵魂中不太光彩的一角的那面镜子吗？当时，我那几句信口开河、言不由衷的话尽管是歪打正着，竟然像一颗星火一样，客观上点燃了梅人生的希望，鼓起了奋斗的勇气，改变了自己的命运，这是我没有想到的。

以后再遇到这样的学生，我该怎么办？

想到这些，我觉得再说什么都显得多余，便起身动情地说："梅，咱们走，老师再请你吃一回面，还是那个面馆。"

作者简介：曾礼，重庆市彭水县教师。1993年毕业于彭水师范学校，至今从教二十余年。毕业后，相继在彭水县保家高龙完小、彭水县长滩中心校任过教，现任教于彭水县二中。从教以来，一直担任班主任工作，视学生为兄妹、子女，快乐地从事着教育教学工作。

无声的感动

罗远芬

    我的启蒙老师郑明汉——一名偏远山区校点的负责人。坚守自己平凡的岗位，奋斗在乡村教育三十一个春秋的老教师。他用无悔的青春为乡村教育事业倾注一腔热血，带动身边所有人，用实际行动感染身边人。那深夜窗下不眠的灯光，作业本上殷红的心血，课堂内外淳淳的教诲，特别是对家境特困的学生和家长的倾心相待，让我们的心灵再次受到美好的洗礼。

    在那个樱花烂漫的春季，冬爷爷的眼睛被春姑娘的美貌吸引住舍不得走了，一步三回头走走停停，这可应了春寒料峭这个词。我校原定于 2017 年 3 月 3 日下午两点召开全校家长会。郎朗的艳阳天突然就寒风呼呼，肆虐在整个校园，我们不自觉地拉紧了衣角。

    天有不测风云，人有旦夕祸福。一个原本幸福美满的家庭在一次意外事故中支离破碎，父亲在帮好朋友修房子时从楼上摔下来，经过医生全力抢救，才得以保住了生命，却连自理能力都几乎丧失，母亲患绝症住院治疗，本不富裕的家一下就捉襟见肘了。可就是这位家长在上午十一时早早地来到了学校。那是一个挂着拐杖近乎半边瘫痪，衣衫褴褛，散发着一种说不出味道的中年男子——我校五年级张艳霞的父亲，生怕错过了开会时间，五里路程用了接近两个小时的时间来到校门口。当时正在教学楼上巡视的郑明汉老师，远远看见校门口的这位家长，急忙跑下楼将他扶到保安室内，帮他取来生活取暖，并请他中午就留在学校食堂吃饭等待开会。

    当我下课看见他时，他坐在保安室的沙发上一动也不能动。嘴里叽叽咕咕，断断续续地说着什么，嘴角的口水一颗接一颗淌下来。坐在离火炉最近的地方还浑身发抖。就他的特殊身体情况，郑老师和他商量：吃完午饭先送他回家，有什么事班主任老师和他电话直接交流。快到午餐时间，郑老师亲自为他打来饭菜，这时发现他连站起来都很困难了。我们好不容易才把他从沙发上扶起来坐到桌边，郑老师找来了围裙帮他系上，找来餐巾纸，打来开水，像照顾自己的亲人一样细心地照顾着他吃饭。他双手颤抖着慢慢地吃着饭，晶莹的泪珠慢慢盈满眼眶。

吃过午饭，郑老师决定亲自开车送他回家。我们几个人老师一起慢慢地将他扶上车，郑老师还特意请杨益老师坐在他旁边照顾他。五里路程，郑老师为了减少山路的颠簸，开了半个多小时。到家了，两位老师把他从车上扶下来，郑老师忍着左腿残疾的剧痛把他背到屋里安顿好。此时此刻，他感动得泪流满面，伸出颤抖的双手握住郑老师说不出话来。

回到学校时，中午饭已经吃过。郑老师匆匆扒了几口饭，马上投入到了即将召开的家长会。家长会在蒙蒙细雨中如期召开。会上郑老师从学校的实际情况谈起，从孩子们的点滴进步娓娓道来，没有慷慨激昂的话语只有润物细无声的感动。那天的家长会上虽然缺了一位家长，但是那是一次成功的家长会，是一次充满爱心的家长会。

什么是师爱，什么是大爱无疆，郑老师在平凡的岗位上无声地诠释着，他用无声的行动洗涤着我们每个人的心灵，他用一颗平凡的心感动着我们，也熏陶着孩子们幼小的心灵。这就是一位身患重度残疾的在偏远校点从教30多年的乡村老教师无声的奉献，也是我们乡村教师的骄傲！

作者简介：罗远芬，女，重庆市武隆区教师。从小的理想就是站上三尺讲台，发挥自己的光和热。2007年通过代转公考试成为一名正式教师。18年来一直坚守在乡村教育第一线，工作兢兢业业，受到学校领导和家长的一致好评。撰写的多篇教科研论文获奖，《不放弃调皮的孩子》获市级一等奖、《简简单单教语文不简单》获市级二等奖、《农村学校怎样上科学课》获市级一等奖。

爱在心，口难开

吴承忠

　　"老师，我可以给你讲个故事吗？"刚刚在办公室坐定，就有一个轻轻的声音在门边响起。通常这种时候，办公室就只有我一人。讲故事？我摇头笑了一下，以为是初中部的小女生找她们的老师，"进来吧。"没有抬头，心里滋生了淡淡的嫉妒。

　　洁静静地站在了我的旁边，欲言又止。她是我所带的高二（2）班外表长得十分清秀的女生之一，平常不怎么说话，尤其在老师面前，非常乖巧，但是我知道，她背地里和社会上的小青年交往密切，为这，我曾找她谈了很多次话。对于她的主动讲故事，确实出乎我的意料，我不知道她葫芦里卖的是什么药。无事不登三宝殿，我想，应该是真有故事。"好啊"，我拉过椅子请她坐下，眼里满是真诚，"老师正想找人聊天呢。""老师"，洁的声音平添了些许犹豫，"你得保证听了后别联系现实。而且还要回答我故事中的人可不可以做朋友。""好！"我爽快的答应了她。于是，担任高中班主任两年来，我第一次有幸听到了自己的学生给我讲的故事，一个关于少女的并不乐观的故事。

　　故事的大致内容是这样的：一个男人爱上了一个女人，非常非常的爱，为她做所有的事，为她扛所有的伤，女人陶醉在这样的爱里，最终嫁给了男人。婚后，两个人十分幸福的生活，女人给男人生了一个可爱的小女孩。随着孩子一天天长大，两人没了最初的和谐与宽容，男人和女人开始不归家，通宵达旦地赌。女人在无休止的争吵中找到感情的另一份寄托，小女孩寂寞地生长，寂寞的交朋友。

　　"老师，这个女人和她所爱的男人离了婚，投进了另一个男人的怀抱，又经常回来和前面的男人在一起，这就是爱么？这个女人可以做朋友吗？"尽管她连续几次中断故事向我强调，老师，这真的是故事，是我在书上看到的故事。凭着班主任特有的敏感，我觉得这应该是个真实的故事，而且，故事中的小女孩，名字就叫洁。飞快地整理了思绪，我说："你的故事很精彩，也很真实。老师认为，故事中的男人和女人应该是有爱的，他们有选择自己生活方式的权利。老师不关心。我只关心那个寂寞的孩子，那是个好孩子，很顽强"。洁的眼里开始闪出亮光，"如果我是那个孩子，我一定会和那个女人做朋友。因为每一个妈妈都希望孩子健康成长，不管用什么方式生活，唯一不变的，就是对孩子的爱。你看的故事中有没有写，男人和女人都爱那个孩子？"洁认真地想了一会，肯定的点了点头。"这就对了。"我顺势轻轻拉过洁的肩，用力拍了拍，算是拥抱吧，"要是那个孩子长像你这么大，这么高了，就会明白爸爸妈妈的爱，就会努力学习，健康成长。"我发现，这个比我高出不少的孩子，在我的怀里微微颤了一下，既而自信地笑了。

后来我知道，她父母离异，但还在一起生活；后来我也知道，她渐渐和班上的同学做了朋友，远离了社会上的人。

这就是爱么？每当安静的时候，我的脑子总会回响这句话。是的，这就是爱，爱可以是宽容，爱可以是忍让，爱可以是拥抱，爱可以是难得糊涂，爱可以是很多。学生需要的，你给予了，学生疑难的，你解答了，学生困惑的，你释然了，学生担心的，你微笑了……我知道，班主任工作的分量，并不是几组排比句就能囊括的，其间的爱与被爱，只有亲身经历过，方能感悟。

说实话，谈经验，我只是班主任大军中的一个小角色。我所能演绎的，是跟千千万万个班主任一样的事无巨细，一样的日出而作，日落而息，一样的大爱无疆。并不是对所有的学生，我都能完完全全地表达我的情感，并不是所有的学生，都能像洁那样，感受到我爱她的温度。有时候，我也愤怒，我也会宣泄。海迟到了，我站在教室边，横眉冷对，喝斥声响彻了整条走廊；蕾没来上晚自习，我几乎打遍了她家里所有的电话，我的声音，如千年寒冰穿过听筒：有什么事比学习更重要？可是，我的心，总是长久地被我的学生们感动着，校运会的赛场上，他们摔开双臂，奋力冲向终点，我知道，那一刻，他们心里有我；文艺汇演的舞台上，音乐停了，他们还在跳着疯狂的街舞，我知道，那一刻，他们心里有我；违纪了，他们拐弯抹角，躲躲闪闪，我知道，那一刻，他们心里仍然有我；过节了，我的手机上总能出现并不优美的祝福文字，我知道，那一刻，他们心里还是有我。

所有的喜怒哀乐，在朝朝，在暮暮，在每一个匆忙的日子间穿梭；所有的爱，在心里，最重要的角落。我唯一愿意坚守的，就是在属于自己的一亩三分地上，一如既往的经营我的家园，做个快乐的山大王。

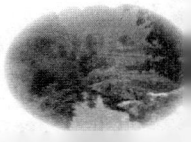

作者简介：吴承忠，女，侗族，贵州省玉屏县教师。现任职于玉屏县大龙镇大龙中学，是一名初中语文老师。从事教学工作17年。喜欢随笔，喜欢文字，也喜欢编辑。主持编辑学校校刊《启航》，担任过班主任。课堂活跃，采用"小组互助，同伴引领"的教学模式，深受学生喜欢。

夹克衫里的爱

龚太亚

思念真是种奇妙的东西，让我心碎却又让我心醉。

弹指一挥间，转眼间，四十年过去了。丁酉年的六月初六，我翻箱晒衣时，发现箱底还藏着四十年前的那件酱色夹克衫，不禁钩起了我的儿时的回忆。

"这件夹克衫真漂亮！我确实喜欢。"

那天，我约好几位同学到李娜家练习二胡，穿上了妈妈给我买的那件夹克衫。刚到李娜家，同学们第一眼就看上了"她"。都说我穿上这件夹克衫很漂亮！我打心眼里高兴。

"真的感谢妈妈！"我情不自禁地说。这几年，爸爸身体不好，妈妈成了家中的顶梁柱，白天在生产队干活儿，晚上做家务。哥哥读高中，我快初中毕业，家里确实困难。体会到妈妈的压力大，我在吃穿上从不讲究。三年来，我没有买一件衣服，打补丁的衣服穿在身上也觉得温馨。爸爸妈妈心里过不去，多次要我去服装店，我婉言谢绝。这次听说和班里几位女学生一起学二胡，决定要带我到服装店买衣服，我实在不能拒绝，只好硬着头皮和妈妈一路去了。

到了服装店，我七挑八选，最后选下了这件夹克衫。付钱时，店老板才收25元。妈妈懵了，极力要我买件好的，店老板也和妈妈一样的观点。我说："用不着，这件就是我最喜欢的——"

我穿上夹克衫，离开了服装店。妈妈拖着沉重的脚步——

回到家里，爸爸正坐在大门口不停地咳嗽。当爸爸视线投入到我的身上时，我觉得爸爸的病好像好了许多——看到爸爸这样好的心情，一种暖融融的感受在我心里充盈起来。

这时，隔壁小娜姐休假回来，她看到我穿件新衣服，打量了很久，最后不知怎么也冒了一句："亚弟穿件好衣服，其实也很帅！"我们哈哈大笑起来，唯独妈妈沉默不语。

后来才知道，买衣服之前，爸爸和妈妈商量过，借这次学二胡的机会，一定要给我买件像样的衣服。妈妈连说我和哥哥读书要钱用，买件便宜的就可以。爸爸不让，觉得他的儿子——我太懂事了。妈妈平时工作忙，三年来，他病重缠身，我料理得太多。几年来没给我买件衣服，都是捡表哥和村子里年龄不相上下的人的衣服穿，他心实在过意不去，如果乘这次机会不跟我买件像样的衣服，他说死了也不瞑目。

爸爸，我敬爱的爸爸！您重病在身，儿子照料您，是天经地义的，"父母恩情比天大，杀身难报父母恩。"爸爸！您那"死不瞑目"像针一样刺痛我的心，同时也像数九寒天，喝下热热的鸡汤一样，温暖着我的心。"爸爸，我的好爸爸，您好好的活着，等儿子工作以后，一定会精心的养您一辈子。请不要责怪妈妈，我知道妈妈为了我们这个家付出得太多太多。妈妈，您太辛苦了！您太操劳了！您是伟大的妈妈！

"慈母手中线，游子身上衣——"爸爸妈妈，您们俩的心，儿子心领神会了，儿子一定会报答您！您们要保重身体啊！"

四十年恍惚而过，爸爸妈妈都永远的离开了我们。今天，我又穿上了这件领令我心仪已久的夹克衫，心里有一种说不出的痛。那是爸爸妈妈心血的凝聚，那是爸爸妈妈辛勤的付出，那是爸爸妈妈爱的结晶……

爸爸妈妈！我再次看到您们那安详的面容，像甜睡，像做梦，大概是放心了儿女，完成了自己的使命，到您们该去的地方了吧！"树欲静而风不止、子欲孝而亲不在"，但愿远在天国的双亲安息吧……

作者简介：龚太亚，湖北省武穴市教师，中共党员，作家、诗人。从教23年，小教高级。湖北省优秀通讯员，黄冈市作协会员，从事编辑记者工作数年。《学习报》特约编辑，《中国教师报》特约通讯员、《中国报道网》特约记者。曾在《中国教育报》《德育报》《湖北日报》《散文选刊》《中国诗词》《小小说》《农村新报》《湖北教育》《辽宁青年》《红河日报》《黄冈日报》《吉昌日报》等报刊杂志上发表新闻及文学作品3000余篇、100余万字，作品被多家网站收录、转载。

莫把领导当老虎

龚太亚

提起老虎，人们谈虎色变。老虎是惹不得的，它是伤人的东西，所以，人们不敢接近它。

某单位新任一把手很有过性，确实也有老虎的"风度"，遇点不如意的事，就要严肃认真的批评人，下属见了他，犹猫见老鼠，害怕极了，因而，大家称他为"陈老虎"，个个总是敬而远之。

有一次，教育局搞演讲比赛活动，小杨代表本单位参赛。轮到小杨出场时，一眼就望见"陈老虎"坐在台下，且神情十分严肃。小杨心猿意马，十分恐惧。演讲结束，公布名次时，小杨落得个倒一。

"陈老虎"是个很要面子的领导，这次单位排倒一，你想想，他心里是什么滋味，可以说是六神无主，如坐针毡。按常理，最起码要当场批评人了。再说小杨大学毕业，刚分到本校工作，经验不足，第一次活动没有取得好成绩也属正常。几天来，小杨总是绕着"陈老虎"。陈老虎走这边，她去那边，生怕越近"雷池"半步。

"对面个女孩子走过来，走过来——"小杨的手机响了，第一次小杨没注意，第二次又响起来，小杨连忙抓起来一看，是"陈老虎"的电话，她再也不敢犹豫了——

"喂，校长好！"

"来我办公室——"校长说。

话音未落，小杨手机"哐当"一声掉在地下，小杨立马拾起手机，往校长办公室走。刚进办公室，后面又迎上一位陌生人。校长让小杨先坐一会儿，校长办完事情后，就和小杨说教起来。开始，校长的语言挺严肃，后来慢慢的和蔼了。校长的一叙话让小杨倍受感动。小杨心想：大家都喊校长"陈老虎"，我信以为真。其实，校长不像大家说的那样"凶"。校长推心置腹的和小杨交流，

十分严肃的很透彻的分析出小杨演讲失败的原因，并且心平气和的安慰小杨——失败是成功之母的道理。小杨潸然泪下，心悦诚服，觉得校长的话句句在理，有说教之效。开始悔恨自己不深入实际，轻听他言，这就是自己成人之弱。

"不经风雨，长不成大树；不受锤炼，难似成钢。""你要知道梨子的滋味，你就要亲口吃一吃。"的确！校长的话，让小杨受益匪浅。于是，小杨重新检视自己，并且严格要求自己：在以后的工作中，脚踏实地，一步一个脚印。

又是一个周末，教育局举行实验操作比赛，校长点名要小杨参加。"不论做一件什么事，都要认认真真，不得有半点马虎——失败是成功之母——"仿佛校长又在耳提面命。小杨精心准备着。比赛开始了，在30多位专家及评委的众目睽睽下，小杨按照自己的思路，熟练的操作演练，比赛完毕，在最后的点评中，小杨16个演练动作得到大家的好评，并且评为一等奖。

小杨总结出：陈校长是位严格的校长，但他的严而有度，严而有爱。他的"严"能使许多教师出彩。陈校长是我的良师益友，我喜欢陈校长对事不对人那种严肃认真的说教态度。

其实领导也是人，莫把领导当老虎！

作者简介：龚太亚，湖北省武穴市教师，中共党员，作家、诗人。从教23年，小教高级。湖北省优秀通讯员，黄冈市作协会员，从事编辑记者工作数年。《学习报》特约编辑，《中国教师报》特约通讯员、《中国报道网》特约记者。曾在《中国教育报》《德育报》《湖北日报》《散文选刊》《中国诗词》《小小说》《农村新报》《湖北教育》《辽宁青年》《红河日报》《黄冈日报》《吉昌日报》等报刊杂志上发表新闻及文学作品3000余篇、100余万字，作品被多家网站收录、转载。

最后一堂课

骆映男

天下没有不散的筵席，岁月就像是一把杀猪刀，你的初中生活马上就要结束了，今天是我们的最后一堂课。

首先，还是感谢当初的相识，也就是 16 年的秋天，我们有缘分做回师生，遇到你们这群可爱又不可爱的学生，我觉得无论如何都是一笔财富。一个班里，总有勤奋好学积极上进的学生比如大田锐小田锐，也免不了有调皮捣蛋不学无术的"野孩子"，比如 xxxx，有态度认真作业一丝不苟的如田萍方江琳占娜，也有活泼开朗不懂就问的，比如田满红詹源源田欢欢等，说起田满红，我第一眼见到这个名字,总让我想起精忠报国的南宋将帅岳飞,他写了一首诗《满江红》:莫等闲,白了少年头,空悲切。当然了,还有一批一直为英语苦苦挣扎苦苦追寻的，比如张海田远占欢欢查熠,也有做课堂笔记很认真的占贞妮占书平田雷詹泱泱,有努力向上进步明显的占心悦占浩，还有一直以来做一棵默默无闻不为人知的小草的，如方倩倩杨梦洁占卓，有沉默寡言始终活在另一个星球上的外星人高梓洋占济占兆青等，也有小聪明兼小调皮蛋的小田鑫，还有部分人间极品。

所谓物以累聚，人以群分，英国诗人 John Donn 曾在诗中写道：No man is an island,entire of itself;every man is a piece of the continent, a part of the main。（没有谁是一座孤岛，在大海里独踞；每个人都像一块小小的泥土，连接成整个陆地。）所以，这里是一个集体，有你年少青春的影子，成绩好分数高，只能说明你的智商比别人高点，学习力比别人强；学习不好的，你要学习别人身上做一件事情所拿出来的坚持和毅力，千万不要做一个一无用处的人。所以说,有一群想学习愿学习的学生真的是我坚持上课坚持下去的动力;也感谢一群不爱学习却总是滋事的学生，因为在与你们的斗智斗勇中，我的内心也变得无比强大，学会去宽容你们不敬的言辞，学着去忍耐你们理直气壮的顶嘴……

这一年，不说殚精竭虑，却也算是一把辛酸泪，然无愧于心。我一直都在坚持批改英语作文，大部分同学写的作文千疮百孔，最后都被我改成"满江红"，有时候改作文真的是要到崩溃的边缘，不过最后还是坚持及时改完了。无数个乡村宁静的夜晚，与灯作伴，甚至好几次做梦都梦到你们，我发觉自己有时候就像走火入魔了一样。

这一年，欢乐与伤痛并存。谢谢你们偶尔的分享，也谢谢你们英语作文里对我的赞美，还有那次优录试题评讲后小田锐说了这样一句话"老师，您讲得太好了！"就是这样一句简单的话语，让我倍受感动，谢谢你们！那次写新年愿望，詹源源同学写了两个字"一中"，没有署名，但我知道是他，好好考你的愿望会实现的。还有詹泱泱同学，第一眼看到你的字，特别像我一高中同学写的，那次让你去教室外读书，其实老师不是故意让你出去的，主要是你的同桌一直拉着你讲话，我当时的想法就是把你支开，所以你不用太介意这件事，其实老师挺喜欢在外面读书，空气好。还有印象比较深刻的大田锐小田锐同学几乎每次交作业本都是双手递给我，这让我很震惊，农村孩子能做到这样的确很不错，用古代的话说就是知礼节，懂礼数。人家举手投足之间，是怎么的表现，我希望同学们也反思下自己的日常行为。说实话， 能遇到这样的学生是我的荣幸。我相信他们在家里一样能做到善待父母，做一个不让父母担心忧心的孩子。

中考不是一个结点，而是人生的一个转折点。 请记住吾生有涯其知也无涯，摆在你前面的高中生活会有更多的挑战，上了一中，要知道那是一个高手云集的地方，切勿眼高手低，没有上一中，也不要灰心，毕竟未来还需继续努力，争取做得更好。你要学会照顾自己，学会处理生活和学习，让一切变得紧紧有条，不让家人操心，人终究是要学会成长。尤其是这里，由于地处偏僻、交通不便，学生几乎没出过远门，对你们而言，读书绝对是一个很好的机会，将来也会越走越远。

我相信有的学生一定会青出于蓝而胜于蓝。我知道这个学期以来，很多同学一直在努力，也熬了不少夜，这些难熬的日子一定都是非常宝贵的，未来的你定会感谢当初努力的自己。这里条件有限，但请记住天将降大任于斯人也，必先苦其心志，劳其筋骨，饿其体肤，空乏其身。愿你所有的努力都不辜负，愿你的愿望都能如约而至。

学习的路上不要被其他琐碎小事所分心，耐得住寂寞才能守得住繁华。送君千里，终有一别。我希望你们都能学有所获，学有所成。我也会好好的，也祝你们中考取得好成绩，争取给初中生活画上一个大大的感叹号！

作者简介：骆映男，湖北省蕲春县 90 后乡村女教师。英语专业，爱生活，爱文字，爱旅行。

我们俩

李静

　　我喜欢望着窗户外面那一片林子发呆，我会仔细辨认树叶被阳光染成了哪种颜色。今年，那片树林格外漂亮。早晨，金色的阳光洒在树叶上，红的、紫红的、黄的、鹅黄的树叶一片叠着一片，叶尖儿的露珠闪烁着银色光芒，一切都显得那么通透。我特别喜欢最里面那一棵枫树，火红火红的枫叶好似我燃烧的心，也像极了他的脸庞。

　　他是一个让人讨厌的孩子，这是我对他的第一印象。开学不久，学校要我上一堂公开课，星期一放学的时候我嘱咐孩子们，明天一定要穿上干净整齐的衣服，要录像。第二天，孩子们陆续来到教室，我一眼就看见了他，蓝色的棉袄油腻腻的，裤腰带翻在外面，一双旧皮鞋沾满了泥土，头发活像一个鸡窝，我当时有把他藏起来的冲动。我大声责问他，你怎么不换衣服、不洗头发呢？他耸着肩，不敢抬头看我。其实，他一直都是那样脏兮兮的，读幼儿园的时候我就知道他的一些情况，只是我以前不录像就没有在意他，我的心猛然扯了一下，惭愧和心痛一齐涌上心头。我收拾好刚才那副凶相，极尽温柔地拍拍他的背，请他坐到自己的位置上。此时，我内心的一股温情荡漾着。

　　有天晚上九点多，我接到宿舍管理员电话，说我们班的一个住校生没回宿舍。这黑漆漆的夜晚我去哪里找人？我调出学校的视频来看，发现这个住校生就是跟他走了。我们一行人马上开车赶到他家。车子停在路边，我们借着手电筒的光过河，爬了一截水泥小路，就到了他家。孩子找到了，我的心放下了，但我的眼睛却被眼前的一切惊呆了！两间穿架老房子刚刷过的外墙呈灰色，屋里面的摆设像是60年代的电影场景：厨房有一方火塘，两根木柴在灰烬里冒着细细的烟，它正用尽余生之力来拯救这冷冰冰的老屋。火塘旁边的凳子、桌子、柜子上面全是黑色的灰，餐桌上的瓷盘里面还有一点吃剩的玉米粒。堂屋里，一张旧沙发已经看不出本来的面目，批一块搭一块的。萝卜、猪潲桶摆了一地，水泥地上的灰尘夹杂着山坡上的黄泥和柴草。卧室的床铺着谷草，单薄的被子凌乱码在床头。此时，我竟然没有勇气再前进一步去看看更多的房间。我终于弄清楚了，他那来自温州的妈妈生下他就离家出走了，爸爸失踪多年，只有60多岁的奶奶在照顾着他和残疾的爷爷。一家人的生活全靠政府接济。虽然政府多方支助，但是，屋里常年睡着一个病人，六十多岁的奶奶既要种地喂猪，又要照料生病的爷爷，哪里还有精力收拾屋子？他穿成这样也不足为怪了。我打了一个冷颤。屋冷尚可用木柴来取暖，心冷呢？

我真的很心疼他。我想，他没有妈妈，那我就是他的妈妈，我要让他像其他孩子一样享受妈妈的关爱。住校期间，我教他洗衣服，督促他洗澡，学会把自己打扮得干干净净的。

今年入冬前，我照例去宿舍看他，他奶奶只给他拿了一床单被子，这怎么能睡暖和呢？我立马去学校的管理室借了一床被子来。我打算给他把两床被子装在一个被套里面，可是滑来滑去也不暖和。于是，我就想了一个蠢办法，把两床被子缝在一起。我找来一根大针，穿上线，就开始工作了。棉絮没有什么缝隙，扎起来软绵绵的，不管你多么使劲，针头他就是不按照你预设的方向前进，要么随意拐弯了，要么原地睡懒觉。实在没法了又去找一小块硬铁皮来顶针，这样一来就顺利多了。我蹲在地上，一点的一点缝，缝好的时候已经晚自习下课了，猛一站起来，腰就像要断掉了，"咔咔"作响。那一刻，我听见了幸福落地时"咯咯咯"的笑声。

棉里扎针不易，他的漫漫人生路恐怕还要难上千万倍啊！隔了一周，奶奶来接他回家，一直站在教室外面不离开。等到我走出教室，奶奶疾步走上来一把抓住我的手，不停地说些感谢话，她粗糙的手像一张张小刀片割着我的心。那满手沟壑啊！我在仔细计算有多少条，好似在计算他这片被命运捉弄的小枫叶，要飞越多少高山沟壑才能到达梦想的高处。

我们俩是一对师生，我们俩更是一对母子。很多时候他用坚强的背影告诉我：别担心！但我是倔强的，我用那炽热的眼神告诉他：孩子，人生道路上我无法一直陪着你飞越千山万水，但我愿意做你生命中的一束阳光，在这个秋季将你染得透红；我更愿意做一季春风，去化解你去年冬天结在心灵深处的寒冰。

我们俩，缘分才刚刚开始。

作者简介：李静，女，重庆市城口县教师。2014 年毕业于重庆工商大学派斯学院汉文专业，现为城口县治平乡中心小学语文教师。热爱生活，热爱文学，

一直坚持做一名孩子们的课外阅读推荐大使。

不惑之际

李建文

今天是 2014 年 5 月 10 日，周六，可我在加班。

远在乡下的母亲来电话说，她的脚还是有些疼，膝关节没法伸直，可仍然坚持着一瘸一拐的要给父亲做饭，因为六十多岁的父亲还在稻田里插秧……

放下电话，我任由眼泪潸潸下落……

母亲一生操劳，老年落下了风湿、骨增、膝关节滑膜炎等关节病，四处就医但仍未见效果好转。她知道我周末没回老家一定是因工作忙，于是给我打电话，其目的不在于告诉我她的脚还有些疼，而是告诉我父亲从今天开始了农村近段时间最忙的活——插秧。

我走出办公室，山区仍夹着凉意的五月天嗖地一丝寒意袭来，我不由得打了个抖，想到乡下那明晃晃的稻田里，拥有两个儿子的父亲此时却孑然一人在田里劳作。于是我猛地掏出手机，拨通了弟弟的电话，用近乎于命令的口吻对他说：弟，知道你肯定也在上班，但咱俩今天中午前务必赶回家一趟。然后挂断电话，安排好工作，开着车径直向那熟悉的小山村赶去……

临近中午时分，我们到了家，母亲喜出望外，推迟了午餐时间，原因是母亲说得多炒几个菜，我不敢看她因脚疼而费劲的烹作，径直到坝上猛地喊问父亲，问田里冷不冷，父亲说"是有点冷，不过能坚持"，泪水又一次在眼眶里打转。母亲把饭菜摆上了桌子，我说，咱们还是摆在烤炉上吧，让爸爸暖和一下。父亲回来了，午餐开始了，父亲可能因为田里有些冷，话语不多，吃着吃着，父亲突然问我："下周末你加班吗？"我说，应该不。他说："那行，那下周末，我和你妈到城里一趟，霄要回家噻？"（霄：指我女儿），我边说要回家，边在猜测父亲到城里除了看望孙女外还是否有其他意图。于是说："对，劳作一段时间了，到城里休闲一下"，父亲却突然望着我，慢吞吞地说："关键是下周末是你的生日呀，你满四十了哟"。听到这句话，一向自认为有克制力的我差点"哇"一声大哭了出来，我猛地起立，以喝开水为由离开了烤炉，来到另一间屋子……

是呀，不经意间，下周末就是我四十岁的生日了，忙乱的时日，根本无暇顾及这些，可乡下劳作的父母却时时记着，她没有顾及自己的脚疼，他没有念及自己独自一人农忙，而在心底里却记着的是儿子四十岁生日，估计在插秧的同时也就在筹划着如何的安排吧，想到这里，我不敢再入炉边，喉咙似乎被什么卡住似的，谎称吃饱饭了，来到屋外，思绪万千：

1974年农历4月，我出生在刚才吃饭的那间屋子，7岁前的一段日子在生产队办的幼儿园里学唱《我爱北京天安门》，7岁开始在稍远一些的村小读书，12岁那年离开了生我养我的故土，出外就读初中，18岁那年中师毕业，被分配到邻镇教书。不知不觉已工作了22年，我既可以说从来就没有离开过家乡，离开过父母，但今天我仿佛觉得我自12岁那年开始就没有在父母身边，一直觉得自己还是个孩子，可坐在面前的父亲，在我刚参加工作那年，他也正好四十岁呀。今天已是2014年农历4月中，离"不惑之年"的那个节点还有几天，古语云：十岁不愁，二十不悔，三十而立，四十不惑，五十而知天命，六十耳顺，人生七十古来稀。已届不惑的我，真的是不惑吗？

午饭后稍事休息，由于工作的原因，我和弟急匆匆的又走了，至于父亲，已早就悄悄地在田里开始了下午的劳作。途中的我一遍遍的拷问自己：我到底回来干啥了？没有答案，只是嘱咐弟弟，让离家较近的他明天一定请假帮帮父亲。

回到单位，又开始了我的工作，坐在办公室，却怎么也无法投入。此时，女儿打来电话，说她已放学回到城里的家，说明天是母亲节，已在路上给妈妈买了礼物回来，使我又一次沉思：母亲节，我拿什么送给母亲呢？想了想，觉得在这个特殊的日子里，是老天特意的安排让我感动，让我总结和思考，给我上了一课"不惑寄语"，于是，我打开电脑，写下了我的《不惑之际》，并把她作为母亲节送给母亲的礼物，把她作为我不惑之年时感恩父母的礼物，把她作为不惑之际时教育女儿的教材。

从这篇《不惑之际》开始，我将写下我有价值的感受，我将以《我的父亲很"伟大"》开篇，写下一本书，叫《不惑年华》；点点滴滴忆述自己在父母教育下的成长，作为感恩父母的礼物；我将在自己钟爱的教育事业中再去发现与探索，记录下工作中的点滴成功；我将把自己对人生对生活的诠释记录下来，感悟人生……

　　不惑之年，不会因蛊惑而沸腾；不惑之年，不会因诬言而颓废。

　　作者简介：李建文，重庆市南川区教师。大学本科学历，中共党员，中学语文高级教师。1992年中师毕业后任教于南川区马嘴实验学校，先后担任教导副主任、主任、支部书记、校长，2015年6月调任南川区三泉镇中心小学校校长兼党支部书记。第六届全国十佳春蕾园丁，重庆市第七批中小学骨干校长。曾先后获得"重庆市优秀共产党员""重庆青年五四红旗手""南川区优秀共产党员""南川区十大优秀青年"等荣誉称号。

久病床前有贤妻

立勇

余坪，一方热土。一个感人的故事，在余坪深处已经演绎很久，还将继续演绎。这个故事，颠覆着传统，打破了"久贫家中无贤妻"的神话。

一

"那是你秋天依恋的风，那是你漫山醉人的红，那是你含情脉脉的心，酸酸甜甜招人疼……"一个四岁左右的小女孩蹲在火塘边的病床前，摆弄着手中的随身听，一边跟着哼唱，一边将屏幕画面向床的方向倾斜，好让躺在床上的爷爷看看画面。

他下肢瘫痪，没有知觉，不听使唤。前几天，他的一个脚趾被老鼠咬掉了，屁股也被啃了一个洞，伤口溃烂，散发出腐臭的气息。他的妻子，不，应该是曾经的妻子去医院捡了消炎药，倒在伤口上，最大限度灭杀猖獗的病菌。

房屋低矮，屋内漆黑。火塘边安放病床，被子已被烟熏火燎失去本色，他在床上一躺就是 24 年， 8600 余天，207300 多小时！床边的女孩是他的小孙女，乖巧伶俐，时常蹲在火塘边陪着爷爷，累了就趴在床边陪着爷爷睡。这位病人叫彭正兴，他时常在床上左手撑着脑袋，右手偶尔伸过来，抚摸一下小孙女稚嫩的脸庞。

双河乡山大沟深，城口向西的快速通道、向东的城巫路、向南的城开路等出境公路尚未通车之前，双河作为唯一一条通往四川万源的必经之路，双河场镇尽显匆忙与繁华。那时的余坪不是村而是乡，双河场镇在山脚，彭正兴从家到双河场镇得走上半天山路。他一家老小住在老式川架房里，日落而息，日出而作，过着刀耕火种自给自足的生活。他想离开这交通闭塞信息不畅的地方，听说金矿山上能挣钱，自家兄弟在那里，何不前往闯一闯，挣些钱回来修一栋好房子。

主意已定，便同妻子杨之容商量，妻子虽心里不舍，但觉得为了这个家，为了两个孩子，她还是答应了："你放心，家里有我呢"。1993年6月，年轻力盛的彭正兴忙完农活，刚过生日便辞别妻子，在3岁儿子和1岁女儿的额头吻了一口，便背上简单的行囊与兄弟结伴，前往陕西潼关。

时间在忙碌中流逝，刚到10月，彭正兴想家心切，便跟兄弟商量，这几天忙过就先回家。弟弟觉得哥哥先行回家也好，便将1200元现金用报纸包了交给他，随后便急匆匆从矿山下来，从太要镇搭车前往西安。初次出门，西安的繁华盛景让他眼花缭乱，也足以让他迷失方向。忽然，4个彪形大汉飘然而至，将其捉住手脚，蒙上眼睛，一阵风似的径直拖上一栋大楼。没等他缓过神来，便被这4个凶人像一只蚂蚁一样从楼上甩下，没来得及喊出一声便眼前一黑，什么也不知道了……

不知过了多少时间，他才缓缓睁开眼睛，只觉下肢剧痛，嗓子焦渴。他听到一声惊呼："妈啊，这里有个死人……"

"不是……死人，水……水……"他使出浑身力气叫出声来。那人才缓过神来，但依然不敢靠近，跑过去叫了几个人过来，才确认彭正兴不是死人。

"行行好吧，我……喝水……"他气若游丝。

那人是环卫工人，立即找来一杯开水，蹲下身子递在彭正兴的手上。他接过来，侧过头一饮而尽……

二

当彭正兴再次睁开眼睛时，自己已躺在四围都很洁白的床上，想起身上有弟弟给的1200元钱，还有自己的800元现金，那是回家的路费，想好要给孩子买糖果，还要给妻儿买衣裳。他摸了摸衣袋，什么也没有。他想起身，觉得整个下身已不是自己的，哪里动弹得了。

他在西安市民政医院接受免费治疗，医院每天花10元钱请人照顾。他现在有时间回想，自己遭到抢劫暗害，模糊记得那4个人要他拿出12000元钱，可是弟弟给的只有1200元，加上自己的800元才2000元啊，那4人见拿不到那么多钱，才狠心将他扔下高楼后扬长而去，可是，他们长啥样，他说不出来，想不起来。他也知道，自己被好心的环卫工人送到了救助站，在救助站的帮助下再送到了医院。现在，钱没了，命还有半条，不生不死，家里妻儿老小如何照顾？两行热泪，不禁夺眶而出。

就这样在床上躺着，想动动脚，不行，动动腿，也不行，用手指使劲掐掐

皮肉，一点儿也不痛。他知道自己无可救药，彻底绝望了……不知过了多少个日夜，他听见门外传来熟悉的声音，顿时眼前一亮，歇斯底里的喊出声来："正祥，我在这儿。"弟弟彭正祥撞开房门，看到哥哥这番模样，顿时声泪俱下："我不该让你走，是我害了你啊，哥哥……""我们回家吧……"

彭正兴被推出病房，在弟弟的护送下，几经辗转，终于回到了余坪，回到了熟悉的群山怀抱之中。盛夏出门，余坪山上生机盎然；初冬归来，家乡到处万物飘零。

妻儿们早早候在路口，脸上垂着热泪，可是没有哭声，出奇的静默。乡亲们也来了，前呼后拥，将彭正兴的担架护送进那座温暖的川架房。为了不让他冷着，大家提议，就把木床放置在火塘边。于是，大家七手八脚将里屋的木床抬出来，放在火塘边，铺好被子，再把他抬在床上。安置妥当，大家才哀叹着悄悄离去。

彭正兴这根顶梁柱倒下来，对妻子杨之容及整个家庭都是晴天霹雳，家庭的重担毫无疑问落在了杨之容的肩上。看着床上的丈夫，想起两个孩子，想起那几面山的庄稼，想起圈内的猪羊，想起往后的日子，欲哭无泪，老天为何和她开了这个如此巨大的玩笑？

结婚 3 年多来的日子，虽然清苦，但过得还算幸福。现在，两个孩子突然懂事许多，依傍在她左右不再哭闹。这个农村长大的女人，在苦水中泡大的女人，再大的问题都不是问题，再大困难都不是困难，她抱着两个可爱的孩子，咬紧牙关，决定服侍好这个瘫子，抚养好两个孩子。

要践行这两个决定，谈何容易！每天麻麻亮，她便离开温暖的被窝，先烧火煮着一天的猪食，同时侍弄好床上的病人，再煮好早饭，先盛满饭菜端在丈夫床前，再去经管床上的孩子……这一系列的事情做完，自己才胡乱扒口饭，把孩子托付给邻居后，顾不得腰酸背痛，就扛起锄头下地去了。觉得没干多久，日头已经当顶，有时已经偏西，她又风风火火往家赶，此时的孩子有时坐在墙角处，有时趴在木头上，饿得有气无力，彭正兴在床上急得大呼小叫也无济于事。她顾不得饥渴，又做好饭菜，先顾瘫子，再顾孩子，再管圈舍嗷嗷待食的猪羊。

她每天重复着这样的日子，虽然日渐消瘦，但仍牙关紧咬，毫无怨言。

经济压力空前巨大，瘫子脚趾大腿甚至屁股稍不留意，便被老鼠咬破出血，每天要及时检查，如果被咬还得及时医治；孩子病了，得花钱买药；每年下半年，还得上交农业税和提留款……她总是省吃俭用，拼命多种几片庄稼，多喂几条肥猪，多养几只土鸡，省吃俭用，每年在魔芋收获的季节还和男人们一起去山里背煤炭，换得和男人们一样的工钱。

这个家庭，没有因为顶梁柱倒下而落下。

三

杨之容一面强忍体力劳作的艰辛，另一面忍受着来自各方的重压。

对于日复一日年复一年只得躺在床上的彭正兴，白天和夜晚都是尖刀，每时每刻每分每秒都是利刃，他深感生不如死，没法分担妻子的重担，没法照顾幼小的孩子，每当听见孩子的哭闹，屋外牲畜的嚎叫，邻居的谈笑，甚至连亲朋的问候，都足以让他心烦意乱甚至绝望之至。他想到轻生，想到应该结束这痛苦的日子。他开始留意身前身后的家什，开始寻找能够足以结束自己生命的工具。

那扇石磨就安放在床头，可是有点高，如果起不来身子，如果没有足够的气力用头去撞击，肯定不能达到目的。如果有一包鼠药或者半瓶农药，闭着眼睛喝下去多好……但是这些都只能是一种想法。他忽然觉得要是有根绳子该有多好，便试着翻动身下的被褥以及被褥下面的麦草，企图找到一根绳子，可是什么也没找到。

一天下午，他猛然发现身边一根葛藤躺在火塘边，喜出望外，慢慢移动沉重的身子，伸长手臂，好不容易拿到手上。他十分开心，这根可以结束生命的绳索就等于一根救命的稻草啊。他闭上眼睛，双手抱着折过来的葛藤："之容啊，此生无法报答你的恩情，我走了，你就解脱了，两个孩子就托付给你了……"顿时两行热泪从脸颊滚落。他认真地揉着这根绳子，揉熟了才对破撕开，对接起来，长度足够，就对着床头的石磨甩过去，企图套在石磨上。几经周折，终于套好了，他将头伸进自己设计的这个圈套，慢慢向床边移动着身子，两寸，一寸，近了，可以滚了，像一个英雄，最后使出全身力气，从床上滚落……

儿子在窗外听见沉闷的声响，懂事的跑进屋来，发现父亲躺在床下，一根绳子套在脖子上，顿时吓得哭出声来，慌忙跑到屋外喊妈妈。杨之容在地里听见儿子的叫喊，飞也似的跑回来，看见彭正兴躺在床下，嘴里喘着粗气，迅速割断绳子，将他抱上病床："你个傻子，怎么要这么做啊？"彭正兴双手捶胸："求你了，莫救我啊……"

邻居都沾亲带故，不是兄弟就是妯娌，不是叔爷就是老表，听见喧闹，都从不同的方向跑来，见此情景，都面带悲色。有的去劝彭正兴，有的去劝杨之容，有的去哄年幼的孩子。时间流淌，各自的情绪都在大家的七嘴八舌中渐渐缓和。

"妹子，你这样服侍这个瘫子一辈子也不是办法啊。""干脆，带着孩子跑了算了……"杨之容听到这样的声音，顿时身心颤抖，自瘫子出事之后，她压根从未这样想过啊。两个孩子，是她强大的精神动力！

村支部书记也来了，这个面善的支书早就动了恻隐之心，为了这个破碎的家庭，他在思考一个万全之策。彭正兴的弟弟性格内向，先前谈过几个对象，都嫌彭家偏远贫穷告吹，早就心灰意冷，和杨之容年龄差距也不大，何不成全他俩，这样既解决了他的婚姻大事，床上的瘫子又有人照顾，这个家不就稳定下来了吗？当大家都散去之后，支书坐在了彭正兴的床前，如此这般一番劝说，他心胸豁然开朗，表示愿意听从支书的安排。

这天，支书备好饭菜，将二人喊到家中，好不容易谈及这桩婚事，二人在撮合中同意。

二人的婚礼在悄无声息中进行，一家人的日子也在悄无声息中继续。彭正坤成了家里的顶梁柱，一家人开始过着相濡以沫的生活。

四

时光飞逝，一晃 10 年过去了，再一晃 10 年又过去了。

两个孩子已长大成人，新出生的女儿也渐渐长大，儿子因家境贫穷，师范就读半年后只得辍学外出打工，女儿后来中专毕业也出门打工了。家里经济负担开始减轻，两个孩子终于可以自食其力了。积劳成疾，杨之容的身体也大不如前。

政策也开始好起来，彭正兴及杨之容 2 人被纳入最低生活保障范围，可以按时领到生活费。余永（余坪村、永红村）公路已经挖通，大家都在想办法往公路边上建房搬家。彭正兴的另一个兄弟依然举家在外，公路边上的川架房屋便给杨之容一家居住，彭正兴的病床依然安放在火塘边，日子照例这么过着。

"老彭，丶，吃饭了。"杨之容每天按时将满满一碗饭菜端过来，轻轻放在床头的小桌上。他每次都自己挪动身子，左手扶着床沿，右手伸过去拿过筷子，夹起可口的饭菜放进嘴里。杨之容总会柔声说："吃慢一点。"随后去干自己的事情。

每当夜深人静之时，20 年前那个凶惨的场景总会浮现在彭正兴的脑海。20年来，杨之容没有对自己说一句重话，没有让自己饿一顿饭，没有让自己睡一次尿铺……无微不至的关怀让他心里充满自责，他的心犹如一只不透风的瓶子，每个自责犹如一枚小小的炮弹，在瓶子里一直积蓄着。

他一直没有放弃轻生的念头。不知何时，他得到了一截铁丝，如获至宝。在搬家后的火塘边，他找到了一块石头，偷着在杨之容不在的时候，慢慢在石头上磨着，功夫不负有心人，铁丝终于被他磨得十分锋利，像一把微型的匕首。他拿着这柄利刃，脸上洋溢着幸福的微笑，为自己再次找到了结束生命旅程的宝物而兴奋不已。但是，家里最近很热闹，自己的举动都在家人的监视之下。他决定本次一定慎重行事，坚决不能让家人发现。

快过年了，大家都在赶备年货，杀年猪，炕腊肉，里里外外，进进出出，好不热闹。他觉得这是最好的时机，于是摸出那柄利刃，鼓足勇气，使劲划开了自己的手腕。随后，他将手平放在床沿上，平静地闭上眼睛。鲜血汩汩地从手腕流出，滴在火塘边的泥地上，哗哗的声音，他觉得这是多么美妙的音乐，一曲带他逃离人间的欢歌。

"妈，不好啦，伯伯流血了……"小女儿忽然惊叫起来，杨之容跑进屋来，又急又气，捉起他的手，捏在了伤口的上方。"快叫哥哥，送爸爸去医院……"儿子抢进屋来，简单处理了伤口，飞快驱车赶往医院……

这个年，一家人在医院忙碌着，彭正兴的这条命，再次从阎王的手中抢了回来。

"老彭，现在政策这么好，你就莫再傻了。好好过日子嘛。""保持好心情，莫给家庭添负担，我会照顾你一辈子的！"杨之容深情地说。彭正兴自责的泪水再次滚落："好，放心，我不再轻生了。""为了家人，我好好活着。"

日子再次平静下来。脱贫攻坚的号角在余坪吹响的时候，彭正兴弟弟一家被评为建卡贫困户。按照政策，可以享受住房保障相关政策。目前，杨之容的新房正在建设之中。

美好的日子指日可待！

作者简介：立勇，原名肖立勇，重庆市城口人。重庆市散文学会会员，重庆新诗学会会员，城口县作家协会会员，生在农村长在农村，在农村学校的讲台上一站就是十二年，后转岗从事农村工作。在农村这个巨大的舞台上，愿把悲悯的情怀化成文字，把农村的故事写成赞歌。偶有诗文散见各刊物。

第三辑　心灵的印迹

树　魂

谢美燕

　　故乡的小山村，扎在群山的皱褶深处，也扎在我的记忆深处。儿时的家旁边，有一棵巨大的银杏树，蓊蓊郁郁的树冠阴蔽了大半个天空。

　　村里的小学校离古树十多丈远。土砖垒成两间教室，十张长桌，十条长凳，就是学校的全部家当。学校只有一位代课老师，瘦瘦高高的个子，读过一年高中，是村里最有文化的人。开学第一天，老师问："你们会写0吗？""我会。"我高高举起自己的小手。老师让我写到黑板上。我高兴地跑上去，拿起粉笔，抖抖索索地从右往左画了一个圆圈，然后昂首挺胸地走下来，颇得意的样子。"敢于回答问题，好样儿的。"老师先表扬一句，后面的话发生了转折，"可是，我要告诉大家，这位小同学写反了。"老师拿起粉笔，缓慢而有力地，边写边说："注意了，笔画是从左往右写的，不能太圆了，形状像一个站立的鸡蛋。"写完，他转过身来，郑重地对我们说："今天为什么教大家写0呢？目的是要告诉你们，看似简单的东西却未必简单，学习只能踏踏实实的，来不得半点虚假。明白了吗？""明白了。"就是从"0"开始，老师一笔一画地改写我们的人生，点燃我们对未来的憧憬，在我们心中铺起一条路，一条通往大山外面的路！

　　当第一枝迎春花涩涩开放的时候，朗朗的读书声从教室溢出来，铺洒在整个小山村。老师在黑白的书页间，为我们描绘一个色彩斑斓的世界。

　　这是一个播种的季节。紧锣密鼓地上完几节课，老师就一头扎进了自留地里。瘦瘠的土地，总是一绺绺薄薄地挂在山腰上，原始的刀耕火种，得付出艰苦的劳作，才刨来勉强填饱肚皮的吃食。老师靠着每月几块钱的代课金，养活一个体弱多病的妻子，还有两个嗷嗷待哺的孩子，生活有多么艰辛，我不得而知。我们围坐在他的身边，摸他手上厚厚的老茧。他叹一口气，盯着层层叠叠的大山，神情变得悠远，对我们说："好好读书，读很多很多的书，学很多很多的知识，走出大山，你们就不用像老师这样肩挑背磨了。"走出大山！我们的心里一亮，开始想象山外广袤的平原，农民如何耕种；也想象山外的城市到底啥样，城里的高楼有没有我们村儿的山高。小小的心，从此对山外的世界充满了向往。

树叶儿的翠绿渐深渐浓，旁枝斜逸的老树撑开一把巨伞。浓密的树荫下，一大片竹林，成为我们天然的运动场。

青翠净直的竹子，是最好不过的单杠，双杠，高低杠。选两根距离合适，粗细合适的竹子，反手抓住，握紧，然后脚一蹬地，悬空、倒立、翻身、落地，一连串的动作完成得干净利落。我们常常比赛看谁倒立得最久，看谁翻得最高，危险系数超高的时候，老师连忙制止，山村里的孩子从小野惯了，吵闹喧天的，谁听得见老师的召呼呢。老师急了，忙不迭地穿梭其间，时不时地扶起这个，又拉起那个，跑得晕头转向的，慌了神撞到竹竿上，引来孩子们一片哗笑。

学校有一个胶皮篮球，被老师当宝贝似的锁在柜子里。有时拗不过我们的软磨硬泡，便拿出来玩会。没有篮球场，也没有篮球架，老师用竹条在老树枝上打一个圈，当作篮圈。我们排好队，一个一个的投篮。哪个的力气稍微用大了，篮球便飞过层层青枝绿叶，落到边坎上，蹦起老高，从大片坡滚下去。篮球像调皮的孩子，不停地蹦呀，滚呀，一直跳进小河沟里。老师急坏了，紧张地追赶着篮球，逢崖跳崖，逢坎跳坎，拼了命似的。老师追赶篮球，我们在后面追赶老师，也是马不停蹄。眼看篮球浮在水面上，一旋一旋的，越跑越远，就快冲下陡滩了，我们着急起来："老师，快点，快点，篮球冲走了。"老师终于撵到河边，连鞋也来不及脱，连跑带跳地按进小河里。我们可开心了，跳着叫着"老师，快，往这边；老师，快，往那边……"篮球捞上来，老师急忙抱在怀里，扯起衣襟揩水，像心疼孩子似的。老师拥着篮球，我们拥着老师，得胜似的往回走。"以后还扔不扔水里去？""不扔了，哈哈哈……"童稚的欢笑，颤颤的跳跃在每一片树叶上。

白雪皑皑的冬季来临，小山村显得格外沉寂而冷清，老树也披上厚厚的棉袄，更加圣洁肃穆了。

早上，当我们走进教室的时候，总有一盆燃得正旺的炭火迎着我们，一同迎接我们的还有老师。他总是把我们一个个拉过去，用滚烫的粗糙的大手捂住我们冻得冰冷的小手，连声催促我们把鞋子脱下来烤干。小山村的人是没有钱买炭的，这些木炭，是老师头天晚上在家里焙的。我不知道焙字是不是这样写，只记得焙炭是小山村家家户户都要做的事。晚上，一家人围着火坑烤火的时候，把燃得正旺的断了青烟的木头，小心地挑出来放在一边，然后用灰层层盖死，让它们熄灭，这便成了木炭。靠着老师天天晚上焙的炭，我们得以安然度过寒冷的冬季。

　　老树的叶子绿了又黄，黄了又绿，在朗朗的读书声中，在偶尔的沉思里，我们一天天地长大了，又一个个义无返顾地踏上了出山的小路。层层叠叠的大山，再也没法阻隔这一代人心中的渴望。而老师，寒来暑往地迎送着一批批学生，跟老树一起固守着那片山村。后来，老师病了，倒在了那棵老树下。再后来，随着高山移民的历史洪流，小山村仅剩的十几户人家也迁移了，移到几十里外的场镇上。

　　故乡的小山村，村里的老树，还有树下的老师，总在散落的记忆中燃烧我的渴念。老树，用千年修来的灵性，庇佑着它的子民；老师，用满腔无悔的赤诚，为山里的孩子铺起通往山外的路。老师的魂，化作了老树，而老树的魂，系于村里的一代代子民。

　　作者简介：谢美燕，女，重庆市城口县教师，重庆市作协会员。2017 年出版散文集《方寸之间》。

百感交集的行程

肖琴

起风了，必须张开双翼逆风翱翔。

飘雪了，觅一处光亮温暖心房。

大学毕业，今年暑假格外火热，四处征战，打拼在人山人海的面试场。终于迎来人生第一份工作，到龙盘村小任教。8月31日，我惴惴不安的踏上了它的旅途，担心的一切终于还是来了。

泥泞里，没有班车，只能挤在货车里，视线跟随着连绵起伏的群山奔跑。泪水洒落一地，一半惶恐，一半绝望。耳边萦绕着《开学第一课》熟悉的旋律，将我重置于大学校园。那个筑梦成长的地方，忽然离开它的怀抱，少了堡垒的庇护，如离港的小帆，在咆哮的大海上惊慌失措。曾和室友触膝长谈毕业后的生活，大多都是美好的向往，憧憬的眼眸如一副壮丽的风景画。

"扑通"一头撞在车窗上，突如其来的疼痛，将那游离在过往的思绪，果断的拉回到这条坑坑洼洼的乡村公路上。此时的天气和我的心情一样哗哗啦啦的哭泣。货车的马达有节奏的轰鸣着，加上雨滴滑落的韵律，它们两个完美的融合，编织成了一首哀婉伤痛的歌。我认真的聆听，泪水仿佛已经沉寂在了这个节奏中，肆无忌惮横飞，喉咙管里不禁发出啜泣声，被敏捷的嘴唇堵住以防车内的人听见。

"哐"货车停住了，泪花朦胧的眼睛，仿佛看到车后冒着黑烟，在大雨的冲洗下，迟迟不散。只见司机脸色苍白，手忙脚乱，拉起手刹，"快、快、下去"，车外的雨势并未减弱，同行的四人，下了车，司机再次踩油门，原来是轮胎和小碎石子摩擦，反抗着的轮胎冒着青烟。只见嘶吼着的货车在成四十五度的泥土上挣扎，并没有前行的迹象。只听见司机无奈的喊道："大家快搭把力，推一下"。大雨搅拌着的泥土，如发酵的面粉一样黏稠。心爱的小白鞋已经变了模样。我们四人一同发力，货车突破了自己在陡坡中奋力前行。

全身都湿透了，分不清是雨水还是泪水，张大呼吸的嘴，不知是在怀疑还是叹息。这仅仅是第一次踏上龙盘村小的行程，一路上的遭遇竟如此意外。

　　货车继续翻越高山，已经记不清翻过了几座，和中学时代学过的《山那边还是山》很像。只是惭愧没有明确的勇气去探求山那边的海，但那也会是一种期许。在这窘迫的路途上，还好依稀记得汪国真先生所说："既然选择了远方，便只顾风雨兼程。"

　　思绪四处游荡，此时的我只想回家。货车停下了，司机说新来的老师就在这儿下车。卸下行李，茫然的站立着，空荡荡的村子，已经被秋风穿上金黄的行装。远处传来几声狗吠，在山间悠悠回荡。

　　行李箱不听使唤的从手中滑落，雨仍在继续，包中的雨伞依旧安静躺着，或许是淋雨能浇灭忧愁。我终于忍不住了，像那条疯狗一样，不！更像一条疯狗，狂吠，比远处的狗声更响，传得更远。平日里矜持的我，就这样崩溃了。

　　这哭声打破了村子里的平静，周围的狗不约而同的叫起来。自然，围观的人也来了，村里唯一的一位代课老师田老师跑过来。"校长说你今天会来，我们等了很久了。"

　　她把我拉进了屋，屋子里挤满了人，"哎，刚离家不习惯，过段时间就会好的，以前来的老师没有一个不哭的。"那低沉的声音我听到了同情与怜爱，不一会儿，热水、火盆、干毛巾、苹果……被递到我跟前。抬头望望他们，一张张长满褶子的脸，露出和蔼的微笑，虽然他们都陌生，但笑容格外亲切。

　　他们陪着我拉了很久闲话，大抵都是安慰的话语，虽显朴素，但听得出是经验之谈，富有生活哲理。见我情绪稳定，他们就散了，田老师安排了住宿，洗漱后，换了舒适的衣服，静坐在窗边，窗外是一片竹林。

　　温热的水，洗掉一身的尘土，但心中的忧愁并没有洗落多少。但庆幸的是，忧愁里面增添了一丝温暖。手机里又响起了《开学第一课》，但现在听到的不只是憧憬的味道，更多的是扎根，就像眼前出现的"咬定青山不放松"的翠竹。

　　第一次到龙盘村小的行程百感交集，虽当时感到绝望，两月后回首，那又何尝不是一种经历，生活不可能处处阳光，有风雨的地方会被更好的浇灌成长。

　　微风袭过竹林，沙沙作响，奏响了一曲动听的乐章，犹如村民的各种安慰，回响在心房。天空中的乌云散去了，一轮圆月从山尖缓缓爬上来，月光下的村庄很沉寂，只听见孩子叫小伙伴玩耍的声音。那稚嫩的声音会不会就是我的学生呢？

　　对着月儿我笑了，以后有了属于自己的学生，就不能再孩子气，得为他们撑起一片天，铺好一条长长的走出大山的路。

作者简介：肖琴，女，重庆市城口县教师。希望通过文字记录的方式，将在村小的艰辛保存，一方面警醒自己居安思危，另一方面让这些文字给我在村小途上前行的勇气。爱好写作、朗诵、演讲、运动。

野谷百合别样芳

谢开好

我从小就立志要做一个受学生欢迎的好老师，经过我的努力拼搏考上了广东河源职业技术学院，攻读语文教育专业，2007年9月，我毕业分配到广东省河源市连平县隆街镇崧岭中学，实现了做教师的梦想。

一、做保姆的滋味

2008年9月，我们学校因学生每年逐步减少，县教育局从我校实际出发，把周边三所小学（双头小学、长沙小学、沙心小学）合并崧岭中学，三所小学的六年级撤到中学就读，中学校长对我说："今年有新老师分配来，把机会留给新来的老师，你到沙心小学去锻炼。"我依依不舍的离开了和我朝思相处一年的七一班全体学生。

来到沙心小学后，校长分配的工作任务是担任学前班数学、四年级语文兼班主任、五年级英语等教学工作。而小学全部是老教师，我一个年轻的中学老师刚开始接触小学的教学工作，每周的工作量是20多节，感觉很吃力。特别是学前班的孩子让我束手无策，我虚心询问老教师，得到的却是冷嘲热讽。2008年9月2日，上午第二节，我怀着几分惶恐走进学前班，也许，我讲得内容枯燥无味，学生听了不到5分钟。就有几个调皮的孩子煽动学生跑出教室去玩耍，一部分学生跑进厕所，一部分学生在教学楼你追我赶，一部分藏进校园的花圃里，似乎想和我玩捉迷藏，我一个人在教室门口站着不知所措。此后我开始走进其他班级，跟着幼儿教师学习，挤时间听了一周的幼教课，我慢慢发现一个规律，给学前班儿童上课，需要用游戏的方法，于是我把西游记的故事，黑猫警长的故事，灰太狼美羊羊等引进课堂，为了了解故事情节，我一进家，就收集动画片看，家中老母说，一个大老爷们成天就爱看幼儿看的片子，没有出息，甚至还误认为我有毛病。虽然课堂上能吸引住部分儿童，但尴尬事也不少，有

时一个儿童去厕所，其他的儿童也会跟着说去，有时，正讲着课，不知为什么，两个儿童就哭起来，任凭我使出全身本领，也无法阻止他们的哭声，有时感觉幼儿教师其实就是一个保姆。

二、两次倒数的凄楚

在我专业成长的历程中永远忘不了，两次倒数的凄楚。因在沙心小学表现突出，2009年9月我被中学校长调回中学担任六年级语文和六二班班主任。这一年，县教育局对六年级进行抽查考试，副校长为了减轻我的工作分担，取消我担任六二班班主任工作，可是，学校团委书记暗中又让我做县教育局通讯员和学校文学社总负责人，白天负责六年级两个班的语文教学工作，晚上又要上文学社培训班学生的课，还要写学校各种教育动态的通讯稿发给县教育局。我所培训的文学社培训班学生作文经常在市级报刊发表，所写的学校教育动态通讯稿在县教育信息网站发表10篇。但是有得就有失，我的六年级语文在期末抽考中排在全县倒数第一。中学校长看见这样的教学成绩十分不满，为了提高我的教育教学能力，校长决定在2010年9月再次把我派到沙心小学去锻炼，这次我担任二年级语文，三年级语文兼班主任工作。

2011年1月18日上午，在期末全体教师会议上，作为三年级的语文教师，我参加了这次县教育局举行的质量抽查。抽查前，所有领导和教师都对我充满期待，我更是踌躇满志。抽查的关键是提高学生的语文成绩，于是我马上根据班中的成绩册，结合优等生和后进生的特点，开展小组合作学习，要求各小组每天利用下午上课前20分钟进行合作交流学习语文时间，同时制定相应的奖励制度，各小组进行公平竞争，互相监督，努力争创语文学习先进小组，做得好的小组，给于物质奖励。课中，利用各种竞赛、评比，课堂气氛热烈，我自我感觉颇为良好。然而，抽查的成绩却低得让我吃惊（优秀率只有10%，及格率只有40%）。在教育局抽查时，我教的三年级语文期末成绩排在全县倒数第二名，因成绩提高不大，我在期末教师大会上接受公开检讨，两年取消评优秀教师资格的处分。

2012年3月我被派到双头小学支教一个学期，双头小学共有学生11人，一年级8人和二年级3人，由我一个人负责这所小学的所有工作。

每到夜深人静的时候，教学成绩全县倒数第一的耻辱，倒数第二的挫折似潮水般向我袭来。令我辗转难眠，如何提高学生的学习成绩？如何走出困境？

三、送来新曙光

我作为一名年轻老师，面对学前班孩子的无理取闹，面对老教师冷漠的态度，面对生活中遇到的无奈，面对教育的困惑等等问题。我彻底失望了。就在绝望之时，2010 年 8 月在廖爱贞老师的引荐下加入了全国（民间）班主任成长研究会（心语团队）。一到晚上，我就静静地守候在电脑旁，认真聆听心语的视频讲座，用心琢磨心语老师每一个经典言论，虚心在心语团队向优秀教师和班主任学习。从宁杰老师读《荀子有感》的智慧解读及巧妙运用带来的心灵冲击，到贺华义老师的"赏景"需"用心"，再到于青老师的对《把班级还给学生》的倾力解读……每一次的用心聆听及积极参与，都让我这个身居闭塞乡村的普通老师从优秀的教师身上找寻了追寻教育幸福的良法，更从中深刻感受名师独特的人格魅力。我开始试着结合自己的教学去实践。我把这所小学两个年级的学生编为一个班，开展复合式教学。建立学习小组合作机制，设立学习小组长，通过小组长带领和帮助组员解决各种学习上遇到的困难。利用下午的课程让二年级的学生辅导一年级的学生学习语文内容，让二年级的学生担任小老师，这样一来，不但对知识得到了巩固，还提高了一年级学生学习语文的兴趣。增强了团队合作意识，坚持一段时间发现二年级学生的语文成绩和一年级学生的语文成绩都得到了稳步的提高。同时我还在语文课中渗透各种竞赛活动，充分调动孩子的学习热情。按照这样的学习方法坚持一个学期，在我和全体学生的共同努力下，双头小学的期末成绩排在全县第一，学生的整体素质得到了全面提高。双头小学的学生家长看见自己的孩子一个学期的学习成绩进步猛增，学生的行为习惯得到周边群众的一致好评。在期末教师大会上，校长对我在双头小学支教的行动表现给予高度赞誉。双头小学的全体学生让我这个年轻的教师的教育教学能力得到了一次更好的提升，更让我这个从上学期三年级语文期末测试中获得全县倒数第二踊跃全县第一，令县教育局领导刮目相看，更让全体教师羡慕。2012 年 9 月被中学校长调回崧岭中学工作。

四、群星璀璨的夜晚

2013 年 1 月 15 日，对我来说是个特殊的日子，因为我被心语团队任命为"文字讲座组"组长。也就从那一日开始翻开新的一页。在我眼里，每一个夜晚都是群星璀璨，都是群贤毕至，都是高朋满座。短短半年多的时间，我先后主持五次讲座活动：3 月 28 日晚上 7 点 30 分，由李进成老师主讲的《NLP 理念在教育管理中的应用》，4 月 19 日晚上 7 点 30 分，游加胜老师主讲的《学在我家——

如何为孩子营造家庭学习氛围》，5月17日晚上7点30分张岩老师主讲的《润物细无声》，6月7日晚上7点30分刘芬老师主讲《学生管理，从心开始》，7月5日晚上7点30分陈玉强老师主讲《检讨书里透阳光》，8月19日晚上7点30分韩玉贵老师主讲《播种阳光，收获温暖》，有了心语团队的支持，有了自己的精心准备。每一期的文字讲座，都是那么让人回味无穷，那么让人流连忘返。

2013年9月1日调到连平县溪山中学任教。这样一路走来，居然在两年的时间里写下了近万字的随笔，更有30余篇文章相继在《河源日报》、《河源教育》、《社会、学校、家长》、《新课程导报》、《学苑学报》等刊物上亮相。现在想来，今日的自己之所以能从容应对工作中的诸多问题，之所以能笔耕不辍、挥洒自如，很大程度上得益于跟随心语团队成长，而长期的写作历练也在无形中促进了我的专业发展，使我成为了很多同事及朋友眼中的幸福老班。

朱自清的《匆匆》写到："想想过去的日子如轻烟，被微风吹散了。如薄雾，被初阳蒸融了，我能留下什么样的痕迹了，我不能白白走这一遭呀。"是呀，我没有白白在这两所小学走一遭，我在困境中突围，积极寻找智囊团，在心语团队引领下，努力工作，奋笔疾书，把自己的教书经历写成篇章，让文字带着梦想飞扬。

作者简介：谢开好，广东省连平县教师，中共党员，本科学历。曾在广东省河源市连平县崧岭中学任教，平时爱好读书与写作，愿意结交志同道合的朋友。任教10年，担任班主任工作5年，积累10万多字的工作日记和随笔，2010年8月加入全国班主任成长研究会（心语团队），先后组织和主持教育专家、名师和优秀教师在心语团队网络群进行文字讲座30多场。在全国各种报纸杂志发表教育类文章60余篇。2013年9月调入溪山中学，担任语文教学兼文学社工作。

一次难忘的家庭访问

秦远猷

我在教育战线上工作了四十二年，经历的事情不少。退休之后，常回顾一些往事，就像老牛反刍，也感觉有些味道。下面记叙一次难忘的家庭访问。

家庭访问，是学校联系家长，配合教育学生的一种有效方式。五十年代非常重视这项工作。当时，学生家庭经济困难较多，特别是农村孩子，常有因凑不足一月五元的伙食费而中途辍学者。当时家庭访问的重点之一是动员说服家长，克服一切困难，送子女上学读书。那时，除了平时利用课余和节假日，对城镇学生进行家访之外，每逢春秋两季开学前，学校便组织教师，分别到边远地区去重点访问那些经济特别困难的学生家庭，催促学生按时入学。

一九六五年三月一日，巫中开学。一周之后，西宁区的高楼、天元、半溪等公社（那时的公社，即现在的乡）尚有六个学生没有到校报名，学校决定派我下区乡去作家庭访问工作。有同志建议我取道文峰，经红池坝，再到高楼公社，然后沿西溪河返回。

三月八日，天气晴朗。早上坐汽车到文峰，早饭后便向红池坝前进。文峰到红池坝大约有九十华里，要翻几道山梁，对于当时年青力壮的我，还不算多大困难。上山四十多里，到了核桃坝，这里的天气阴沉沉的。再上山梁，已有积雪，树枝上挂着冰条，雪花在雾蒙蒙的空中飘舞。回头看文峰的方向，阳光还是那么灿烂。山上山下判若两个世界。这种奇异的景色是我生平所仅见。孤身处在雾蒙蒙的雪山上，眼望着对面山下的灿烂阳光，心中有说不出的惆怅。稍事休息后，我又冒着雪花，继续朝山下爬。翻过娃达垭，上坡路基本上走完了。经过花猪槽，前面已是一片广阔的草地。在天近傍晚的时候，我在红池坝农场的坎下，找到一家农户借宿。主人听说是巫中的老师，很热情地接纳了我，并赶忙为我烧茶煮饭。走了几十里路的上坡路，加上又是雪天，身子感到非常疲惫。吃完晚饭我就到主人指定的厢房去睡觉。吃饭时就有人把主人叫出去说

话，我当时未在意。正当我准备脱衣睡觉时，外面又来了一个人把主人叫出去问话。之后，主人便把那人带来见我。那人进厢房坐下之后，便与我拉起家常来。问我姓什么名谁，家住哪里，何时到巫中工作，到红池坝干什么？认识公安局什么人？城厢区委书记是谁？农业局长是谁等等。前面的问话我答得很清楚，后面的几个问题就答不上来了。因为我一直在学校工作，又不善交往。确实连城厢区委书记是谁，农业局长是谁，我都不知道。我心想，这可能是在盘查我，哪是什么拉家常！"那人"又问我，农场小学有个沈宗玉老师，你们是同行，该认识吧！我一听非常高兴，连忙说："认识，认识！她还是我的学生。"那人问完话便出去了。临走时他又把主人叫去说几句。我知道麻烦来了，但自己心里很坦然，加之确实很累，倒上床就睡着了。

三月九日清晨，我刚起床，那人又来了，要我去场部小学会一会沈老师。我随他朝场部走去。刚到小学的坡下，那人就高声喊叫沈老师。沈老师听到喊声，从二楼窗口伸出头来一看，马上就惊叫一声："哟，原来是秦老师，他们怎么说是'游老师'！"沈老师赶快下楼来，把我接到她寝室去。那人又把沈老师叫下去，细声地说了几句什么话，才回场部去。沈老师上楼来招呼我喝茶、吃干果，并笑着说："他们昨晚来问我，是否认识一个游老师，据说还是你中学的班主任，我回答说不认识，教过我的没有一个游老师。谁知是他们把秦老师的姓名记颠倒了，好一场误会。"不一会，场部派人来邀我去食堂吃早饭。早饭时，我与曾场长会了面（原来就是当时的农业局长），他很客气地向我解释说，红池坝是军事要地，对各方的来人盘查都很严格，希望我不要介意。我当即赞扬了民兵认真负责的精神。因头天夜里又下了大雪，早上的天气还是阴沉沉的。曾场长挽留我歇一天脚再走。我说学校已开学行课，任务很紧，便婉言谢绝了场长的挽留。

早饭后，我打听了从红池坝到高楼河的路径从场部后面上山十五里，翻过凤凰头，再下山到高楼公社。我挂了一根棍子又出发了。当天的路程虽然只有五十多里，但其艰险的程度远胜过第一天的路段。因为头天夜里又下了一场雪，经晨风一吹，地上的雪已冻硬，尽管穿着草鞋，行走在雪地上还是十分艰难。翻过凤凰头，便开始下山。走下坡的雪路比走上坡的雪路轻松，十个脚趾随时都处于紧张状态，稍不留意就有滑倒的危险。当走到一段树木茂密的路段上，发现雪地里，清晰可见一串串碗大的野兽脚印，从林中横穿大路而过。大脚印间夹有羊蹄印。此时，旅途的倦意一扫而空，打起精神，快步走出树木茂密的路段。走到半山腰一户农家歇脚时，顺便问到路上所见之脚印。那老农说："凤凰头一带是一片原始森林，经常有虎豹出没。你们所见的脚印，是昨晚烂草黄（一种体形较大的老虎）在雪地里追捕野山羊留下的。"听他这一说，我才感到心有余悸，有些后怕！

在老乡家休息一会后，又上路了。再向下走，已无积雪，但空中还飘有零星的雪花。不垫雪的山路好走了，但腿已开始发软。大约下午五点多钟，才找到住在山坳里的刘姓学生家里。经自我介绍，说明来意之后，家长见我穿草鞋的脚趾上沾满了雪花，冻得通红，十分感动地说，这样大的雪天，老师从县城来到这穷山沟里催学生，作家长的绝不辜负学校的一翻好意，再困难也要把子女送去读书。第一个学生的家访工作做得很顺利，心里感到特别高兴，晚饭吃得很香，当晚 睡了一个好觉。

三月十日， 早饭后告别家长，下山去高楼公社河边一个大队，做好了第二个学生家长的说服工作，就前往天元公社。从高楼到天元，约有七十华里，路就在河坝中。这段路是平坦的，但过去听人讲，这段河坝中常有人碰见"棒棒蛇"，这是一种剧毒蛇，头尾一般粗细，躺在河坝中，就像一根干柴，行人要是碰上被它咬伤，无药可医。所以走在这一段路上，我总是提心吊胆，特别小心，下脚时尽量避开类似于柴的东西。继续朝前走，有一段峡谷，两岸是绝壁，路在河水中，必须踩水下行。我生长在河边，踩水可算内行。但这里的水特别冷，使人不敢下脚。于是我坐下来吃了点干粮，活动活动腿，然后才下水。水中的路大约百多公尺，我咬紧牙关，快步向前走，想尽快上岸。冰冷的河水扎骨，简直使人受不了。这天，我来到一个姓王的学生家里住宿。这一家并非经济问题，而是学生病后尚未痊愈，过两天一定到校报到。

三月十一日，从天元到中梁，做好一个姓吴的学生家长工作之后，又赶往上栈。从天元到上栈有百来里路。因路径不熟，里程又长，一直都是快步走，担心天黑前赶不到住宿点，有时甚至是小步跑。赶到上栈时，天已黄昏，在一个往届学生家里借宿。为赶路，人累极了，棉衣都汗湿透了。学生给我做饭，我坐在灶门前慢慢将棉衣烘干。吃晚饭时与学生摆谈，方知他父母双亡，处境十分困难，我很同情。

这天走的这段路途最长，人十分疲倦。洗脚之后就上床睡觉了。

三月十二日，从上栈到半溪公社，沿峡沟进山，道路在河沟间弯来拐去，好几处都是粗大的树杆搭在两岸的巨石上，沿途幽静、古朴、很有点原始的风味。进河沟十多里之后，又翻了两个山包，做了许姓同学家长的工作后，在半溪公社住宿。

三月十三日，从半溪公社到西宁区委所在地下堡。向区委管文教的的同志回报了此次学校派我到西宁区几个边远公社作家访工作的情况，并要求区委同志到基层工作时，也顺便做一做学生家长的思想工作。当天晚上在下堡小学住宿。歇下来时，才发现右脚已红肿，脚掌边缘起了血泡。

三月十四日，从下堡步行到宁厂溪口搭木船进城回学校，立即向学校领导回报了这次家庭访问的情况。

这次家庭访问，历时七天，行程七百多里，穿破了两双草鞋，做好了六个学生的家访工作，可算不辱使命，圆满地完成了任务。同时对我个人来说，也是一次很好的锻炼，使我至今难忘。

作者简介：秦远猷，重庆市巫溪县退休教师。1931年出生于巫溪县宁厂镇，1951年3月参加工作，曾任巫溪中学校长、专职党支部书记。在职时曾多次荣获省、地、县优秀党员、"优秀政工干部"，退休后又获得重庆市"优秀离退休干部共产党员"、"重庆市教育工作终身贡献奖"。

请不要怕我，宝贝

罗鹭

夜已深，躺在床上，四周死一般的沉寂。手指在键盘上停下，扭头看看亲爱的女儿，熟睡中的她露出可爱的笑靥。轻轻抚摸着她的额头，我知道，她是幸福的，因为她的父母在她的身边，每天陪伴着她游戏与成长，陪伴着她欢笑与哭泣。父母的陪伴对一个孩子的成长有多重要，我想就不必过多阐述了，可村小的那些孩子，能够时刻体会到父母疼爱的又有多少呢？我是一名教师，同样是一名父亲。作为一名教师，如何教授学生更多的知识，似乎是我的天职，所谓师者——传道受业解惑也。然而，作为一个父亲，我感性的神经成功打败了我理性的一面，在这个试卷分数决定莘莘学子命运的大环境下，一个父亲的本能却在质问我：分数，真的那么重要吗？

参加教育行业这份工作已经第二年了，在分配工作岗位的时候，我被分配进了这个穷山窝窝，成为了一个村小的包班教师（与其说是包班教师，不如说是包校，因为全校就我一个老师）。第一天走进这个学校，塌陷的操场，肮脏的厕所，破落的瓦房，教室小得像装牲口的笼子，断裂的窗户耷拉在青绿色的铁栏杆上，风一吹，发出嘎吱嘎吱的响声，犹如行将就木的老人发出垂死的呻吟。哦，老天，我这是被世界抛弃了吗？还是我穿越到了八十年代？哎，算了，既来之则安之吧。卸下行李，等待新生前来报名。报名开始前我就明白，这样落后的小山村里，年轻人都出门打工了，孩子由爷爷奶奶带，隔代教育的弊端必然异常明显。而事实，超过了我的想象。

刚过晌午，吃罢午饭，第一位小朋友来报名了，很可爱的一位小女生，羞羞答答地紧紧跟在一位老奶奶身后，随行的还有一个更小的女孩。"姓名？年龄？父母联系方式？"一系列的问题她没有回答一个，整个报名的过程，她只说了一个字，便是报名结束后躲在半掩着的门外，望着奶奶轻声说了个字："走。"当时的情形我还历历在目，毕竟这是我的第一个正式学生，但她的表现却没有

让我放在心上，我想她只不过是第一次见到新老师有点怕生罢了。这个想法，在我心里维持了大约一个多月，在这一个多月中她所有的胆小怕事，或者说所有的不正常表现我都一次次归结于：刚上小学，第一次见到新老师有点怕生罢了。直到上课中一个不经意的小动作，让我忽然意识到事情并没有我想象的那么简单，而且，我错得是多么的离谱！那是一节数学课，学习十以内的加减法，为了直观表示出加法的运算过程，我找来了几根木棍作为教学用具。但当我挥动着木棍走过她身旁时，她竟然吓得双手抱头，摔到了凳子下面。这一举动惹得全班哄堂大笑．她却在凳子下瑟瑟发抖，不住地往后推。当时我心里咯噔一下，蛮以为自己挥动木棍时误伤了她，但一细想，我并没有碰到她呀。将她扶起来后，课堂教学继续进行，但她似乎已没有任何上课的心思了，整堂课都把小脑袋深深埋在自己的衣领里，低着头，用眼睛的余光注视着我的一举一动。课后，我仔细回想了一下整个过程，当我挥动木棍走过她身旁时，她的同排没有任何反应，她却如此恐惧呢？再回想她这一个多月的种种表现：老是和同学们发生矛盾；上课积极举手，站起来后却一个字都说不出来；胆小爱哭，上课被点名都能被吓哭；上课十分怕我，全程看着我，从不爱看黑板。最后联系起她报名时怯懦的小眼神，我敢确定，这孩子一定不是天生胆小这么简单。

为了探明究竟，我对这个羞涩又胆怯的小女生进行了一次全方位的调查。第一个采访对象，当然是她自己。不出所料，结果是一无所获，整个谈话的过程只不过是我的独角戏，我唾沫满天飞，她一言不发，全程只关注我的一举一动，只要我动作一大，便情不自禁往后退。第二个采访对象，班上的其他同学。其他同学口中的她，并不是一个受欢迎的人，脾气大，不合群，喜欢动手打人，在幼儿园的时候还抢夺其他小朋友的零食，甚至在地上和垃圾桶捡拾别人丢弃的食物。不问不知道，一问吓一跳，but，这不是结束，更加惊悚的还在后面呢。在一次的家庭作业的检查上，她一字没写，着实气得我想食肉寝皮，但从她吱吱呜呜的语言中得知，之所以没做作业，是因为要在家带妹妹，而妹妹把她的本子撕坏了。这是怎样的一个家庭？要一个六岁的小女生去照顾妹妹，而且没做作业都无人问津。于是乎，我觉得去会会她的家长！（说到这里，也是我的失职，开学一个多月都没有到她家进行家访。）

第三个采访对象，小女生的奶奶。当我看到她家的时候略吃一惊。公路通到家门口，青砖白瓦的三层小洋楼，院子里一丛翠竹郁郁葱葱，正堂里一张八仙桌四根长条凳．墙上贴的是我们伟大的开国领袖毛主席，亮亮堂堂小别墅啊。小女孩的奶奶见孩子老师来了，倒是很热情地出来接待，提着凳子让我坐下，便回头向小女孩一声大喝：“瓜子端来！”哎哟呵，这一声，底气十足，宛如战时击鼓，比得上张飞当阳桥喝退曹军三百万雄狮的那一声大吼，把我着实吓一跳呀！试问，天天被这么吼，谁不被吼出个心理阴影啊？看来，这孩子的问题是应该找到了。回过头，聊聊孩子呗。我环顾四周没发现其他人，便问：“孩子父母呢？都出门了？”就这一句话，这奶奶硬是回答了我快半个小时，中途我都没敢插嘴。孩子奶奶的回答大致如下：1、孩子父母都是王八蛋，两孩子生下才四个月就走了，平常只有过年才回来，去年过年都没回来，俩孩子一直是我一个人带。2：穷啊，家里条件不好，孩子父母一年就给一万块钱生活费，没钱啊，国家的政策，建卡贫困户，低保什么都没有沾上。（我的个乖乖，学生现在读书又不用钱，一个老人带俩孩子，一年一万生活费还哭穷？这比有的人家庭年收入还多啊！）3、家里庄稼多，我一人照顾不过来，大的带小的天经地义。4：我没文化，又教不来，学生交给老师就拜托老师了，老师多费心，全靠老师了。得，我就问了一句话，她把所有我想问的问题都回答了，倒也省事。聊罢，辅导孩子做完作业，我寻找第四个采访对象去了。

第四个采访对象，邻居。某些事情问孩子，孩子不敢说，问家长，家长不愿说。最容易问出事情真相的人莫过于每天闲来无事，东家长西家短的邻家老妇人们了。不出所料，通过与邻居的对话，我终于得到了小女孩心结的来源。小女孩的父母常年在外打工，一年半载不曾回来，奶奶一个人带着两个孙女，也确实辛苦，但是老人家教育孩子的方法有着很大的问题，那就是——打！老人家似乎坚信着“黄金棍下出好人”这句话，孩子一做错事就是打，自己一不顺心也是打。孩子似乎就是个出气筒，据说最狠的一次，把笤帚的把手都打断了！并且本人的人品也不好，并不受街坊邻居的欢迎。（其实对于这位老人的人品，在后来我也是深有体会，例如：每次有事找自己孙女，不管是否在上课，都是直接破门而入；开家长会总是姗姗来迟，并且还满不情愿；开会的时候总喜欢打断别人的发言，实实在在的本我主义。）现在回想起来，小女孩在学校的行为也变得理所应当了，因为，怕挨打。

小女孩的经历让我开始反思我的教学方法，如果我一味进行知识上的教学，最终，她依然会是一个胆小懦弱的孩子。我在讲台上讲，她在座位上时刻提防别人的一举一动，完全不可能专心听讲。于是，对于她，我把教学的重心从知识的传授转换到了与人的交流。

第一步：专门安排了两个语言交流能力强且成绩较好的同学作为她的同座，每次班级活动或课堂小游戏时，他们这个三人组必将上台进行表演。

第二步：任命她为组长。虽然组长不是个很重要的班干部，但她从一个长期被动、被压迫的身份变成了一个有主动权的、指挥权的身份。

第三步：及时的引导和鼓励。她之所以会变得如此懦弱胆怯，就是因为在日常生活中过多的辱骂和鞭打，却没有及时的引导和鼓励，导致她什么都不敢做，只知道谨小慎微地不去犯错，而不敢尝试新鲜的事物。

第四步：与家长的交流。俗话说治病要治本，导致小女孩性格扭曲的根本原因是她奶奶的教育方式不恰当，且不说要她奶奶学会用科学的方法教育孩子，至少有一点，不允许再使用暴力或强制性手段来教育孩子。我想，让孩子在一个放松的家庭环境中成长，远远超过学校环境的影响。

现在小女孩上二年级了，是一个非常开朗的孩子，上课也很积极，哪怕很多时候她的回答都是错误的，但我依然很开心，因为她从一个连一句话都说不完整的孩子，成长为了一个有自己思想，会独立思考并表达的孩子了，并且越做越好。她的成绩现在还不好，可我一点也不担心，我知道我成功了。在乡村的教育路上，隔代教育的各类弊端是不可避免的。有统计显示，隔代教育的孩子得抑郁症的比例远大于父母教育的孩子。父母为了赚钱养家，忽略了孩子得心理健康，但作为老师，我们不能忽略！将来的某一天，我可能会忘记这个羞涩的小女孩，忘记她的样子，忘记她的姓名，但我永远不会忘记她带给我的启示——心理健康永远大于知识含量。

作者简介： 罗鹭，重庆市城口县沿河乡柏树村村小90后教师，城口作协会员。热爱音乐、写作、徒步。沿河乡是贫困地区，村小教学环境比较艰苦，全校只有16名学生和1名教师，自大学毕业后，他便自愿来到这里担任村小教师，数年如一日。

难忘乡村

唐伟

乡村，一个最贴心的词语。不仅是因为那里蕴藏着无数人的记忆和牵挂，更多的那里有感动的人和故事。

我从乡村来，童年就在那泥巴地里翻滚和成长，脚上永远都站着故乡的泥土。有人说乡村只有寂寞，可我觉得乡村并不是寂寞，而是一种闲适和恬淡。只有在乡村才真正能感受到时间的流动，才能真正感受到心静后的惬意。

我的老家也在乡村，虽是闭塞，但一切的景都是那么真实，那么让人难忘。春夏秋冬在树林间、在溪水、在庄稼地里静静趟过，雨露霜雪都藏在那层层梯田里。低矮的屋檐常常挂着秋后黄澄澄的玉米，下雨时滚动着似串串雨珠的雨儿；那凋敝的土家院落里常常有着一簸箕火红的辣椒，有一两个倚在门前的老人。老头专注着吸着旱烟，嘴边、头上时常冒气一股股淡白的烟气；老妪则是在闲适的掰玉米棒子……这一切都如同没有着色的画卷，有的只是本质的魅力。

乡村最让我难忘与牵挂的，要属那些乡村教师和孩子们。前段时间看到文友田老师的报道，很是感动。可等心平静下来，发现心里除了感动，更是一种油然而生的崇敬。文老师，是我进入这个行业以来就早已听闻，以前对于他只知一二，可是后来几次跟他接触却不得不心生钦佩。一个即将面临退休的老教师，心里有的只是一个为他人的梦想。这就叫无私，可是文老师却说这是自己该做的本职工作。文老师的话让我想起了更多的人——乡村教师。

他们在那无人问津的村小送出了无数秋冬，迎来了无数春夏，他们已记不清自己的学生，但是学生却依旧记得他们的模样。这些人有的早已白了双鬓，有的已是重病缠身。至今，我的启蒙老师就在家乡的村小里奉献余热，我一次次看到她，亲切得如同自己的母亲。

乡村其实很美，除了那些值得我们致敬的乡村教师，还有那些让我牵挂在心的孩子们。我在龙潭小学三年时间，感受到了陪伴成长的幸福，体会到了与

孩子们为友的快乐。他们就如同一颗颗刚萌芽的嫩苗，成长路上都需要我们小心翼翼，需要我们十分用心。他们或许是留守孩子，或许是隔代单亲，这些都需要我们懂得担当，学会担当。既要为人师，又要懂得他们的心。

我想，作为新一代教育人首先要懂得感恩，因为是他们这样一批默默无闻的老一辈教师们把知识给予我们，把我们送出大山，自己却依然坚守。其次，我们要学会吃苦担当。教育是培养人的过程，是思想碰撞，心灵成长的一项高尚而伟大工程。作为年轻一代的教育人，我们有着深厚的文化涵养，但我们匮乏用时间沉积的经验。当了老师我才明白人生可以"第二次成长"；当了老师我才懂得勤奋谦虚的重要性；当了老师我才体会到了心怀梦想，追逐梦想的幸福。

乡村教师，以前总觉得是一种凄凉、孤寂的代言，而今，自己站在讲台才觉得那是一种莫名的荣耀。乡村，因为这样一群朴质的老师而有了朗朗书声，因为有了这样一些平凡的感动故事而温暖你我的心。

我想，他们是乡村田野上的"最美"，他们值得我们点赞致敬。

作者简介：唐伟，笔名大山的孩子，土家族，重庆市石柱土家族自治县龙潭乡小学校教师，全国少数民族作家学会会员、重庆市石柱县作家协会会员。上个世纪80年代出生在一个农村家庭，从小在父亲和兄长的耳目濡染下，开始慢慢爱上写作。成长路上在老师的指引下，更是努力勤奋。原创作品有《土家山寨的歌谣》、《我与恩施大峡谷的一次邂逅》、《我是巴人后》、《与历史的对话》、《山里的童年》、《春雨中》等等数万字。作品以散文为主，散见于中国散文网、大榕树、中国土家族文化网等网站，《土家山寨的歌谣》、《沐绿而行》更是喜获全国嘉奖。

那年，我在村校

王军

曾经有过激情燃烧的岁月，曾经有过五彩缤纷的梦幻，曾经有过扎根山区献身教育的理想，曾经有过那么一段纯真无瑕的友情，那就是在民政村校任教的日子里………

——题记

曾记得小时候，大人们常问我：你长大了想当什么啊？我不加思考地说道："当一名老师！"

谁知道这句话竟成了事实。

初中毕业，我毫不犹豫地报了师范。云师毕业那年，我怀着对大山的热爱与回报，饱含着对教育事业的挚着追求，来到当时云阳县西北边陲小乡 ---- 后叶乡最边远的农村——民政村校任教。第一次到校，展现在我眼前的是一片荒凉景象——海拔900余米的半山腰中两三间破屋瓦房，房前屋后孤坟遍野，方圆里外无人烟……

这难道就是十年寒窗的回报吗？这难道就是我理想中的乐土吗？

心中有说不出的酸楚与失落。

也许是童年理想的支撑，也许是投身山区教育信念的依托。从此，我居然在这"鬼"地方扎根下来，在那一年零八个月的工作中，酸甜苦辣皆尝遍，其间多少往事，至今历历在目、令人回味。

大山的孩子

我所接任的是三年级，当时班上18人，第一堂课上下来，真叫我哭笑不得，一些学生连"1+1"不知等于什么，"B、o、e"不知为何物……第一单元测试下来，全班语数只有两3人极格。此时我真想痛哭一场，条件好坏不说，可这些孩子……

那些天，我彻夜难眠。有多少次，我曾经对自己的理想与追求动摇过，有

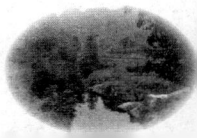

多少次，我真想离开这"鬼"地方。可每当这时，我眼前总是浮现那一双双求知而又秩气的大眼睛，总是想起孩子家长对我的无限希寄与依托，总想起小时候母亲的教诲⋯⋯

我无法逃避现实，只得静下心来，扎根山区，唯一的希望是孩子们能够在我的教诲下成才。从那以后，我利用星期天、节假日给孩子们补课，从"1+1""B、o、e"教起，根据那里的孩子现状构设一套独特的教育教学方法。为了丰富学生的课余生活，我还掏钱平整操坝，修建乒乓球台⋯⋯许多学生还搬来学校住读，和我一起生活、学习。每当看到孩子们取得进步时，心里有说不出的高兴与快感。

大山的孩子有着山泉般的纯洁无瑕，在他们心目中，教师有着至高无上的地位。当时我月工资才80来元，食宿在校，一日三餐都是稀饭加咸菜。孩子们看在眼里，痛在心里，常给我捎来蔬菜、水果、肉食、野味等，平时还抽空给我拣柴、挑炭、担水。学习之余，陪老师一道上山玩耍聊天，那一座座大山，一颗颗千年古树⋯⋯每一种景物，在孩子们心中都有一个神奇的故事。

大山的家长

每期开学时，家长们总要送孩子上学报名，他们总是对孩子千叮万嘱："在校要听老师的话，要好好学习⋯⋯"一双双粗糙的大手紧紧握住我的手，再三拜托把他们的孩子看紧点。

大山的家长，纯朴、老实而又勤劳。他们深知自己无知识的苦处，唯希寄于自己孩子将有一天出人头地，去改变他们世隶耕种、穷居山区的历史。在那里，你也才会体会到教师在人们心目中真正地位，他们没有华丽和虚伪的词汇来赞美老师，对老师只像火一般的热情，像父母兄弟一样的关爱，在那里，你就像生活在一个温馨的大家庭里。

印象最深是每年吃"年猪饭"。山里人有一个习惯就是每年杀年猪要请亲朋好友吃"年猪饭"，以此来庆贺当年的丰收，预祝来年的好运。每到这时节，家长们首先想到的是孩子的老师，有时一天两三家请，有时还要排轮次，对家长的盛情叫你无理由拒绝。如果万一没有去成，家长们总是要提上几斤肉或别的礼物到学校来，就这样，年复一年，日复一日。

晚上，我一人在校孤寂难熬，一些家长顾不得白天的劳累，晚饭后便来到学校与我一起聊聊天、下下棋，有的还向我请教一些问题。一次，我患重感冒发高烧，家长们听说后，不约而同地来到学校轮番照料我，直到我病好为止。用他们的话说："你是我们村难得一位好老师，你为我们的孩子费尽了心，我们没有理由不来报答你。"

在那里，让你感觉到这友谊真是"比山还高，比水还深"啊！对这些家长的深情厚谊，我心里隐约明白，他们是想留住我，想我在那里多教几年书，他们说，调去那里的老师都是"来也匆匆，去也匆匆"啊！

大山的姑娘

一方水土养活一方儿女，那里的姑娘纯洁而善良，美丽又大方，也许是由于山里人重男轻女的缘故，姑娘们心灵手巧，唯一缺乏的是文化知识，大多数小学未毕业。

每当我在上课时，教室的窗外总站着一群十七八岁的姑娘，他们对我说的每一句话都聚精会神的听着。课后，他们常常到学校来玩，有事无事找我说话，对我说的哪怕是一句俗语也细细品味，在他们心目中，教师总是那么有知识、有学问。

印象最深的是一位姓张的妹子，她常常给我送些蔬菜，有时还悄悄递给我几双娃底儿，对不懂的问题总向我请教。日久天长，我们建立了深厚的友谊，常在一起谈理想，谈未来，她说，她愿意跟我学习，将来像我一样，做个大山的老师……

经过多少年风吹雨打，我这才体会到，只有在大山，才让你真正感觉到"无丝竹之乱耳，无邪恶之侵袭，无人际之勾斗"，唯给你留下的是一段纯真无瑕的友情与温馨。

在民政任教一年半后，上级根据工作需要调我到中心校任教。经过一番激烈的思想斗争后，我选择了前程，离开了大山。临走时，我没有通知那里的孩子和家长，更不敢去见那位曾经与我山盟海誓过的好妹子，一个人消然无声地走了。

多少年过去了，虽然现在我的工作岗位比民政村校条件好得多，但总难找到那曾经激情燃烧过的岁月。有多少个日日夜夜，我总想起那些纯真的孩子们，想起那些善良的家长和那位圣洁的山姑……

作者简介：王军，重庆市云阳县教师。1991 年参加工作，中学高级教师，中共党员，现任云阳县后叶镇后叶小学副校长。多篇教政论文在省市刊物发表，2013 年获重庆市政府教学成果三等奖，2014 年获重庆市教育著述二等奖。

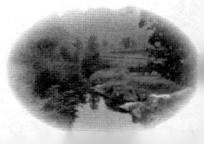

回到讲台

王军

三尺讲台,曾是他儿时梦想,中道几度辗转,如今又魂归故里,再度三尺讲台。

也许是儿时老师谆谆教诲的影响,也许是与三尺讲台有前世的缘份,十七岁那年,他有幸考入了云师,也就是那一刻,命中注定他与教书有缘了。

三年过去了,他怀着无限憧憬与五彩的梦幻毕业了,本想找到一个条件好的学校工作,可鬼使神差地被分到条件最艰苦的一所村校任教,那里交通闭塞,学校处在深山孤坟之间,人迹罕至,真是日无过路之客,夜无鸡犬之声,一周才回一次家,一个月才到一次乡场镇。其心之酸,其情之苦,无言而喻。白天面对二十来个小学生,枯燥而单调的往返在语文、数学教材中,批改着那令人极不情愿而又无奈的作业,晚上常听到山林中那鬼怪般的叫声,独守空房,落魄与失落,常暗自伤神与落泪。

无奈与失落,他凭着良心教书,竟然得到那些纯朴村民的高度赞赏、得到那些天真无邪孩子们的无尚尊重。尽管如此,还是没从心灵深处改变他对那穷山村的看法,总觉得在那里工作是对他才华的埋没、人格的侮辱、生命的扼杀。

佛家有云:苦海无边,回头是岸。几度想一走了之,早早脱离这教师苦海。在那里任教一年之后,曾数次找领导跑调动未遂,南下广东淘金无功而返。后经人引荐调至乡政府任专职通讯员,辉煌一时令他想入非非,出将入相又成了那时的梦想,厂番搏击,最终败下阵来,苦思冥想,还是儿时的梦想也许才能成真啊!

最终,他又回到学校拿起了那令人讨厌而又无奈的粉笔,站在那曾是梦想而又是谋生手段的讲台上。唯与以前不同的是到了中心校任教,领导对他充满希望,凭着他对领导这份关爱,他也曾为教育鞠躬尽瘁。可社会纷繁、世事无常,在一番搏击与沉浮中他又迷惑在人生十字路口,总觉得埋没在教育苦海真是无奈又无奈。在经人引荐之后他又跨入那本不属于他性格类的政府工作一段时间后，又在失意中退下来，再度三尺讲台。

几番失意中，他在思索，究竟他属于什么样的人，什么样的工作才是他的归宿？一年又一年，他似乎从那些求知若渴的孩子们身上体会了人生的乐趣，至少他也体会了"教师是人类灵魂的工程师"这句话的含义，体会到了"教师是太阳底下最光辉的职业"这句话的真谛，更体会到儿时的梦想才是他最终的归宿。他再也没有去想那些本不属于他能拥有的前途与事业，因为他觉得：山区的孩子们更需要他，教书育人才是他真正的归宿，那是前生注定的缘份，尽管他名不见经传、清贫一世，也无怨无悔。

作者简介：王军，重庆市云阳县教师。1991年参加工作，中学高级教师，中共党员，现任云阳县后叶镇后叶小学副校长。多篇教改论文在省市刊物发表，2013年获重庆市政府教学成果三等奖，2014年获重庆市教育著述二等奖。

细心呵护，爱心陪伴

赖燕晏

2015 年的秋天，踏上了人生中的第一个工作岗位——云阳县后叶镇后叶小学，一个距离县城七八十公里的边陲小镇，海拔偏高，交通不便，通讯闭塞，"偏远""落后"二词根本无法形容我对这里的第一印象。

俗话说"屋漏偏逢连夜雨"，面对如此艰苦的环境，我无法想象更不敢去想自己能够在这里坚守多久，更何况学校还给我安排了班主任工作。可情况并没有我想象中那么糟，时间的见证，学生的陪伴，自身的历练……这一切告诉我：办法总比困难多！在后叶小学工作原来是如此美好，特别是班主任工作，带给我的不仅仅是快乐，更多的是收获与感悟！

担任了整整两年的班主任，责任、爱心、信心，乃我班主任工作的三大法宝。

一、初出茅庐——责任心为先

细数读书生涯中所遇到的几位班主任，给我最大的感受便是：烦、苦、累。因此，从那时候起，我就想过，以后当老师一定不当班主任。可事与愿违，从当了班主任以后的好长一段时间，我的心总是被一种叫惶恐不安的感觉充斥着，我害怕啊，我刚从学校毕业啊，我怎么能胜任班主任工作呢，我无数次的想过放弃。

尤其是在七年级上册的时候，我们班一位叫王阳阳的女生因为抄作业和我发生了矛盾，她找了两位八年级的大哥哥来威胁我，看着两个身形若东北大汉的"庞然大物"，可以想象，温柔娇小的我被吓得有多惨，顷刻间，我的脑子一片空白，手足无措，当时若不是学校教导主任及时出手帮我解围，我真不知如何应对这场"硬仗"。

那件事之后，我不想再当这费力不讨好的班主任了，好几次走到校长的办公室门外，可内心深处的一个声音叫住了我，那便是责任心的呼喊：难道你忘了自己最初的梦想了吗？不能放弃、不能半途而废，更不能当逃兵！

责任告诉我，既然选择了班主任，便只能风雨兼程。从此，我下定决心，要做一位有责任心的班主任。

二、风雨同舟——爱心相伴

我们班有一位离异家庭的孩子，他叫胡江涛，名副其实的山区留守儿童，他以全年级第二的成绩进入初中，因为迷恋游戏，成绩严重下滑，甚至有了辍学的念想。在校期间，我主动找他交流多次，劝导他不能辍学。也利用微信、电话等方式联系他的妈妈，一起想办法。还和他的数学老师老师一同冒着大雨到他家去劝诚他不要辍学，可他毅然决然的选择了离开学校，

尽管如此，我依然觉得他应该待在学校而不是早早的步入社会。他辍学之后，我一直和他的父母保持联系，我们都希望他能回来继续上学，终于在八年级上册的时候，他回来了，他奶奶带着他来找我报名时，听着他奶奶含泪的述说，看着胡江涛沧桑的面容，我既失望又心痛，我只告诉他："既然决定回来了，那就好好读，老师和同学们都会帮助你，但一定不要再让关心你的人失望了"！他什么都没说，只是狠狠地点头。让人欣慰的是，他虽然耽误了整整一学期，但是通过我们的帮助和他自己的努力，在上学期的期末考试当中，他考进了班上前 10 名！

三、展望未来——信心十足

两年的历练，两年改变，如今，我觉得班主任是幸运的、幸福的！不仅能丰富教学经验、人生阅历。甚至还会有意外的惊喜。

这是我和我们班一位学生的合影，而这张照片的故事是在 2016 年的春天。为了鼓励他，我和他约定：只要他中期考试考入年级前十名，我就实现他的一个愿望。最终，他达到了目标，而他的愿望竟然是和我拍一张合照，然后请我发给他在上海务工的妈妈。我想，这就是对我工作最大的认可。也让我对以后的工作更加有信心。

主任工作固然很累、很苦，但是，只要我们用心呵护，用心陪伴，用我们的真心去付出，一定会收获别样的精彩！

"读书时我的梦想是当一位人民教师，后来，我的梦想实现了。现在，我的梦想就是帮你们实现梦想！"这是我对我们班孩子所说的话。作为一位山区人名教师，作为一位留守儿童班级的班主任，我深知自己的职责，让孩子们快

乐学习、健康成长，已经成为我人生的崇高理想、信念；是我的使命，更是我的梦想。在如花般的年纪，我期盼自己能够绽放更多美丽的花朵！

"路漫漫其修远兮"，将山区教育事业作为我追求的目标，我的生命就会产生无可限量的能量

坚守，筑梦，我一直在路上！

作者简介：赖燕晏，女，重庆市云阳县教师。2015年7月毕业于重庆三峡学院中文系汉语言文学师范专业。爱好摄影、阅读写作、旅游、运动。2015年9月至今任教于云阳县后叶镇后叶小学初中部语文教师及班主任。参加工作两年以来，两次被学校表彰为"先进教育工作者"、"优秀班主任"，所带班级在期末班级综合考核中总分名列第一。2018年被云阳县教育委员会评为先进教育工作者。

九月的记忆

李绍洪

　　金色的九月，丹桂飘香，田野金黄，在这丰收的季节，伴随教师节的来临，又勾起了我对恩师的记忆。学生时代，教过我的老师很多，随着岁月的流逝，大多都已淡出了我的记忆，可是教我小学的李方应老师，他那高尚的师德，对教育事业的执着，对梦想的追求，刻苦好学，不耻下问，严谨治学，爱校如家，爱生如子，循循善诱的作风，使我在四十年的教学生涯中受益难忘。

　　记得是在 1964 年 9 月，他初中刚毕业，因非常年代，未能继续上学。那时村里没有学校，孩子们上学都要到路途遥远的邻村去，他就主动请求村里办学校得到了允许，便在自家的的堂屋，用自家的木板搭起桌凳，办起了第一个耕读班，这也是村里的首所学校，他也成了一名光荣的民办教师。因我和他是邻居，就在此成了他的学生。从此，做一个合格的人民教师，献身山区教育，追逐教育梦想，成了他终身奋斗的事业！

　　初中毕业的他，知识太贫乏了，在工作中，为了不辜负党和人民的期望，不负家长的重托，只有弥补自己知识的不足，掌握好的教学方法，为了这个目标，他就借来相关的业务书籍，开始自学，挑灯夜战，不懂就问，不懂就钻，实在不懂的地方就记下来，放学以后，跑到十几里外的公社完小向行家请教，向能手学习，常常是空着肚子打着火把赶回家。功夫不负有心人，经过几年的刻苦自学专研，知识水平业务能力都有了很大提高，所教班级成绩逐步上升，深受家长和学校领导好评。

　　1969 年 9 月，兴隆村修建了第一所木房学校，他就把耕读班从家里搬到了新建的学校，桌凳依然是用自家的木板搭建，因当时刚建好未装，在教室内上课，到了冬天，天气寒冷，学生缺席大，为了让学生进得来，留得住，学得好，他白天上课，放学后就把本生产队的旧晒席搬来装修教室，自家的用完了，就

到其它生产队去找，经过几天的艰苦奋战，就有了一间能够避风的教室。教室装好了，缺课的学生又返校学习了，到了数九寒冬，天寒地冻，每当看到一个个穿得破烂的学生冻得发抖时，他就把家中的干柴搬来，下课给学生烧火烤。我小时候家里太穷，弟兄姊妹多，穿的太单薄，冬天还打赤脚，脚上冻起了冻疮、裂口，他就把自家兄弟的旧衣旧鞋袜拿给我穿，还叫他的妻子给我缝过几双新布鞋，真是师恩难忘呀！夏天炎热时，他就利用放学后打了一个简易的泥巴灶，把自家的锅搬来给学生烧开水喝，学校附近没医院，他利用自己一个月仅几元微薄的工资，到乡卫生院给学生备一些头痛肚痛的药品。

学校新建无操场，学生没有活动场地他就带领着他的弟侄们在皎洁的月光下挖操场，每天都要挖到深夜才回家休息。经过一个月的苦战，一个两百多平方米的操场就挖好，从此，学生下课就有了活动场所。

兴隆学校地处河边，河上无桥，每当春夏涨水季节，学生上学不得过河，他就把学生一个个背过河去，三十多年里，未出现过大小安全事故。只因长期被冰凉冷水浸泡，他双脚落下了风湿的病疾。

兴隆村偏僻边远，交通闭塞，文化经济落后，有部分学生家庭缴不起书学费，为了不让学生辍学，在他的教学生涯中，他用自己微薄的工资给学生捐赠书学费达两千多元。

他几十年如一日，一心扑在教育事业上，放弃家里的一切，曾多次遭到家人的埋怨，他只是一笑了之。他常说：我想，谁心中有理想，谁就有无穷的力量，教育好农家后代，改变山区教育落后现状，提高人民的文化素质，就是我执着的追求目标，做一个人民教师，就是我一生的梦想。为了这，他曾多少次披星戴月走访学生家庭，到学困生家中补课，送去春天般的温暖和慈母般的爱。

他坚信，功夫不负有心人，辛勤的劳动必有丰硕果实，每年的金色九月，定是收获的季节，他历年来所教的学科成绩都是名列前茅，所任毕业班升入重点中学人数位居全乡之冠，九四年所教毕业班成绩获当时黔江县第一名，曾多次受到各级政府、学校表彰奖励。

他为教育付出的一切，党和人民没有忘记，1992 年 9 月被黔江县人民政府授予"优秀教师"称号，1994 年 9 月获得全国"希望工程园丁奖"1995 年 9 月他终于成为了一名公办教师。

每年的九月，退休的他都要到工作过的学校走一走，看一看，了解关心学校的发展变化,给学校提合理化的建议。他常说:如果有来生,我还会选择当教师,再回到兴隆村小任教。

作者简介：李绍洪，重庆市黔江区城南中心校教师。从教 39 年，曾在黔江区杉岭乡中心校任党支部书记、副校长、工会主席 23 年。在《武陵都市报》、《武陵杂志》发表诗歌、散文、小说多篇。

在巫溪从教的第一站

凌云度

1963 年 8 月 13 日，万县师范五个中师毕业班的 250 名学生，集中在学校大礼堂，听校长卫季声作毕业分配动员报告。

8 月的万县，骄阳似火，十分炎热。万师没有电，更谈不上电扇，热得汗流浃背。但同学们怀着一颗火热的心，为即将走向工作岗位、做一个光荣的人民教师而兴奋着。偌大一个礼堂，鸦雀无声。我们深怕听掉校长一句话，听错一个字。卫校长说："万县师范毕业生，而向万县地区九县一市分配。而两巫一口（巫山、巫溪、城口）属边远地区，条件艰苦，更需要教师。同学们应该愉快地到边远地方去工作、去锻炼；同学们应该服从分配，必须服从分配。不服从分配的一律不分配。"句句说得铿锵有力。接着，念分配名单。名单公布完毕，同学们有苦有忧，但没有一个人说怪话。大家回到宿舍都忙着收拾自己的东西。一床被盖、一口小箱子、一包简单的衣服，最多 30 来斤。

分配到巫溪三十名同学，女生六名，男生二十四名。领队是男生熊威和女生王永兰。学校要求 8 月 15 日前务必赶到各县文教科报到。一是好安排学校工作，二是八月份还可以领半个月工资。边远的三个县，巫山通水路。巫溪、城口不通公路，分到巫溪、城口的同学，必须连夜起程，才能按时赶到。

到巫溪的同学，决定分两路走。一路从巫山，由熊威带领两个同学押运行李，乘木船沿大宁河上行。另一路乘船到奉节起旱，连夜步行，由黄自力当领队。沿途边走边问，还记到本子上。老乡说：到巫溪要翻宝字山，经寂静岭、干溪口、五道水、长河坝过河，一路翻山越岭，踩水过河，人称七十二道脚不干。晚上赶路，又累又饿，个个十分疲惫，沿途找泉水喝，又买不到东西吃，一些女同学走哭了。

好不容易到了长溪河，包了一支小木船，船费 30 元，负责送到县城，大家很高兴。特别是女同学，都抢坐在船头，好看沿河风光。船行上水，全靠船工跳下水用纤绳拉，还喊起号子，加之天气十分炎热，拉了一段水路，船工脱光衣裤，一丝不挂，跳进河里，弄得女同学不好意思，只得趴下假装睡觉，头也不敢抬。

船到县城，正是下午6点钟左右。家住万县市的张永兰同学，长得又高又胖，脚走肿了，拄一根竹棒棒，一走一拐，到文教科门口，把教育科副科长但中富都逗笑了，他说："这个女同学要特殊照顾。"后来，果然分到凤凰小学。

第二天，在人委小礼堂听副县长谭悌生作报告。谭县长是云阳人，是下川东地下党负责人之一。"他头发花白、年近花甲、中等身材、显得很有精神，讲起话来滔滔不绝。他说："巫溪是全国药材红旗县，1958年受国务院表彰，有周总理亲自颁发的奖状。巫溪人民淳朴，山高谷深，条件艰苦。瘦土出韧竹，可锻炼人。希望同学们练出一颗红心，练出一身本领。"但科长说："巫溪山高冬天很冷，哪些同学缺棉被，登记起来，我们向政府反映，可以解决。哪些同学有病，身体不好，特别是患风湿关节炎，可以适当照顾。"没有一个人提出照顾，都表态服从党的分配，深怕自己落后。

刘中华分到通城很高兴，以为通城是个好地方，有长长的街。我分到凤凰区白赶小学，去问街上的人，都说不远，通公路，半天就到了。黄自力同学是忠县人，分到八区高楼河。去问街上的人，都说与城口接界，又不通公路，还要爬山过河。他历来是个乐观人，打起哈哈笑，立马到街上去买草鞋，找柱路棍，又准备第二次长征。

分到县城的有3人：熊威到城小，王永兰到县广播站，张德根到水利科。熊迭生塘坊小学，刘仁方茶山小学，王化碧石安小学，徐正富黄家小学，陈开金谭家小学，黄功容黄阳小学，任开元黄家小学，何懋棋黄家小学，曾学禹万古小学，沈毓斌建楼小学，向定金通城小学，何其海渔沙小学，孙金华上磺小学，黄梅忠宁厂二校，万富涛青龙村校，姚时勤谭家小学……

我与张永兰同学一路步行到凤凰区校长吴纯彦那里报到。吴校长平易近人，对人热情，又倒洗脸水又泡茶。过了一会，张永兰被凤凰小学迎走。

我一人继续赶路，走到白赶小学已接近中午。我第一次在白赶小学同事们一起吃中饭。吃的是包谷面面饭。我生在云阳与万县交界的凤鸣区，长期习惯吃稀饭，包谷面这样吃法，从来没见过，像锯木面一样，含在口里不敢吞，鼓着勇气吞下第一口，以后逐渐习惯了吃包谷面饭。校长杨祖华、总务王明涛，亲自给我安排寝室，扫地擦灰，使我有宾至如归的感觉。怕我差钱用，先让我领半个月工资，14元5角（每月29元）。

下午放学了，老师们都扛上锄头，到校园地劳动，挖地、点菜。劳动中，

男老师不时说点笑话，逗得女老师哈哈笑。

晚上，老师集体办公。一人带一盏煤油灯，有的有灯罩，有的是用小瓶瓶自做的。大家围着一张长方桌聚精会神的备课、批改作业。我任四年级一个班，每周近 30 节课，要求堂堂有教案，作业全批全改，学校定期检查。晚上，集体办公两个小时，早上做早操，集体政治学习一小时。每周一个下午劳动一个下午家访。每次家访要在登记簿上填写被家访的学生、解决什么问题、效果如何。一月一次民主生活会，开展批评和自我批评。还要轮流管教师食堂一个月伙食。一周排得满满的，基本上没有空闲时间。之后，又要我教三、四年级复式班。

1964 年，上级要求办耕读学校。国家不拨一分钱，租用民房，自带桌凳，请当地有点文化的人作耕读教师。教师的待遇由生产队评工分，学生半天学习半天回队劳动，故名耕读学校。中心校老师常常抽下午、晚上去协助组织入学，解决办学中的一些实际问题，辅导业务。

第二学期，学校安排我当大队辅导员，少先队工作有计划，有总结，有评比，每期开展一次拥军优属活动，分中队给军属送柴。春季带领少先队员植树造林，口号是"我是小树的主人，我同小树一起长大"。学校设有拾金不昧投递箱，学生拣到一分钱，一颗小纽扣，一截铅笔头，一把小刀，都往里面投。班上设有好人好事登记簿，使少年儿童从小养成勤俭节约、助人为乐的良好品德。少先队员人人争当先进，做到老师在场不在场，遵守纪律一个样；校内校外表现一个样；学习出满勤，天晴下雨一个样；爱清洁讲卫生，天天一个样。白赶小学少先队活动开展得好，被团县委授予"优秀大队部"光荣称号。

1965 年，我任白赶小学教导主任。学校又增设一个农中班，由甘海涛、姚开龙、卢祖铭 3 位任教。近百名学生，可热闹了。师生热情高，学校越办越兴旺，工作有乐趣。白赶是我工作的第一站。

作者简介：凌云度，重庆市云阳县人。1963 年 8 月万县师范毕业，分配到巫溪县，先后在巫溪县凤凰区白赶小学、胜利中心校、凤凰中心校、凤凰区教育办公室工作任教师、校长、区教育办公室主任，2003 年退休。

值得回味的那些日子

左茂松

1973 年初，我有幸被调到巫溪县下堡小学接任三年级教学工作，李芳园、杜正坤是学校负责人。我的印象：他二人一个是百事通的良师益友，一个是进取派、实干派，特别关心人的大哥哥，我在这珠联璧合的部下当兵，自然学到了不少知识和宝贵的品质。特别是得到了很多关照。

那时的学校一般没什么文体生活，除了大半天课以外，下午或是学文件，或是修大寨田，或是各居各位，而我校则不同，二位领导调动全体教师的积极性，组积多种文体活动，有弹琴唱歌的，有打篮球的，有打乒乓球的。最好笑的是陈绍志、何兴言、龚道林、屈永才在打乒乓时还时不时冲壳子讲 "很"话，甚至撒痞，结果有时输得一蹋糊涂，相互之间俏皮的挖苦，而女老师在一旁都笑弯了腰，生活一点不枯躁，一点不寂寞，大家亲如兄弟姐妹一般。

那时候没有教学大纲指导下相对应的教科书，但学校没忘记对学生德、智、体的全面培养，强调重视基础知识的教学，要求老师们找准各班各科存在的弱点，想法提高。因此，我发现刚升入三年级我班学生写的字很不规整，东倒西歪认不着。在那个年代的人是很注重写字的，往往用"张口几句话，出手几个字"来评价一个人的水平，我应该从最基础抓起，于是我找来一块小黑板，画出田字格，找出适宜三年级的具有代表性的各种结构的字，在小黑板上规范书写，有些字还要求找到主笔，每天练 20 分钟，一学期下来就有了明显的效果。75 年西宁中学教师孙勇接任初一的其中一个班，他于同年 10 月来我校向我说："我班上来自九个公社的几十名学生，为什么下堡的学生写的字那么统一？好象是一个人写出来的一样，我最爱批改下堡学生的作文，因为字好认。"我回答说："这得归功于学校领导的正确导航"。当然在现代化的今天，也许这点区区小事不值一提，甚至是徒劳的，但不管怎样我多少还有点成就感。

当时区委书记向廷国对下堡小学的办学方针、方式和方法很赞赏，他看在

眼里，想在心里。1973 年初，他居然把在城小读书的女儿向莉转学到下堡小学读五年级，他这一举动是对下堡小学最好的褒奖。

李芳园老师是我心中的百事通，在知识面上，天文、地理、历史、数学等，不管我们遇到什么不懂的问题去请教他，没有他不能解答的，而且态度十分和蔼。

杜正坤老师十分关心失学儿童，在那个不讲"四率"的年代，他高瞻远瞩，凭着一颗朴实善良的心，吃苦耐劳，常一人独自下队找失学儿童家长做工作。记得我班上一个高山的学生辍学，农村狗多，我怕狗咬，他在百忙中陪我到这个学生家中做工作，硬是将这个学生弄到教室上课，从而改变了这个学生的命运。生活上，杜老师象一位大哥一样关心每个教师，特别是和其他老师一起为我举办婚礼而辛勤操劳，至今还感激不尽。1978 年我调离了下堡小学，临走时杜老师送我一本厚厚的、8 元钱一本的、价值千金的词典，要知道他当时月工资还不足 30 元，且家住农村，这让我感动万分。几十年过去了，前些年我终于见到他，他对人还是那么热情，还是那么充满活力，我非常高兴，曾请下堡退休教师周发贵帮我打听杜老师的生日，可周老师却说："你不晓打听得，他刚过完生日，别人送的东西他一律拒收，连亲戚的都不收，他这个人只对别人好，不许别人对他好……"。尽管如此，我还是试着去看望他，果不然，他却以另外的方式更多地返回于我，这份兄妹般的情谊至今难以报答。

我工作 36 年走过四个区，到过七个单位，细细想来，最让我开心快乐的，最值得回味的，最难忘的时光就是下堡小学那几年，因为那里曾经有德高望重的领导，有亲如兄弟姐妹般的老师们，还有我可爱的学生。

作者简介：左茂松，女，重庆市巫溪县退休教师。1966 年奉师毕业，先后供职于巫溪县中鹿、尖山、田坝、石门、通城、红路中心小学、城厢镇教育办公室。

送你一双别样的眼睛

马佾

在竹溪县或者十堰市教育界，提及欧胜宝，人们是如何评说的呢？以我愚蠢的看法，不外乎是竹溪县最年轻的中学高级教师（评上时才 34 岁），十堰市最出色的书法艺术家（省教院进修时，参加一届全省教育系统组织的大赛，第一名），十堰市十大名师，十堰市十佳名师，十堰市三星级教育专家，竹溪县坚持时间最久的校报《教科研论坛》首席顾问，今年又被评上湖北省中学语文特级教师，等等。

在我的心中，却不是这样的。

依稀记得，一位穿着整洁素朴的身影，从县一中木板楼台阶上走来，这就是欧胜宝吗？那是在 1988 年，我在一所农村中学任教，自费办着一份名字叫做《豆蔻心声》的小报，月报，每期 1 万 2 千字。小报四开四版，其中第四版发表教师关于教育教学的文章，听说欧胜宝这位从湖北省教育学院进修回家的教师，在县高级中学任教，遂产生向其约稿的念头。那是一份随着我的调动编辑室地址随之变动的小报，能够坚持下来，是不是与这位在那时候就成为特约编辑及顾问有关呢？

龙山洼，是流传着朝秦暮楚这个故事的地方，欧胜宝小时候，当他抬脚就走到秦国，极目远望，涌上心头是什么？当他在收脚回楚国的当头，心中又转的是什么念头？山脚下一间简陋的小屋，整齐地摆设着他从各家各户收集来的香烟盒，那是一个没有纸张的时代，1962 年出生的欧胜宝在流连于别人门框上的对联时，便开始了收集香烟盒的历史。香烟盒上，是铅笔字一笔一划的影印，一笔一划的描红，然后是钢笔在铅笔印迹上一次书写，再往后是毛笔一个字一个字的勾勒。一张香烟盒四次书写，谁能够想到，写出了十堰市有名的书法家来呢？

竹溪县 32 万人，近四千名教师，竹溪县只有三名是省书法协会会员的，其中有一名是欧胜宝老师。十堰市有多少名教师？又有多少名是省书法协会会员呢？又有几名教师知道，欧胜宝老师备课教案，学生作业批解，平时便条留言，与朋友联系，都是用毛笔书写的呢？这一切有几双眼睛能够看到？

那次会面，欧老师为我报写了一篇小说，名唤《变态》，寓言味极浓的。县文联机关刊物《绿野》编辑看到我送去的刊物，也选载了这篇文章，后来，欧老师共为我刊写作近十篇小说，推荐学生作文数十篇。而《变态》一文，至到今天，我仍然认为是竹溪县必须写进文学史的一篇文章，其意义与当年写农民觉悟的《一车好炭》相当，那是竹溪作家野莽写于上世纪八十年代的作品，依靠这部作品，野莽他走出竹溪，走到省城，走进北京城。

"常老太爷回来了！

全村娃娃大小都飙飙声地跑来看。常老在门前立刻摆起一摊子人。小娃子们在大人的腿林中梭来梭去。

常老大媳妇张秀桂忙得院子里飞进飞出。老天保佑，老爷子没让大城市迷住，不到半年就回来了。我们的宝贝儿子福气是好……"

当年的我，发誓要听完县城周围学校语文教师的课，那也是上世纪九十年代的事，我用二年时间做到了。那是对升学率没有今天这样变态的要求的时代，才可能做到的事。今天，教师必须要坐班的，没有时间也没有精力做这样的事了。无疑，欧老师的课是最好的，在古文讲述时，他是老夫子，在现代文讲述时，他是奔走在时代前列的演讲家，在讲作文时，他是描绘生活刻画人生的大师，而在对学生辅导谈心时，他又成为学生的大哥哥了。那几年，我与他走访了他所带班学生大多数的家，那是分散在县城周围上百里地的范围呀！那是一个暑假的事。如果说，胡世奎是我在为人上的老师，甘武仲是我在做事上的老师，那么，欧胜宝则是我在做学问上的老师了。立志于学，我是在那个时候下定决心的吗？而在《读书》等国家级学术期刊上发表文章，也是与欧胜宝老师交往以后才有的事吧！

所以，十堰市高级中学，没有听过他的课，就把他调动到该校了。

而我，少了一名老师。

作者简介：马伶，湖北省竹溪县教师。毕业于郧阳地区农业学校，始执教于职业高级中学，后任教村小，今执教于花桥中学。自费创办乡村校园刊物，由油印而网刊，后主编人教社网刊《师说》，今主持《师说》微公号。在《读书》《中篇小说选刊》《教师月刊》等刊发表作品数十万字。

送你寻找的梦花

马伱

"有山必有雾，有雾必有烧香的信徒。奉劝执迷不悟的当权者呀，信徒的头不会白白地叩""乌鸦站在猪背上说，我从来没见过这么黑的东西，它不知道，猪还有四个白蹄子呢？"时不时的，这一句句话，从我的心中流过，偶尔还伴随着对于生活与社会的联想。

这是 1980 年，曾忠平老师在城关镇中学任教时，给学生们抄写的几句名言。某不才，忝列门墙，师从曾老师二年，那时候他是我们的班主任。年少俊俏，风度潇洒，文采流溢，遂成为我们同学们的偶像。曾老师出口成章，对我们学生学习情况，生活情况，心理养成等，大多数都是用诗意的句子进行评说的。

爱好语言文字，是班上学生的必然的选择，可是，反观近年来我们同班同学，走上社会后，做文字工作的，一个都没有耶。是曾老师的文采还不够突破瓶颈吗？显然不是，在我们学习时，偶尔，曾老师会拿出一份报刊，让我们欣赏，上面有他的精美文字陈列着。那是在上世纪八十年代，一个报刊杂志极其稀少的时代，自然而然，达到发表级别的文章就少得多了。可是曾老师都有文章发表的呀。

以我现在的眼光来看，当年曾老师的水平并不算高，无论从学术修养还是教育水平，更不用说对学生心理学的研究了。后来我从学校毕业，从事教育行业，到曾老师家里去过一趟，曾老师的学术修养以有了极大的提升，成为竹溪县有名望的明师了。以我现在的眼光看来，那时他的学术修养仍然未有突破性的进展。曾老师不以学术功底见长，而是以自己的热情与执著，以自己的全力投入与竭力工作为特长的。最出色的，当数他对学生的思想开发了。所以，曾老师在县一中，据说是第一个被评上特级教师的。也因为他的特点，后来，他远走高飞在异地它乡谋生去了。

高尔基说过，读一本好书，就是与许多高尚的人谈话。曾老师在我们读书时，究竟为我们读过多少书，为我们抄写过多少名言警句，为我们分析过多少人物

形象，为我们补充过多少课外知识，现在已经无法数清了。只是偶尔间，从我们心头跑出几句，那是当时无法理解的句子，而现在领悟了。

那不是教书，那不是教知识，当然，那也不是教学生学习课本。那是曾忠平老师偶尔兴起的游戏念头吗？还是他自己无事时，对学生们玩的迷藏？现在我们无法知道了。

在课堂上，在校园里，在课外活动时，曾老师劝学生多读书，多思考，多反省自己的行为，多集中精力学习。1980年的镇中，是一个谈恋爱最流行的年代，由于读书发蒙迟，许多读初中的学生已经很大了；因为高中部与初中部在一块，大哥哥大姐姐们与小弟弟小妹妹们，无知懵懂的少男少女，多情怀春的年龄；那是一个手抄本流行的时代，一本本泛黄卷皮的薄册子，在许多手中传来传去；那是一个青春期教育极度缺少的时期呀！我们班上居然没有谈恋爱的。而曾老师没有对我们进行严密的监督，在班上发展许多"跟班"那是很多班主任拿手好戏，没有对我们进行禁止接触，反而多次组织我们班上学生在外面游玩娱乐。

是因为读书而使得学生们心理迟顿了吗？还是对于他的放手，我们反而真正远离？又或者，只是对此无心关注？

现在想来，很多很多的事，我都已经模糊了，只记得，在曾老师的课上，有许多许多精美巧妙的句子，有许多许多深透奥妙的文章，有许多许多正反对比的思维，有许多许多现在已经模糊而偶尔突然晃出来的念头，从心底流过。

曾老师，远在它乡的你，现在还好吗？

作者简介：马佾，湖北省竹溪县教师。毕业于郧阳地区农业学校，始执教于职业高级中学，后任教村小，今执教于花桥中学。自费创办乡村校园刊物，由油印而网刊，后主编人教社网刊《师说》，今主持《师说》微公号。在《读书》《中篇小说选刊》《教师月刊》等刊发表作品数十万字。

一份爱，永世情

田运来

正准备课件，电话响起，一陌生的来电："老师，你好。我是你的学生，听得出我是谁吗？"

我仔细地想了想，什么也想不起来。

"对不起，听不出，你是？"

"老师，不要说对不起，我是孙琴呀，木子学校的……老师，我回达州来办户口出去，以后也许很难回达州了。我想请你、吴老师、袁老师他们聚聚，感谢你们当年对我的关心。有空么？"

那一年，我刚毕业，分配到木子初中，任七二班语文老师，班主任是数学老师——吴老师，年龄与我相仿，也是才毕业的。刚走上工作岗位的激情和初生牛犊的闯劲，表现为对班务的尽力而为，师生关系也很好，短短二三个月，便与班上的学生有了深厚的情感。

那是十一月的一天，班上有位住在金垭场镇叫孙琴的学生没来上课。忙完白天工作，吃了晚饭后，吴老师、袁老师、我，还有一位家住在金垭场镇的老师，相约去家访。

金垭场镇距木子场镇有十余里路，虽有一条公路，但属乡级路，无人管理维修，路面凹凸不平，无车辆通行。

我们一路步行，才走到一多半，天已黑下来了。当我们敲响孙琴家门的时候，听到的是孙琴稚嫩、略带惊恐的声音："哪个？是哪个？"当听出是我们几位老师后不久，门开了，孙琴站在晕暗的灯光里，弱小的身躯显出单薄和孤独。进得门去，好像只一人居住的样子。一问，果不出所料：父母离异，母亲外出打工，无法照顾孙琴，孙琴只身一人在家上学，家中一切事务均是孙琴这个十二岁的小孩承担。家务的劳累、漫长的上学路……把一个十二岁的小女孩击垮了。

我的眼前浮现出这样的画面：幼小的孙琴一放学，就急忙往家跑，十几里

路要用一个多小时的，更何况天黑得又早，剩下的几里路是要摸黑走的，终于带着惊恐回到家，得马上做饭，还要做作业……几点入睡？我眼已模糊。

对这个被生活所困的小女孩，我们是那么的无力，早想好的说词一句话也说不出来，那时，我感觉到了做一个老师的悲凉，还有我们农村孩子的无奈。我们只能鼓励她要树立信心，坚持下去，唯有读书，读好书，才是我们的更好出路，希望她能继续到校学习。

离开孙琴的家，我们一行人沉默着……

一隔十余年，孙琴还记着我们。我也记着当年那个小女孩 --- 单薄的身体与那惊恐的眼神。现在，不知她的父母如何？她的生活又如何？

聚会的日子，因临时有事，便无幸参与。参加了聚会的吴老师、袁老师说："孙琴很自信，发展得很好，有了自己的事业，她很怀念当时的读书生活。"

我思忖良久：一个人不管从事什么工作，只有尽职方能尽心，只有尽心方能受爱戴。

愿每一位学生安好。我默默地祝福。

作者简介：田运来，四川省达州市乡村初中语文教师。从教二十余年，先后担任了学校班主任、团总支书记、安全办主任和办公室主任，对教育教学有着深邃的认识，对教师职业有着特殊的情感，并练笔不辍，其中《校园伤害事故成因对策浅析》被达县教育局评为一等奖，《农村学校安全隐患面面观》被中国教育学会中小学安全教育与管理专业委员会评为一等奖（2008 年 4 月），《那年，那事》被达州晚报刊用，《杨槐花开》被《幸福达川》刊用，多篇教育新闻被区县报刊刊用。

我错了

张振娜

我错了！——心情既高兴，更复杂。

华灯初上，我在三楼阳台洗衣服，听到楼下有人喊"振娜老师！振娜老师！"我探头往下看，"谁？"一个骑着摩托车的男孩子，车尾还坐着一个戴头盔的男生。

他仰着头喊："张老师，还记得我吗？来看你！""你是张老师吗？"阳台只开着电灯，灯光有些昏暗，我边下楼梯边在心里嘀咕："有事吗？"心里头电光火石般闪过一个念头：找我帮忙的吧？又是读书的事！这个念头几乎很笃定了，一直到他们落座后这个想法还在脑海盘旋。

"还记得我吗？老师？"放下两袋水果的青年一叠声问着，热切而期待的眼神看着我，嘴角的笑意满满。

我看着他，大脑快速地搜索、比对……却一片浆糊，无奈只能含糊其词——他连忙自报家门："我——扬！您肯定不记得我，张丹丹还有印象吗？你当年的课代表，我表妹呀。"哦，我当年是他的初一班主任兼语文科任，丹丹？印象中浮现出那个扎着马尾巴，戴眼镜，蛮可爱的女孩子，当年成绩相当不错，"她现在西安读大二哦。"

这个 23 岁微胖的小伙子，真的只是如他所言，来找他心目中印象最深、最好的语文老师——坐坐而已？

"当时太调皮了，总是惹是生非麻烦老师们……这么多年了，想想其实还是读书好，可惜他们不知道啊——"初二下学期便辍学的他颇有感慨，指着旁边的表弟小盛告诉我，他们一家在深圳坪山已经买了房子，因为信誉好，五金店生意还不错，……谈话间，得知他昨天才回来，6 年这是第二次回来，上次回来是外婆去世，就想来看我，但因为不大吉利没敢真来，这次下定决心来了，不太肯定我家的具体所在，他还特地打电话到西安问丹丹求证，"丹也说你应该没有搬家，所以，我就凭记忆找来了……"啊，打长途电话到西安，为的是

来看一次我！我的心咯噔一下。

"你是最"劲"（客家话，活力充沛的意思）的老师，教学方法与众不同，对我们又超好。"他笑眯眯地回忆着，似乎感慨万千，"小盛9月份也要上初一啦，我就想带他来见识一下我心中最好的老师。"他拍着旁边略显拘谨的小男生，"小盛你也要加油哈，争取下学期考上纪达中学，才能遇到振娜老师。怎样，现在先带你来见见，名不虚传吧？"不改嬉皮本色的他，冲表弟挑挑眉毛。

"老师，还记得吗？初一的时候，我有一篇文章，写爸妈的，你夸我写得好，我记忆好深，偷偷高兴了好久，春节爸妈回来，我还献宝一样给他们看呢，……还有，一次你看我后桌的笔记，他借我的笔记抄，你翻到我的笔记本，马上说'没错，这是扬的字'，哇，你居然记得我的笔迹！我当时很吃惊……老师可能忘了，我还记着呢。"眼前的他神采飞扬，侃侃而谈，我凝神听着，笑了，却一点印象也没有。

"还有那次军训，隔壁宿舍有人违反规定偷带了几百元的游戏机，结束之前一夜游戏机被盗了，教官他们非常光火，几个宿舍的人都被罚，那太阳太晒了！有人怀疑贼是我啊，你站出来和教官说：'不可能是他！不可能是我的学生！'哇，老师，你当时的表情太酷了，也幸亏你和教官一起想办法，还真的把贼找出来了！"在扬的娓娓道来中，功夫茶续了一杯杯，记忆的碎片被一点点拼凑了。

在这个夏风沉醉的夜晚，我曾经思考了很久的一个问题得到了答案，对学生而言，若干年后，我留给学生的印象，他们会记住哪些？能记住哪些呢？或许，就是一些曾触及他们灵魂的细节吧……我确认，原来，自己曾经那么不设防付出的，一点点的关注，一点点的肯定，真的能被一个曾经的痞学生当作读书生涯中为数不多的记忆暖点，留到现在。

快十点了，"老师，您明天还要上课，我们回去吧。"次日要回深圳的他一再表示，下次，春节时和丹丹一块来看我。"真的，我一定来。"灯光下他的笑释然又郑重。

送走他们，我在窗口看着楼下的路灯，想起最初的那个念头，扬，我错了！春节来吧，我备好清茶等你们。

作者简介：张振娜，女，广东省揭西县纪达中学语文高级教师，国家二级心理咨询师，中国关工委高级家庭教育指导师，美国认证正面管教家长、学校双讲师。广东省首批省级骨干教师，省中小学教师资格考试面试考官，省十佳阅读教师，揭阳日报社《教育周刊》特约撰稿员，第六届潮汕星河辉勇师表奖获得者,多次执教省、市、县优秀课例获奖,多篇教学论文及教学设计在全国、省、市获奖,主持完成三项市县课题,长期负责初中毕业班语文教学工作并参与中考阅卷评卷工作,曾受邀前往多个社区、学校、教育机构及企业单位开展中考备考和家庭教育讲座,近两年在省内已开办数十场次线下公益讲座,100多节线上公益微课,颇受好评。

三生有幸

谭宝

我该道别了，向万州道别、向三院道别。在这一切都完结了的时候，我想了想，我和脚下这片土地的关系，似乎现在只有回忆了。

有人说"你永远不知道你有多么喜欢一座城市，除非到了离开的时候"，现在，我知道了。在这个桀骜不驯又孤单的星球上，曾经有那么一个地方，给过我温暖、感动、陶醉、欣喜。那么多美好的风景让我念念不忘，夕阳下的钟楼，夜幕下静静流淌的长江，马路上随风奔跑的孩童，大街上一首悠扬婉转的歌，静立街角的老店，以及摇曳的花朵、微笑的阳光。让我感动的究竟是事物本身还是那些美好的瞬间？似乎都是，又似乎都不是。每个瞬间都会凝结成回忆，在某个温暖的下午，泡一壶茶，拿出来翻翻，随着灰尘一起飞扬不停。

我喜欢在微风轻抚的日子里，站在万州街上看匆匆走过的人群，以及人群中漂亮的姑娘。白裙轻扬，秀发蓬松，冰肌玉骨，眉目如画，美得如同心动，似云雾间隐约可见的仙子，如同庄子《逍遥游》中说的"肌肤若冰雪，绰约如处子，不食五谷，吸风饮露，乘云气，御飞龙，而游乎四海之外"。我也嫉妒万州的男子，大义凛然，无畏无惧，帅气夺目，酷劲儿十足，颜值高，身材好，还巨有钱。他们像冬日里的阳光，温暖明亮；河岸边的翠竹，清新爽朗；似空谷中的幽兰，散发着迷人的香气。他们像诗一样灵动多情，像音乐一样欢实自在，像梦一样迷离徘徊，像情人一样牵引陶醉。就像曹雪芹写的"面若中秋之月，色如春晓之花，鬓若刀裁，眉如墨画，面如桃瓣，目若秋波，虽怒时而若笑，即嗔视而有情"。

相聚时如白驹过隙，忽然而已，回望时却相隔万里，遥遥无期。某个团圆的晚上，热气腾腾的屋子里，有酒有肉，有说有闹，有笑有哭。歪歪倒倒的坐在了一起，说了些真心的誓言和内心的梦想。不如我们定下一个约定，看看十年后的我们，彼此又在哪里，听谁的歌，看谁的字，身边的人又是谁？十年后走在人群中，你是怎样一个人，被人仰视，那自是锦树银花、春风的意；被人俯视，俯首于世俗，满足、谄媚与疲惫。某一天，在某个繁华的街头，你远远的向我走来，你好像瘦了，头发也变长了，身影陌生到让我觉得遇见你是上个世纪的事，然后你开口叫我的名字，我就想笑，好像自己刚刚来到这座城市，只是第一次遇见你而已。怅然遥相望，知是故人来。

一切才刚刚开始，在这个六月。六月是仲夏的日子，六月也是离别的时节，一切都未知，一切都是崭新的，一切都是热烈的。在这个早晨，一切都将醒未醒，空气又淡又清，张开口鼻，抢得一角阴影绰绰的清晨。拾起一片落叶，从一个城市到另一个城市，努力奋斗，努力工作。

面对离别，该如何表达我的不舍，该如何克制我的悲伤，该如何微笑地说声再见。也许，我永远都学不会，只能在美好的一天，用朝圣般的心，坐在这里。当故事终结曲终人散时，默默的擦去黑暗中的泪水，等待天边亮起，也待故人重逢。

三生有幸，邂逅万州；三生有幸，来到三院。

作者简介：谭宝，重庆市城口县厚坪乡中心小学教师。重庆市首届全科师范生，担任班主任，从事语文学科教学及教研工作，擅长书法、剪纸，爱好文学创作。

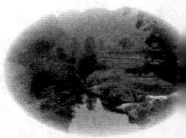

一首歌牵出的回忆

李明

上世纪八十年代初期,我接班补员后,到县教师进修学校短期培训了三个月,由于在这之前,我正在本县恢复高考后选招的第一个重点高中班上学,打算圆一个师范专业的大学梦。哪知才读了一年半,父母出于无奈,硬是几次三番说服让我退了学。

回想起读高中前,由于家庭历史原因,我好不容易才上了两年农村初中。那时的我,偏偏酷爱读书,想方设法都挣钱买书来看。曾经到农村田埂上采过前仁,到农民收获过的附子地里捡过附子,甚至到水泥厂的建筑工地去背过砖……用这些钱买了好些书来读。考上高中后,更是忍饥挨饿省钱买书读。这一切的一切,就是为了心中那个梦寐以求的理想。可如今,这美梦瞬间就彻底破灭了!

记得那时很好面子,异常反感老人向别人介绍我是接班的。在那个人人拼搏进取的年代,"接班"就是"没本事"的代名词,骨子里被人瞧不起。可是老人哪懂这些,还以为孩子能接班是一件十分光彩的事!

接班也是要考试的,当时的文教局就告诉我们:考上了就去当教师,考不上就到学校做炊事工作。那时的人老实,考试也很逗硬,不像现在的人,考试老想抄。不幸中的万幸,我考了个第一名。

印象最深的是,文教局曾为我单独下过一个文件,里面有"工作暂分配到城口县教师进修学校"字样,惹得同时接班的一批人好生羡慕。可我知道,短训一结束,等待我们的将是最严峻的考验。

那段日子,特别喜欢一些伤感的歌曲、诗词和影视。学习期间,某电视台正在热播连续剧《今夜星光灿烂》,我天天晚上去看,跟着掉眼泪,由此也学会了那里面的一首插曲《星光啊,星光》。这首歌曲调低沉,旋律哀婉,如泣如诉,与我当时的心境正好相同。

培训结束后，没到十七岁的我，怀揣着"葛城啊，何时才能回到你的身边，再见你那慈祥的笑脸！"的感伤，带着《星光啊，星光》，来到了一个小山村。在这个一人一校的高山村校里，每当下午学生离校，学校空无一人时，在不是操场的操场边，遥望灞溪河畔逶迤的公路，想哭的感觉十分强烈；夜阑人静，在昏暗飘曳的煤油灯下，我或吹笛子，或低吟浅唱，"我走遍人间的坎坷路，星光啊，照耀着，可怜的姑娘，我流尽啊，人间的伤心泪……"，或傻傻地写下一些"……眼前万苦心俱碎，身后千载苦相随。长对明月寄追忆，将手揩泪泪横飞！"的伤心的文字，边写边泪落满纸！

我供职的学校山高路远，常年缺水，离学校半里地的核桃树下，有一个凹坑，缺水时节，提着木桶，到那里去舀水，瓢子虽然轻轻地下去，但水早已经浑浊不堪，常常为了舀半桶水，一等就是半个多小时。一到夏天，为了一口水，还要跑好几里地去找。在找水、舀水的时候，自然也少不了要哼哼"我走遍人间的坎坷路……"。

和我同时接班的一个兄弟，当时分去了明中乡一个叫"酒池"的村小，当时不通公路，从高望出发，途经修齐，还要翻过一座海拔近两千米的大山——易家梁。那年的国庆节，我只身前去看他，在高山小路上，越走越无助，越走越伤心，觉得咱的命咋就这么苦？一路上都哼着"我流尽人间的伤心泪……"唱到动情处，照样涕泪交流！

也是一个长假，我和一个同事，翻过坪坝大梁，到异常偏远的高楠乡高兴小学去看望同期接班的另一位兄长，由于经历相似，命运相同，情感很容易就产生共鸣了，我俩竟一遍又一遍重复地唱着这一首歌走完了三百多里行程，眼里同样闪着哀戚的泪花。

回首这些，依稀如昨，仿佛腮边泪痕犹在。可以说，这首歌伴我走完了我前二十多年的人生！

后来条件愈来愈好，时过境迁、物是人非，同时接班的，有的已故去多年了，有的早已经转了行道，这首歌也就不大唱了，歌词也都渐渐地再也想不完整……现在想想，当时也真够幼稚的，凭当初的那点经历，吃的那点苦头，咋就配唱"走遍人间的坎坷路……流尽人间的伤心泪……"这样的歌？而且还边哼边唱，真真切切流了不少"伤心"的泪水！我想，现在这一代人，就是再唱这样的曲子，大概无论如何，也不会像我当年那样为之伤心动容、以泪洗面了吧？

作者简介：李明，重庆市城口县教师。1963年6月生，中学高级教师，城

口县教师进修学校党支部书记。重庆市散文学会会员，重庆市作家协会会员，出版散文集《巴山深处秋叶红》，获城口县政府首届文学奖，与人合著出版旅游文化丛书《明通井》《天降方斗》，曾在中国水利报、曲靖日报、贵阳日报、赣榆报、阳春报、《三峡文艺》《万州广播电视报》《银河系》《重庆纪实》《关东文艺》《诗城文艺》《巴人》《川东文学》《雁之声》《神地》等刊物发表习作。

我的师之初

龚农

谷子晒干归仓的时候，我得到了去大包小学初中帽子班代课的通知，是大队徐支书传达的，说这是公社的决定，明天就去上课。肩上百斤谷子的重压，顿觉轻松了不少。

千万个知青的命运相似，而获得命运改变的方式却各各不同。根本料想不到，我的知青生活如此短暂，一段农民生涯这么快就结束了。

机遇是不可再来的时空点。毕竟免了日晒雨淋，仿佛一只脚迈在了农门之外。况且，国家恢复高考的消息在国庆节过后不久就公开了，这下有时间复习了，内心一阵高兴。

别看这大队小学的帽子班，要站上那三尺泥巴讲台不是易事。徐支书之前曾不止一次地表露过，只要有招干或招工的机会，会千方百计推荐我，还说队里的知青都呆不长，最长的也就一两年。我当然喜欢听这样的吉言，虽然他的话没有多少依据。我常常按照他的布置，提着石灰水桶，拿起大刷子，在那些稍微光整一点的岩石上书写歪歪斜斜的标语。夜里在晒谷场上，借着月光给社员念报纸，念人民日报评论员文章之类。这些表现，似乎已经增加了在他心中的位置，觉得我是一个可以培养的知识青年。这次，我丝毫不怀疑他所起的举荐作用，甚至包括驻队干部黄同志的美言。

我感激的话里颇带暧昧："只要支书吩咐的事，我尽力办好。肥皂、白酒，我会想办法的。"之前，我已经送去过两块肥皂，白酒实在太不好弄了，只好把埋在苹果树下那坛苕干酒，灌了两瓶送他，那是高中毕业晚餐喝剩的，算我这个班长最后也是第一次贪污行为。

大包学校离知青屋不远，转两个松林坡，过一条弯弯的山路就到了，顶多就20分钟路程。直线距离就两三百米，上课铃清晰入耳，常在知青屋听到一阵音调走样、前七后八的歌声，感觉怪怪的，觉得山里的孩子接受了许多走样的

知识。

　　教这个初中班就两个老师。原先的男老师已被辞退回家，听说他还是个贫下中农子女，文革前的高中生。这几日，所有的课程全由公办老师周老师一人应付，见我从斜坡爬上了学校小操坝，便笑着说你来了这下好了，马上吩咐，你教所有理科课程和体育。不可能有什么意见，教就教呗。我说那领教科书吧，她噗哧一笑：哪有教科书，由你教什么学生就学什么。对此，我颇吃惊的样子。

　　其实，我不应该感到诧异，学生没有课本，老师没有教材，在那个年代不是稀奇事。我读两年高中，不是也有一年全是抄写吗？语文老师还给学生发油印单子，什么《梦游天姥吟留别》、《蜀道难》、《琵琶行》，全是从模糊不清的字迹中读到的。但数理化课程，老师没有刻印只言片语，常常是满堂抄写，写得手腕发软，而讲解的内容却听得似是而非，顾此失彼。

　　两手空空第一次上讲台，心里不踏实。我提出回知青屋找点材料，不料周老师已经提起手包，说她今天有事回公社一趟，让我教完全天课程。

　　既无退路，只得硬上。我做了这样的安排，先上一节体育课，然后数学、物理、化学各上一节，一天的课程就差不多了。其实，山里学校特别是一人校，上多上少全由老师决定。

　　稀稀拉拉、弯七八弓的队列已经站好。说是操场，也就是山顶上挖出的一小块平地，几十平米，坑洼不平，一块破烂木板钉着一个歪斜的篮框，算是篮球场。操场坎下便是一溜陡坡地，布满荆棘和洋槐，下到坡底就是清清的坪坝河。

　　做完体操，我便让男孩子先打篮球，女孩子跳绳，二十分后交换。在一阵欢闹声中，我获得短暂的轻松，没有时间回味第一天当老师的感觉，一心只想能将今天平稳地度过。

　　忽然操场上寂静无声，"报告老师，篮球滚下坡了。"预料的事情发生了。这个篮球是个宝贝儿，它引来了孩子们的多少欢乐啊，没有它可不行，没有篮球玩的体育课多么乏味。立即安排学生分头下山找球，孩子们一溜烟就钻进了坡里。一个小时过去了，没有消息回来。估计是滚下河了，万一被水冲走了怎么办？我迅速带起几个学生，连冲带跑赶下河边，沿河分开队列，拉网式搜寻。秋天正午的太阳，头上无遮无拦，依然感觉火辣辣的。

　　正要决定收兵返回时，朱锡佑同学抱起个篮球跑到我面前，不禁大喜过望，来不及表扬他的功劳，忙问在哪里找到这宝贝儿的？他努努嘴，朝一处浓密的刺丛一指。原来，篮球就躲在河滩的荆棘丛中，在几十双眼皮下晃过，大家不禁兴奋而慨叹，篮球总算失而复得。同学们告诉我，其实这个篮球经常滚下坡，甚至一堂课里发生几次，不过每次都能找回来。注定这篮球不会丢失，一个神球！

大半天的时间都费在找篮球上，今天的安排算是被彻底打乱了。

我不禁思忖，怎能怪山村学校自由散漫，没有时间观念？即使你有强烈的紧迫感，又能整出个什么大名堂？如同一辆破旧汽车，修车的时间远大于在路上跑车的时间。

乡邻们称呼我老师，热情而真诚。一般放学在下午两点，恰好是当地群众午饭的时间，路过农户的家门口，总有笑脸相邀："老师辛苦了！到屋喝口水再走嘛。"我也不甚推辞，径直走到火塘前，往沾满草木灰的长条凳上一坐，接过污渍斑斑的茶罐子就咕隆一阵猛喝起来。没过一会儿，一大碗烘洋芋就递到我面前，有时是两颗煮鸡蛋。要说，社员们对外地知青一般是有距离感的，别说喊你喝茶吃洋芋，就是见面也是远远地回避，因为在他们看来，这群城里来的年轻人，简直就是一群不劳而获、五谷不分的捣蛋鬼，干尽偷鸡摸狗的坏事。早听说对面光明大队的知青，去年冬天趁黑夜抓来几十只鸡子，三天三夜大肆饕餮，吃不完的还打包背回了重庆。

社员们把我当老师尊敬。与其说尊敬我这个人，不如说是在淳朴的乡间，尚存尊敬书本、崇敬知识的好风气。老百姓把希望寄托在孩子身上，也寄托在老师身上，但无法选择谁来教孩子，此时他们认为碰到了一位好老师。

就我做代课老师这事，社员们的认同感高度一致，原因是流传着有关我的一些"神奇"的说法。最令人惊异的有三：

第一件事是蔬菜种得好。我种的大白萝卜、大白菜，像一个个肥壮的小矮人，社员的菜反而相形见绌。对此，他们对我这个从来不懂庄稼的年轻人刮目相看，以为我有神秘技法。其实根本没有秘密武器，一是种子好，二是肥料足，这个他们应该懂得啊。社员们用的是当地的老品种，种子已经退化，而我巧遇了一位小木匠，山东人，他让老家邮来了良种，就信封里装的那么多，全给了我。而肥料，更是近水楼台，恰巧队里划给我的菜地就在公家猪房的旁边，我就有事没事去施肥，不需要粪桶，拎起粪瓢舀起粪水就淋。白菜萝卜苗子青翠欲滴，惹人喜爱，彰显了成就感。

第二件是摸黑能念报纸文章。念得那个溜溜熟，不像是报纸上的，更像我自己写的文章。一般收工后集中在大队仓房旁边的院坝，在淡淡的月色下大家席地而坐，听我行云流水般地朗读。我不知道他们到底听懂了多少，倒是看出来对我流利的朗读赞赏不已，其实我没有超人的本事，那些个报纸上的文章，内容大同小异，在学校里念大批判文章、写大批判文章，早就对那些套路耳熟

能详，即使看不清某部分文字，估摸也能读出内容，再说社员们也不一定听得出什么破绽。

接下来的一件事，愈加让社员们确信了我是"神人"的说法。

国庆后我进了一趟城，其实，我进城也没有什么事要办，不过是个借口，找人倾谈倒倒心中的苦水，甚至想求个人来安慰一番。因为得到了国家恢复高考的消息，怀揣隐隐的欣喜，回队的路上步履轻快。

快到朱家屋边的地坝坎下，迎面来的一位社员急忙向我说：你终于回来了。你还不晓得哦，你那天前脚一走，朱家房屋就被大火烧了。啊？这是怎么回事？我急忙快步爬上那段陡坡，眼前的场景让人不敢相信，原来的一排瓦房已变成一片瓦砾，唯有烟熏火燎过的墙壁没有倒完，朱家人不见了踪影。队长不知从哪里钻了出来，他劝慰道："别难过。朱家人暂时借居在他的亲戚家。你暂时住进我家里，公社很快就会拨款，给你专门建知青屋，锅碗瓢盆重新买"。

多好的一家人，多好的朱妈妈！我的知青生活从他家开始，那座老屋给予了我度过了人生第一关的勇气和温暖。天未亮，朱妈妈叫醒睡意朦胧的我，看我吞咽不下洋芋，就用铁瓢在鼎罐将洋芋捣成芋泥，加点油盐，让我勉强吃下。每次煮饭，她把我供应的大米煮在罐子的一角，其余全是大个的洋芋，朱家弟妹们眼睁睁地看我碗里的白米饭，心里不是滋味，便提出要跟大家一起吃洋芋，朱妈妈不同意，她说："娃儿啊，你又吃不下洋芋，咋个去做活路哟！我成了代课老师后，在"帽子班"读书的朱家二妹子每天早晨在门口等我同行，在路上递给我一个温热的荞麦粑。

我替朱家真心难过。朱妈妈再有一双巧手，也做不出无米之炊啊。全家一年的希望，刚刚从地里收回晒干的包谷、稻谷，在小仓里还带着秋阳的温热，连同那座温馨的老屋，就被一位不慎失火的邻家小孩全给毁掉了。队里社员伸出了援手，我将一个月知青标准定量供应的半斤菜油、35斤口粮，赶紧送去。

朱家发生大火我不在场，这纯属巧合。不知怎地，有人却将此事越描越神奇，甚至有的版本将我形容为先知先觉的人，说我有预测灾祸的灵感。这说法肯定犯了逻辑错误，如果我能预感到灾祸，我能不告诉朱妈妈，我还会借口离开？

于是，"神奇之人"做老师，理所当然。社员们将这三件事联系在一起分析，得出了我不会永久呆在农村的结论，一定有好运等着。

确实有好运在前，那是数百万积压了十年之久的学子，迎来了一场改变命运的转机。这年冬天，国家恢复了高校招生考试，我作为应届生亦在此列。而在大包村小代课的短暂日子，完成了我第一次做老师的过程，成为几个月后打起行囊走进高等学府，端上人民教师铁饭碗的前奏。

作者简介：龚农，重庆市城口人。中国散文学会会员，重庆市作协会员。现供职于重庆市城口县委宣传部。发表、编著作品300万字，多篇作品获国内大赛奖励。

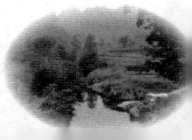

第四辑　舞动的思绪

"另类教师"的教育梦想

张国东

我是一名山区农村普通中学的教师，没有花香——官方钦定的荣誉称号甚少，没有树高，是一名草根教师，却不甘心做"井底之蛙"。

读教育硕士

2005年初夏，学校接到教育局通知，天津师范大学正招收教育硕士。因路途遥远，大家都不愿意报考。已工作十年的我毅然报考教育硕士。读教育硕士，英语是必考科目，可我十来年没有学习英语。备考期间，我首先买来英语四、六级过关辞典，过单词关。接着又做大学英语四、六级模拟试题，不会做的试题虚心向学校里的英语教师请教。功夫不负有心人，在十月份的入学考试中取得62分的好成绩。

为了能准时坐在天津师范大学宽敞的教室里，我坚持每天早晨4:30从蓟州汽车站乘车去120公里外的天津，全班同学中我是路途最遥远的，可我没有迟到过一次。为了赶早车，吃早饭的时间常常耽误，只能与午餐一起并用。

每次上课，我喜欢坐在教室第一排的位子，便于和老师沟通。课间休息时，我常常把上课期间没有听懂的问题虚心向老师请教。整个班级中，我和每一位老师都是最"亲近"的，因为我和老师们交流的机会最多。我是这样想的——到120公里外的天津师范大学上课，每次都要有收获，否则，对不起自己。

下午的课程一般安排到下午4点。下课后，我要急忙赶公交车到河北区建昌道，从建昌道的客运站再换乘回蓟州的汽车，回到家中，常常是晚上8、9点钟。每次去天津师范大学上课，我乘车的时间大约有7、8个小时，路途的颠簸并没有降低我追求真知的激情。

买书、读书

我校地处天津市蓟州区深山区，地理位置偏僻，远离繁华的都市，大山阻

挡了我的视野，让我感到苦闷的是——落后的消费观和贫瘠的文化。我想到了读书点亮自己的教育人生，每年自费订阅的报刊有《教师博览》（文摘版）《教师博览》（原创版）《班主任之友》《班主任》《德育报》（学校德育及班主任工作版）《师道·情商》等6种刊物，这些刊物大都为月刊，每年再网购一些书，一年下来，买书大约花掉1000元左右。当当网或淘宝网等网店有新书上市时，凡是有利于专业成长的书我不惜重金购买，几年下来，网购达近百本。

白天忙于备课、上课、批阅作业，晚上是我在书山跋涉的黄金时间，"走进"大师，有"长途跋涉"的艰辛，也有"登上山巅"的幸福体验。我坚持每月读一本最新的教育专著，积极撰写读书心得；每周读一本专业期刊，摘抄精妙教育小语。

读书，拓宽了我的知识视野，在专业成长的道路上飞奔；读书，涵养了我的教育情怀，教育幸福之旅更加有滋有味。购书、读书已成为我生活不可或缺的一部分，以购书为荣，以读书为乐。

自费外出学习

现实生活中一些怪现象让我很痛心，如某些老师公费外出学习时从不珍惜这样大好的机会，溜号去逛商场，学习效果很差。公费外出学习的机会，幸运之神从没降到我身上，这让我萌生了自费外出学习的想法。

2012年7月19日，自费去江西九江参加"九天瀑布落银河豪气凝班友，白鹿书院承千年书香润师魂"的庐山笔会，2013年7月31日至8月1日，自费参加为期两天的山东青州班主任自主成长高峰论坛。2014年7月12日——7月13日，自费去山东青岛参加"全国教师育人能力提升与职业幸福创造论坛"……

每一次走进大师，每一次聆听专家讲座，我都认真撰写听课笔记，及时把教育感悟诉诸笔端。面对这样的机会，我总是主动争取机会，牺牲了宝贵的休息时间，但我认为是超值的。听"大师"们的报告，我收获了沉甸甸的惊喜，收获了沉甸甸的幸福，收获沉甸甸的快乐。

我的专业成长引起区教研室领导的关注，先后于2003年、2006年、2015年为全县生物教师作课三节，连续10年担任高三毕业班生物教学工作。2011年，我和李金龙老师所教的生物高考成绩居全县第五名。2012年，我与谢晓静老师所教的生物高考成绩居全县第六名。2013—2015年，我所教的高二生物会考合格率达100%。2016年教师节前夕，已考入天津医科大学的孙振华（生物考了75分）

给我发来微信："感谢您对我两年的培养，实现儿时的梦想——做一名医生。高二刚来到您班的时候，您经常给我们讲励志故事，点燃了我对学习的激情，让我意识到学习的重要性；您的谆谆教诲让我渐渐成长和成熟起来，不仅在学习方面，还有品德修养方面……"

在物欲横流、浮躁倦怠的今天，我的"另类追求"让我捉住了一条"大鱼"，有幸"结识"了慕名已久的大师——全国著名教育家李镇西老师、全国著名德育专家张万祥教师、全国十佳班主任、全国（民间）班主任成长研究会创始人郑立平老师、全国知名班主任、全国班级自主教育管理实验课题发起人——郑学志老师等，实现了与高人为伍，与智者同行的梦想。

作者简介：张国东，天津市蓟州区教师。一位扎根于山区农村中学的普通教师，从教24年来，先后获天津市优秀班主任、蓟县骨干教师等多项荣誉称号。有140多篇教育随笔、教育故事和论文在《中国教育报》《中国教师报》《德育报》《班主任之友》《新班主任》等杂志公开发表，参与编写《班主任其实好当》《幸福教师的60个"不"》等24部书，2015年10月出版个人专著——《教育幸福，可以这样追求》。在教育长河摆渡数载，对教育有了更深刻的认识——和学生一起编织故事，主人公不仅有学生，还有老师。

我在乡野的一年

骆映男

回到自己的家乡，成为千千万万农村教师队伍中的一员，当时的我像很多老师们一样，不由地问自己：城市生活多高端大气上档次，乡村则困窘安逸无压力，回农村这个选择对吗？

说到这儿，我倒想起了张爱玲的《红玫瑰与白玫瑰》，选择了城市这朵红玫瑰，久而久之，当初想坐动车坐火车坐飞机满世界闲逛的星空在挤地铁坐公交的疲惫下失去了光泽，而乡村生活依然是那"窗前明月光"；选择了农村这朵白玫瑰，从此就要过青山绿水鸟虫合鸣还有柴米油盐酱醋茶的小生活，而心心念念的却是城市的灯红酒绿推杯换盏以及麻辣烫和海底捞。然而，正如一句话所说：你能肆无忌惮的生活，但最终还是要回归平淡，坦然接受命运的安排。

当时的我对教学并没有多大的概念，觉得自己还是蛮有信心的。但没有多少班级教学实践和管理经验的我还是有些忐忑不安。我记得当时开学的第一次课，我在匆忙中琢磨了满满两页英文，关于第一节课该如何上、如何激发学生兴趣等问题我逐一进行了搜索与筛选，包括问候、自我介绍、课堂内容等我都做了精细的安排，课前还练习了好几遍。我觉得，课堂是自己的，就像人的外表一样，若自己都不精心打理一下，又如何素面而显灵动、淡妆而显精致呢？然而，第一次课下来，学生似懂非懂的上课状态让我倍感失落。就是在那个时候，我才明白，光有信心还不够，必须要切合实际，以学生为主体；也是从那个时候起，在与学生的亲身接触中，我第一次感受到了孩子们稚嫩的笑脸上写满了质朴，第一次收获到来自学生的赞美。那时，我不得不说，自己喜欢这种感觉。直到后来，我也不得不承认，这，或许就是教师的"职业幸福感"吧！

每个人心里都有一片海，自己不扬帆，没人帮你启航。我，于是由此启程，向着未来，越过千山万水，穿过重峦叠嶂，循着自己规划的那一条人生航线。

我知道，作业是老师与学生交流的一个媒介，批改作业也正是我了解学生基础和学习动态的一个途径。2 个班的作业批改可把我这个新手忙得昏天暗地。老教师们一定会笑我，新手就是新手，何必那么傻呼呼的，把自己搞得那么累。但其实我心里是明白的，的确是没有必要改全班的作业，因为一个老师顾不上全班所有的学生；但是却是很有必要改全班的作业，因为所有交作业的学生都是我的学生，所有没及时交作业的学生依然是我的学生！为了能及时评讲练习，我哪怕熬夜也要坚持改完全班的试卷，不放过任何一个学生，以致一段时间过后，我对九年级学生的书写几乎了如指掌，见字如见人。我坚持批改九年级学生的英语作文，直到他们毕业，这一年下来，大部分学生写的作文千疮百孔，最后都被我改得"面目全非"，还有少部分学生写满了整整 2 个英语本子，每篇都有我批改过的痕迹，不得不说，有时候都要到崩溃的边缘了，但是执着与坚持却让我的内心变得无比强大！

靠着这份信念与坚持，我慢慢地喜欢上了这群大大小小的熊孩子们。因为懂得，所以宽容；因为懂得，所以慈悲。为了激发他们积极向上的学习劲头，在 10 月份的第一次月考后，我花了 100 多块钱在网上购买了精美的笔记本和漂亮的荧光笔奖励给两个班里英语成绩考得好的学生；在九年级学生的英语成绩有了起色的 11 月份里，我提了 2 大袋子水果和糕点到教室，分给了全班调皮和不调皮、可爱又不可爱的所有学生们；在七年级学生成绩取得重大突破的新年伊始，我给一直以来表现出色成绩优异的 3 个学生发了现金红包；在学期末一个周六放假的日子里，我自己筹划了一场英语比赛，作为奖励，我给学生带去了一堆零食还有双语书籍《小王子》。

当然，乡村不全是淳朴，也不全是善良。逢忆起，泪，忽地不小心翻满微笑的脸。学生在课上的无理顶撞和对抗分分钟都能让你咬牙切齿，远走高飞，学着宽容他们不敬的言辞，说服他们纠正不端的行为，这些并不是件容易的事。然而，生活也有暖心的时刻，就是这样一群熊孩子，给了我坚定前行的支撑力量。一个个圣诞节礼物盒里装满了他们的爱心和孝心，一次偶尔的谢谢和一次真诚的道歉都在我的内心掀起层层涟漪，让我不知不觉地喜欢并热衷于自己的工作，当我课后还在讲台上改作业时亲耳听到身旁关切的问候"老师，您先吃饭吧！"，当我在完成精心准备的课堂评讲时收获学生真诚的赞许"老师，您讲得太好了！"，我，深深地感动了：为他们的理解而欣慰，为他们的爱心而触动。正是这群孩子善良质朴简短的语言，给予我前行的勇气。

那年 6 月，我带的第一届毕业班顺利完成中考，记得当时最后一堂课，我怀着无比复杂的心情絮絮叨叨了整整 45 分钟，关于学生，关于这一年的教学工

作，关于中考，关于未来以及人生，感觉还有很多话要说，还想再陪他们一段路，但是只因人在风中，聚散不由你我。

我知道，自己是个普通人，"教书育人""桃李芬芳"这些字眼太过神圣。是的，教育应该是一个精雕细刻的教导过程，是一个春风化雨的心灵培育过程。我力求平等地对待每一位学生，争取给每一位学生创造发言的机会，也希望不断丰富深刻自己的言语，给学生传递正能量，描绘有人情味儿的大千世界。

在这个秋天，突然想到，过去漂泊在时光里的日子啊，是我最美最值得珍藏的回忆！

说到这儿，想起了最初的问题：回农村这个选择对吗？我想我已经给出了答案。默默地对自己说一句：坚持自己的选择，不忘初心，砥砺前行。

我，曾经梦想着生命中会出现一个彩虹般绚丽的人，他，是我的老师。

在将来，我希望我有一个学生在她的回忆里写道：这个世界上，最幸运的是，我遇到了一位在我生命中闪闪发光的老师，或者，多年后，我遇到这样的学生，能够让我在他的生命里闪闪发光。

作者简介：骆映男，湖北省蕲春县 90 后乡村女教师。英语专业，爱生活，爱文字，爱旅行。

为了山区的孩子

杜四清

"经师易遇，人师难求。"《礼记》中的这句话内涵十分深刻，作为三尺讲台上的每一位老师，或许更多的人会闻之诚惶诚恐吧！韩昌黎先生《师说》云：师者，传道，授业，解惑也。道出授业之师及解惑之师易成，却把传道之师放在首位。

在那个美丽的秋天，天高云淡，凉风习习。在离万州主城五十多公里的西部边远小镇，有一所新建的学校——郭村学校。校园里没有高大的建筑物，没有漂亮的塑胶运动场，没有园林式的景观；只有几幢三层小楼，瓷砖多处脱落的斑驳墙面，几棵粗大的白杨树枝枝叶叶在微风中颤笑呢，一棵棵桂花树，花香沁人心脾，弥漫在校园的每个角落。不知名的鸟儿在歌唱，环绕校园的板桥河，流水潺潺似低吟。孩子们度过了一个快乐的暑假，三五成群，叽叽喳喳，回到了久违的校园，那得意的神态，仿佛枝头欢笑的小鸟。一位陌生人出现在校园里，不时用手机好奇地拍摄着，他四十多岁年纪，板寸里夹杂几丝丝白发，格外显眼；他身材魁梧，衣着朴素，微胖的身子；说话浑厚深沉，戴一副金丝眼镜，脸上时刻洋溢着幸福的微笑。他是谁？他是来自数百公里外的合川区支教英语老师——尹祚繁老师。

郭村学校是一所成立才两年的九年一贯制学校，教师超编，而结构极不合理，全校没有一个专业的英语教师。尹老师来了，对学校是冰天雪地里迎来了一盆旺旺的炉火；对学生是酷暑难熬时冒出一股甜甜的清泉，对学校领导是火烧眉毛时迎头一盆凉凉的清水啊。

新学校，一贯制，班级少，教师多，基本上每位教师都只上一个班，而英语学科本来就是农村学校的瓶颈，又是决定农村学生升学的关键学科。王校长欢喜的脸上隐藏不住淡淡的忧伤。"尹老师，你能不能上七、九两个年级的英语课？"王校长试探着问道。尹老师很惊讶，毫不犹豫地回答："行啊，没关系！"

在他看来，一个教师上两个班英语，似乎天经地义。王校长不能自已，暗自思忖：一个支教老师比本校老师都辛苦呢。

有人把教师分为三个层次：业师，经师，人师。课堂上，尹老师激情饱满，流利的英语娓娓动听；单词语法的讲解耐心细致；自习时辅导不厌其烦。难怪九年级的学生们总是说：尹老师像老妈一样，絮絮叨叨，总有交待不完的事儿。七年级的学生更是视他为偶象，更是十二、三岁女学生心目中的男神呢。周末了，本校的老师都返城回家了，享受着与家人团聚的愉快周末。而他独自一人，呆在寝室，吃着泡面，仍在电脑上查阅资料，制作课件，为下周上课充分准备；有时又是批改作业，评阅试卷，及时了解学生学习情况。倦了，累了，不时拿出手机，呆呆看着还在读小学的丫头儿的照片，满心愧疚地拨通远在家中的妻子，道一声：老婆，辛苦了！

尹老师，是一丝春风，是一缕阳光，是一滴甘泉。他默默地奉献，严谨地教学，让他的同仁由衷的敬佩，伸出拇指点赞；就连教科所英语教研员都首肯他的教学踏实肯干，值得学习啊。那是寒假将至时，九年级的张建同学，是一名英语很差的偏科学生，为了能把英语基础补上来，他甚至愿意将该学生带回家去，把学生当作自己的孩子，然而……孩子不愿给老师增添麻烦，更不愿打扰老师的家人。尹老师又利用晚自习后，午休时给他们补习功课；周末又放弃双休时间，给七年级几个学生补课呢。没有辛勤的耕耘哪有丰厚收获？张建，英语一直三四十分的成绩，升学考试成绩提高了几十分呢！；七年级期末区质量抽测，好几个同学都考了九十几分哟！难怪有七年级学生家长说："要是尹老师能把娃儿教毕业，那该多好啊！"王校长也说："这届学生毕业时，一定请尹老师来喝庆功酒！"

春季开学将至，人们都还沉浸在浓郁温馨的春节气氛里，尹老师颈椎病犯了，头部根本不能动弹，妻子和朋友们都劝他跟学校请假，而他只想让学校减轻点负担，却又不愿开口，只是给王校长发了条短信，说亲戚朋友问他这样辛苦是为了什么？校长只一句短信回复：为了山区的孩子。开学了，初春时节，料峭春寒，阳光格外暖和，温晴里小草儿渐渐地绿了山坡，温晴里可见农家水田里波光粼粼，温晴里有打工归来的青壮年离乡背井的身影。不曾想到尹老师僵硬着脖子，带着简单的行李，返回了郭村学校，没有铮铮誓言，没有豪言壮语，只是那身影仿佛更加高大了。第一节英语课，他准时站到教室的讲台，孩子们情不自禁，充满感激，异口同声：老师，您好！

尹老师，他或许并不优秀，普通平凡，也不是名师。但他将自己所学知识向学生毫无保留，倾囊相授，是名副其实的授业之师；他对学生知识的疑虑耐心解答，诲人不倦，是不折不扣的解惑之师；他对学生身教重于言教，培育学生品性德行，是追求卓越的传道之师。

尹老师，实现了作为教师追求的最高目标：学高为师，身正为范。他是学生们人生旅途上有幸邂逅的真正的人师。

作者简介：杜四清，重庆市万州区教师。现任万州区郭村学校副校长，万州区语文骨干教师，中学语文高级教师。1985年万县师范学校毕业参加工作，先后担任过村小、完小、中心小学、初级中学教师。教学之余，积极进修学习，分别取得中文专科、教育管理本科学历。多年从事初中语文教学，指导过多名学生获得国家、省市、区县级作文大赛等级奖。闲暇之时，喜欢写点小说、散文、诗歌、随笔；爱好书法。

咀嚼幸福

唐伟

我此刻坐在幸福的屋里，敲打着一串串活的文字。这种感觉难以描摹，只当是咀嚼地里熟透的甘蔗。

每天都有着充溢的快乐的时光，在这个宁静的小城里品尝着渐渐浓烈的人生滋味。苦尽甘来的人生如同地里疯长的庄稼，那些风雨漂泊的岁月而今成了我心灵的勋章。我慢慢咀嚼那些日子留下的文字，幸福感油然而生。

我的命如同地里的甘蔗，在迷人的山里生活度过了幸福的童年时期，随后就是与父母分离十几载。

十八年前，父母走出那座贫瘠的小村。他们不舍家乡，忍痛割爱与我分离。车轮划破了天穹，把黑夜留给了我。稚嫩的心难免会蒙上薄薄的雾，那违心的坚强注定还是劝阻不住坠落的泪珠。那些日子灰蒙蒙的，似乎看不到一丝的阳光。犹记得奶奶蹒跚着为我和哥哥端来好吃的菜，犹记得大姨为我含辛茹苦地忙作。我似乎被眼泪捆缚，那些日子心似雨中残破零落的花蕊。在那个没落的小村里依旧有着悠然飘飞的炊烟，还有那黑夜里疯狂嘶叫的狗。我开始迷上村头的那条小河，在那里我苦苦寻找着点滴快乐。在石头上写每天学习的生字，在淙淙的流水声中放歌。"哗啦，哗啦啦——"的流水卷席着脚下的沙砾，我静默地蹲坐在石板上时而激情澎湃地背诵课文，时而忧伤地低唱妈妈教我的儿歌。

从此我的心愈来愈孤寂，冰凉得如同一块冰。

那些读书的日子我一度害怕回家，因为那泥泞的小路常常欺压我易碎的躯壳。那些闲言碎语地攻击让我的心"一无是处"。我爱上了文学，在那些莫名的日子里。我把心交给了一行行看似枯燥的文字，用诗词歌赋来修补不堪重负的心墙。在文学路上，我真正找回了自己。我不再麻木迷茫，我开始爱上了写作，走上了文学之路。

文学路并不是一帆风顺的，在路途中我走了很多弯路，也碰到很多难题。

每次失败，我就咬紧牙关暗地勉励自己。一次一次邮寄或者完成自己写的文章，心里就会倍感欣喜，可是苦苦等待却成了巨大煎熬。我的文字都如同石沉大海，我都记不清自己多少次灰心，也记不得伤心落泪多少次，只知道最后我还是被自己劝服。我似乎成了阿Q，但我觉得这并非是愚蠢。

文学的路不但会让人疲惫不堪，而且充满更多的是孤寂。现在回首，我只觉得自己一个人行走了好久好久。有时感觉自己走在了无人烟的沙漠，有时感觉自己游走在没有方向的黑夜。能支持自己走下去了，或许就是那一次次少有的"光亮"。"成功只留给有准备的人。""天降大任于斯人也，必先苦其心志，劳其筋骨……"我现在深刻理解了这些至理名言。

做任何事情最可贵的就是坚持。好几次在我灰心丧气时，坚持让事情峰回路转取得成功。很多时候我们在山重水复中迷失自己，往往怀疑和抱怨前方无路可走，可是往往成功就在那进退毫厘之间。

而后的日子我学会了坚持，学会了坚强。我用文字来慰藉自己，把温热的文字置于我的心里。我爱上了文学写作，有时痴迷得废寝忘食。

我的青春正绚烂，那些陪我走过的人儿越来越远，有点渐渐化作了地上的尘土。

时间如同墙上的算盘珠禁不起打量，慢慢地我把自己锁在一个瓶里。我还没有机会孝顺爷爷奶奶，他们却突如其来地离开了我。葬礼上我跪倒在他们的灵位前嘶哑痛哭，那些眼泪似锋刃一次次割伤了我的心。我紧捧着满满的一抔土，用这份有着我温度的黄土来铺就他们去往天国的路。

我怀念他们！我常常会用自己笔下的文字深深慰藉他们的灵魂。我把自己成长路上的故事写进我的散文诗歌里，把那些热腾腾的故事讲给更多的人听。我要感激父母留给我的美好童年，那些童年的歌谣，那些童年的生活片段而今融进我的文字里。熟悉的父老乡亲早已苍白了双鬓，而如今的小村依旧是温热着我的心。

我扎根偏远的山区，心里却感激这不易的十三年。我愿意做山区教育的铺路石，用自己的热血青春为学生们打造一条绚烂之路，我想这是国家和人民赋予我的一项光荣使命！

父母常说要学会感恩，我想我要感恩那些让我坚强成长的人。朋友说他懂得我为什么常写自己的童年，因为那些童年的美好如同一块块蔗糖。在那些成长日子里，我只有反复咀嚼那些蔗糖才能覆盖生活的苦涩。

我是一棵草根，需要独守自己的那块心灵净土。我不渴望大树地庇荫，不

羡慕花盆里闲情，我只想真真切切地面对日晒雨淋的命运。

　　我想拥有厚重的人生，只有这样的人生才能咀嚼出命运蔗糖的幸福和深沉。

　　作者简介：唐伟，笔名大山的孩子，土家族，重庆市石柱土家族自治县龙潭乡小学校教师，全国少数民族作家学会会员、重庆市石柱县作家协会会员。上个世纪80年代出生在一个农村家庭，从小在父亲和兄长的耳目濡染下，开始慢慢爱上写作。成长路上在老师的指引下，更是努力勤奋。原创作品有《土家山寨的歌谣》、《我与恩施大峡谷的一次邂逅》、《我是巴人后》、《与历史的对话》、《山里的童年》、《春雨中》等等数万字。作品以散文为主，散见于中国散文网、大榕树、中国土家族文化网等网站，《土家山寨的歌谣》、《沐绿而行》更是喜获全国嘉奖。

向名师看齐

祝君

春草绿油油，耕牛遍地走。耘田二十载，落花染白头。

说实话，因为我自小不长个儿，崇高而神圣的教师职业不是我的第一选择，但中学即将毕业时突遭家难，在老汉强硬态度和现实窘境下我终于屈服而走进了师范学校。我记忆最深刻的是在面试老师严肃而审慎地注目中我们每一个考生都把"忠诚党的教育事业"分别用钢笔、毛笔和粉笔工工整整地书写了一遍。从那一刻起，这个信念就在我心里生根发芽、潜滋暗长、日益笃守。

1991年金秋，学成归来的我站上了僻远山村母校六年级讲台，心情既激动又豪迈。我暗自鼓劲：干一行就要爱一行，要做就做个好老师！那时候，景中凤、袁昂然老师的敬业，晏清才、杨绍鞍老师的谈吐，殷德恩、向丘陵老师的才华和冉建国、谢崇举老师的治学治校方略都是我的榜样。

在榜样的激励中，我每天清晨按时叫醒那一群贪睡的住校生，陪着他们跑山间小路，一起在激奋的旋律里做完广播体操，才走进石墙土瓦的教室里琅琅放声；下课了，或补习或解惑或锻炼，我在的地方就有学生；放学了还捡柴背水回"宿舍"一处一处教学生生火煮饭，其乐融融；傍晚，在学生簇拥下提着煤气灯又开始了晚自习；下了自习，然后赶鸭子似的催着学生就寝安睡，夜半时分我还常常起床安抚"失眠"的孩子。

在深化教育体制的新理念、实施科教兴国的新要求、全面推进素质教育的新跨越面前显得捉襟见肘了。于是，我毅然买高考复习书来学习并报名参加了2001年成人高考。

又一个丰收在望的季节，而立之年的我顶着扣资的风险背着牛仔包走进了重庆教育学院，我感觉梦幻般飞入了天堂。

坐在多媒体教室里听教授们滔滔不绝、笔意纵横、新奇锐意的讲授，我热血沸腾，如痴如醉。在老师们的建议下，我除了课余抢占阅览室位置、推挤着去聆听名师大师的特邀讲座以外，还抽周末进行社会实践、游历重庆山水，这样以期开阔视野、增加见识。这时候，一个个响亮的名字和身影成为了我航行的灯塔，他们是朱德全、刁隆信、曾国平、于漪、韩忠慧、李缵仁、张胜利、刘中慧等老师。

有一门《邓小平理论概论》的学科使我入脑入心，如饮醍醐。我认为，为人师，就要师表，更要政治思想过硬，于是，我毫不犹豫向中文系党支部递交了《入党申请书》。经过几个月的夜校培训和一年多的预备考验后，我如愿以偿地实现了人生又一次飞跃——成为了一名中国共产党党员。

"镀金"回校，我还是我，形象依然，可思想提升了档次。城里招聘，朋友撺掇"下海"，他校抛来橄榄枝，我都是敷衍应付，从没上心。我想，天南海北，都市乡下，一样的教书育人，一样的做事为人。

"一个人对社会的价值首先取决于他的感情、思想和行动对增进人类利益有多大作用。"（爱因斯坦《社会和个人》）

我拿着心爱的《语文》书，走上讲台，自信陡增。我用心备课、下载课件、精心设计教学过程，操作多媒体教学日渐熟练，学生也学得直观、形象、便捷，真正是取到了事半功倍的效果。我连年接任毕业班教学兼班主任，勤勤恳恳。受年轻校长的信任，我还兼任学校德育主任，任劳任怨的工作。

前几年，我有幸被学校派往市、县学习，在大礼堂里近距离谛听中国第一位宏志妈妈高金英老师和教育改革家魏书生老师的讲授。高老师的讲座以"静下心来教书，潜下心来育人"为主题，她对学生"全心"的教育行动，做"学生生命中的贵人"的教育思想，在经济飞速发展的新时代真使人发聋振聩；魏老师勇于创新、励精改革的高贵品质和无上快乐、幽默风趣的精神态度感染了会场的每一个师生。

春花秋月，白日深夜，我常常捧起记录的那些笔记和他们的资料阅览，每读一次思想就得到一次净化，心灵就得到一次升华，且自然而然地就检视自己的行动起来，工作中就愈加不敢懈怠，包括我当前做的安全工作也一样，不管它学生渐少还是领导变换，我始终如一。

一个好老师，首先必须要热爱生活，才能做到爱家爱校爱学生。除了工作，我对生活充满热情。我经常把生活点滴写成日记，把教育心得写成论文或故事，灵感触发时还有写诗的爱好。

"教育是一项可以给人以双倍精神幸福的劳动。教育对象是人，是学生，是有思想、有语言、有感情的学生。教师劳动的收获，既有自己感觉到的成功的快乐，更有学生感觉到的成功的快乐，于是教师收获的是双倍的、乃至更多于其他劳动倍数的幸福。" 魏书生老师如是说。

中国梦，强国梦，人才梦。教育改革方兴未艾，为了边区教育的发展，为了农家孩子的学习，我还将做一头孺子牛，既快乐又幸福的耕耘20年。

作者简介：祝君，实名任祝君，苗族，党员，重庆市彭水县鞍子镇新化完全小学教师。从教26年，小学语文高级教师。

没有闹钟叫醒的日子

祝君

从家到学校要走过五千米多弯弯曲曲的山路，我懒得骑车，更愿意混在孩子们中间一起叽叽喳喳早去晚回或独自骑着单车享受一路"相看两不厌"的四季景色。因此，春雨淅沥时我在路上，炎炎烈日里我迎朝阳，秋风乍起我踏着落叶前行，雪花飘零我欣赏美丽晨曦。

我和山乡野地一起被鸡鸣声唤醒，与求学的孩子们同步点燃炊烟，同时走进欢乐的课堂。早起，我已习以为常，可是还是有很多时候因为各种原因赖床，任凭闹钟一遍遍惊心动魄地催促。那时，我慵懒地翻着身子，睡眼惺忪地随便抓过衣裤穿戴，真怀想闲适的周末和盼望惬意的长假——那没有闹钟叫醒的日子。

不会如期上班的时候，我可以毫无顾忌看电视节目。在僻远乡村，没有多少文化娱乐活动，除了打牌，收看电视节目就是人们最大的精神寄托，当然，还有时时串串门摆摆龙门阵。我也喜欢收看电视节目。比如：CCTV1及CCTV13的新闻权威播报是必看；CCTV12《天网》和《忏悔录》等法制节目我有空就看；地方卫视的《人间》、《人生》、《金飞传奇》、《拍案说法》、《幸福魔方》、《说事拉理》、《惊喜惊喜》和《幸福下一站》等栏目，我是"访问"的常客，因对一些人的生活感怀而推荐在重庆陪读、上学的妻儿也下载来看，被一些故事的情爱感动而献爱心尽自己绵薄之力，我还对那些栏目的工作人员因此而肃然起敬；可惜中央三五六八频道看不到，但能看到偶尔转播的文艺晚会和"世界杯"，我是欢天喜地，简直吃了一顿海鲜大餐一样满足。

如果明天不按时早起，这一晚我就是自由的。一般情况，老父亲睡得早，顶多看完一节电视剧就洗脚去了。我握着遥控板像个着迷上瘾的孩子，翻来覆去查找自己喜好的节目，一直看到困倦不已，有时甚至倒在沙发上入梦入戏，管它上演什么精彩好剧。

没有调闹钟的日子，我就要无拘无束睡大觉。初三那会儿，有了自觉的奋斗目标，虽然戴不起手表也没有闹钟，但每天能闻鸡起舞般点着蜡烛苦读书本，尽管闹过起得太早看了一会书又回床去睡的无奈笑话。工作了以后，生物钟竟好像上锈似的不灵活，头天还得一晚晚调闹钟，不然，早上没准儿就迟到了。但凡不上班，我偏记得不会调它，就连躺下时也总提醒自己好好睡、睡安逸，真搞笑。

我想时日绝不会偷奸耍滑，否则末日来临或暗无天日或长如极昼，当我陶醉在梦里他乡时，它还是会一如既往地运转，不辜负鸟儿们的企盼，给早行人送来黎明，为勤苦者带去希望。

天煌煌，地煌煌，无牵无挂一觉睡到大天亮。起床，找来手机或打开电脑，任流行歌曲恣意流淌，这恐怕就是幸福的感觉吧！

没有闹钟叫的早上，我能够痛痛快快吃现成饭。平素时，我烧火炒一碗菜下饭算是早餐，更多的时候是热水煮一钵面条，常常用一两个煎蛋来犒劳自己，赶快吃了追着孩子们上学。一旦周末和节假日，很早就既当爹又当妈的"老汉"便会为我清苦的生活加餐——炖一锅骨头、宰一个雄鸡或炒上几盘。多年来，我有 N 个机会可以调走，并不积极争取离开，也有"老父在不远游"的牵结。虽然我们父子思想有代沟，而且饮食上他味辣我清淡，但我们互相迁就和宽容的态度演奏出了和谐的主旋律。我捡柴他煮饭，我睡懒觉他操持生活，我写日记他耐烦地等我共餐同食，每每吃完饭，我俩争着抢着收拾碗筷。

初冬夜深，冷冷清清，村庄静谧而祥和，唯我还在窗前灯下热血澎湃，蓦然回首，明天又是周一。赶紧关了电脑，泡了脚，调好 6：30 的闹钟，睡了……

作者简介：祝君，实名任祝君，苗族，党员，重庆市彭水县鞍子镇新化完全小学教师。从教 26 年，小学语文高级教师。

春天里，阳光下

张海英

"旧说天下山，半在黔中青"，怀着对青山绿水的热爱，大学毕业后，我只身来到黔中故地彭水，在崇山峻岭中的普子中学任教，至今已四年。在这里的每一天，都是满满的阳光，满满的春风。

这不，一年一度的春游即将拉开帷幕——

1

昨夜，蓝蓝的天幕，一轮圆月高悬。几颗疏朗的星，闪着柔柔的亮亮的光芒。

天亮，拉开窗帘，地上湿漉漉的，竟然下雨了！苍天，你不要半夜三更起幽怨好不好，我们说好要去春游的呢？

2

上午 9 点，太阳终于露脸。班主任老师发出集结令，走，去春游！

我火速起床，吃饭，买菜，和班主任商量去哪。

10 点半，召集孩子们，整理行装，出发，去往月亮坝。

3

我晃悠着，混迹于七八个 14 岁的男生队伍中，和他们一起背菜。

"张老师，您是弱女子，这点活就让我为您代劳了吧。"

"绅士的小朋友，你可听过巾帼不让须眉这句话？"

"老师，您不会是女汉子吧？"

"答对，加 100 分！"

4

"老师，一个好消息一个坏消息，您想先听哪个？"

"先听坏消息吧。"

"坏消息就是装橘子的袋子破了。好消息就是我们可以马上吃橘子咯~"

"且慢，诸君也曾闻孔融让梨乎？"

"老师您老，您先请。"

"同学你小，你先挑~"

"多乎哉？不多也！哎呀，剩的不多了。我们留给女生们吧。"

5

"老师，我在路上捡到遥控板一只。"

"可以边走边看电视咯！"

"咳咳，为师想看中央一套！"

"当当当当，欢迎收看新闻联播。观众朋友们大家好，今天是 2015 年 3 月 21 日，星期六。首先请关注普子中学师生春游——"

"那为师现在想看看电影频道呢？"

"好，已经切换到位。您看到的，正是一群悠闲的人正在散步的情景，还有早莺争暖树，新燕啄春泥。"

"还有满地蒌蒿短芦芽，春江水暖先知鸭哟！"

"先知鸭？"

"老师，您才教了我们的呀，这是活学活用，也可以说是妙用拟人，您说是吧？"

6

泥泞路，旁满树。红色浮萍满塘，绿水潭中微漾。抬头见几树梨花绽放，低头看一滩泥沼反光。

十几斤的重量算得了什么，照样可以手舞足蹈。

"路全破了，看我凌波微步！"

"嘿，我有旋风扫叶腿！"

"呔，罗汉翻天印！"

"嗬，乾坤大挪移！"

"不老老实实走路，想尝尝我的美女拳法和黯然销魂掌吗？"

"二师兄，不好了，师父生气了！"

"你这呆子，还不快走！"

7

就这样走着,念叨着我们一起读过的书里的只言片语,回味着读时欣喜,模仿着心爱情节,忘了疲惫忘了累,忘了时间忘了自己是谁。

日头正好当空时,目的地到了。

河面上,一颗接一颗的石子儿在河面上跳着踢踏舞,大大小小的泡泡五彩斑斓随风飞扬,手机卡擦声此起彼伏,闪光灯和阳光一样明媚。

8

"女生洗菜,男生捡柴,出发!"

"走在乡间的小路上,牧童的歌声在荡漾……"一队又一队捡柴者回来了,热衷于修桥的旺仔同学还在不停地与流水作着斗争。

正如朱自清先生所写的——"一年之计在于春",刚起头儿,有的是工夫,有的是希望。大家都舒活舒活筋骨,抖擞抖擞精神,各做各的一份儿事去啦。

9

准备就绪,烧火煮饭。一个个被熏得泪流满面,直到"谭大火"的出现。

" 火锅锅底来咯。谭大火,变小火!"

"加菜啦,快,烧大火!火上浇点油~"

"别光顾着吃东西,保持中火!"

"不温不火,温润如玉。为师必须赞你两句啦!"

10

水足饭饱,收拾锅灶。捡垃圾,收饭勺,事事有人照。

"那两个一年级的小朋友老是呆在一边,比俺还孤独……"

"有人和你一起做事,天空为你蓝,青春因你鲜,你或你们从不孤独。"想说又不曾说出口的话,就留在了心底。总有一天,你们会懂得。

11

阳光微斜,启动归程。好马不吃回头草,少年不走回头路。我们决定过河,另辟蹊径回家。

不太深的浅滩,不太汹涌的激流,不太暖和的春江之水。鞋袜不抹,涉水就过。

还有什么比青春更勇敢?还有什么比阳光更温暖?

12

在这初春的和风里，我没有衣袂飘飘，也没有仙姿袅袅，但我却知道，在这个深山小镇上，我沐浴着最柔和最亲切的阳光——那是投身自己热爱的事业的自豪，那是我们一起阅读的骄傲，那是孩子们成长的风貌！

春天里，阳光下，我不禁会心一笑。

作者简介：张海英，女，重庆市彭水县普子中学教师。好读书，却仅限小说，每有会意，便通宵达旦。常乘火车出游，偶著文章自娱，纵情山水，忘怀得失，以乐其志。喜欢行独辟之径，拥自得之趣，莫管那世人指东又指西。

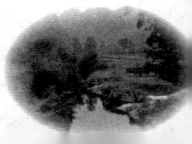

师爱，永不熄灭的火焰

李世翠

  光阴荏苒，日月如梭，如今我从教三十载，茫然地感到岁月匆匆，人生易老。追忆我曲曲折折的教学生涯，留给我记忆深处的师爱宛如一束束跳动的火焰，给人无限温暖。

  我生性爱汉字，爱母语，爱上了教师这个温馨的职业，更爱上了语文课。一个个方块字，犹如一个个活蹦乱跳的孩子，焕发着青春的光芒。师爱让课堂生动起来。曾记得美国著名作家海明威教育他儿子：读书不要试图去分析作品；要深入人物故事情节中去。每当我上《抗日英雄杨靖宇》这篇课文时，我都带着一颗无比崇敬的心情，面对书上的头像，默默的深深地向他鞠躬。真是"好书不厌百回读，熟读深思子自知"。引导学生怎样走进英雄，走进英雄的故事情节中去，了解这位曾让日本鬼子闻风丧胆的抗联司令，东北抗战持续十四年，面对凶残的敌人，先进的装备，在杨靖宇司令的率领下，众多抗联将士穿梭在茂密的大森林，行走在冰天雪地里，时而枪林弹雨时而饥肠辘辘。在生与死的紧要的关头，他把生的希望毫不犹豫地留给战友，把死的危险毫不惧怕留给自己，只身一人战斗到最后，壮烈牺牲前慷慨激昂的高呼："中国共产党万岁！"这篇课文上到高潮时，就连平常最不爱举手的孩子都勇敢的举起小手，"老师，让我来读，让我来读！"他的声音铿锵有力，他的情绪慷慨激昂，高呼的口号在明净的教室回响，在美丽的校园上空回荡，教室的孩子们仿佛置身杨靖宇壮烈牺牲的情景中，一个个感动得热泪盈眶。这篇课文收到了出奇的效果。有的同学用诗来纪念这位大名鼎鼎英雄："抗日英雄杨靖宇，钢铁意志最数你。抗战已过八十载，人民永远记住你。"有的用音乐来纪念："抛头颅，洒热血。杨靖宇是英雄，永远活在人民心中"。通过课文的解读，更加激发了孩子们对英雄的敬佩和对祖国的深爱。知道今天的幸福生活就是千千万万像杨靖宇一样的英雄用青春的热血和宝贵的生命换来的。从而让学生更加珍惜今天来之不易的幸福生活。努力学习，感恩社会，报效祖国。我的语文课无论是自然景观，还是人文景观，无论是伟人还是凡人，都用爱的眼光去欣赏去解读，让孩子们热爱神奇的大自然，热爱平凡的生活，热爱可敬的英雄，热爱伟大的祖国。让师爱贯穿课堂，贯穿学习，贯穿劳动，贯穿生活，贯穿每一个孩子的一生。

　　师者不单是"传道授业解惑矣！"还要爱生如子。几年前的一个寒冷的冬天，一个名叫何冰心的女生，突然得了一种我生平没见过的病，让人莫名其妙的，吓得我至今还心有余悸，那时我在村小任教，虽然我所在的学校是座村小，但地处交通要道，是我们家乡的咽喉，每年可纳三乡之生，每日过八方之客。这天我如往常一样，顶着刺骨的寒风，急匆匆地来到学校。刚进学校大门，一大群学生把我团团围住，七嘴八舌地说；"冰心病了。老师你救救她吧！"我三步并着两步跑，跨进最熟悉不过的教室，眼前一幕，让我惊呆了，这孩子就像没有长骨头似的瘫坐在凳子上，上肢倚在桌子上蓬头垢面的样子，嘴里不停地流口水，怎么呼唤也不见吭声。此时的她像聋子像哑巴，我的心吓得砰砰直跳。怎么办呢？找医生。这里离医院有一段路。还隔一条河。我把她扶在我的背上，左右摇晃，她不知扶住我的肩膀，也不抓住我的衣服。我只好弓腰驼背一边死死的抓住她，一边小跑，来到小河边，只见浑浊的河水不停地翻滚，心中只有一个念头：救学生要紧，哪怕是一条天河也要跨过去！刺骨的寒风，冰冷的河水在我眼中算不了什么，终于到了医院，漫不经心的医生，让我先交钱，再看病，事发突然，我囊中羞涩，身无分文。怎么办呢？用我最真诚地语言也感动不了铁石心肠的医生。临危之际，艰难地背着她到另一家医院求医，热心的王医生见我累得满头大汗，心急如焚的样子，马上抢救孩子，可怜的孩子很快转危为安，我此时的心犹如一块巨石放下。事情已经过去多年，至今无论是孩子还是家长，见了我就如同见了亲人一样。病魔虽无情，但师生有情，作为师者的我，不是亲人胜似亲人。"没有爱的教育是死亡的教育"，只有爱生如子的教育，才对得起"人类灵魂的工程师"这个光荣而又神圣的称号。

　　前不久，我在城里见到了阔别多年的学生，寒暄几句，方才知道我的好几位学生也在当老师了，她正带着一位美丽的公主在选衣服，我误认为是她的女儿，结果她告诉我，是她的学生到城里参加演讲比赛，初赛入围，正准备参加决赛，买件新衣打扮打扮，看看花枝招展的公主，再看看青春焕发的学生，在街上手拉着手，时而交心时而欢笑。这情景不正当年的我吗？老师的学生，学生的学生，成百上千的老师育出成百上万的学生……这种师爱世世代代薪火相传，犹如一束束永不熄灭的火焰，永远绽放着耀眼的光芒。

　　作者简介：李世翠，女，苗族，重庆市彭水县教师。毕业于重庆教育学院，中共党员，从教 32 年。长期从事乡村教育，深爱教育这片热土，辛勤耕耘，一生清贫，无怨无悔。爱好文学，曾发表十几篇散文。

点亮学生心中的灯

吕正菊

　　"岁月如飞刀，刀刀催人老。"光阴真就一去不复返了，不知不觉我已满脸的水波浪。但"对学生有爱心，辅导学生用耐心，教育学生用诚心。"是我终身的教书准则。因为我知道，只有用诚心、爱心、耐心去善待每一个孩子，才会在教育教学的道路上喜获丰收。

　　时光悄悄流逝，在这些井然有序的教育教学日子里，我遇到过很多事情，开心的、烦恼的、不计其数。但大多的都已随着时日的流逝而渐渐淡忘，可也有一些就如同树根一样深深地扎在了我的心上。虽然谈不上是惊天动地，但仍历历在目，感悟至深。

　　记得那是 2012 年的秋季，我刚从村小调到了中心校，学校给我安排了二年级的语文，初来乍到，对任何事情都使足了劲，什么事情在思想上都表现非常积极，惟恐自己在同事那儿留下不好的印象。尤其我是个代转公老师，心中老想着不让人看不起，也正因为如此，每天我早早地来到学校，接到这个新的班集体首先是掌握每个学生的情况。功夫不负有心人，我很快地掌握了本班学生的基本情况：哪些上课爱思考问题，哪些在学习上很用功，哪些上课喜欢调皮等基本情况。其中有一个学生引起了我的注意。我忘不了她的姓名，她在班上成绩是中等。上课不爱发言，下课了也是一个人玩耍，少言寡语的。对于一个上课不回答问题的学生，通常老师是不会去注意的，更何况一个成绩也不怎么突出的学生。她就是这样一个学生，上课不爱回答问题。下课了也沉默寡言，不爱交流。我估计，她在其他老师的心目中也是印象不深刻的。

　　然而有两件事情，她让我注意了她。刚接触一个新的集体，想进一步了解孩子的心声，于是布置了一个作文，题目是"我心中的好老师"。第二天作文本交上来了。当我看到几本后，题目是"老师我想对你说"让我提起了精神，看了这个题目我迫不及待地往下读，写的内容真的让我感动，原来她是在外地

长大的，一直说普通话，今秋刚回来插班，不会说家乡话，也听不懂，更不会和同学交流，上课也有点所谓的"无动于衷"，希望我能一直说普通话，同学们也说普通话。其实我有很深的感触，因为我经常外出，到了外地由于语言的不通就像木偶。但是说实话，像我们在家乡上课，除了课堂以外，很少说普通话，感觉别扭，人家会说你有点装。虽然早就提倡校园普通话，真正做到的没多少。可她明明是写给我看的呀，我怎么帮她呢？我只有让她随乡入俗，学我们的家乡话，下课了我叫上两个孩子主动去找她玩耍。逐渐的一天天看到她如意的笑容。

可是好景不长，大概是到了期中的一次体育课上，有学生来告诉我说，她哭了，我跑了过去，从我多年的经验来看，觉察她一定有什么心结，她的心里一定隐藏着许多东西，如果不打开这个心结，对她的发展是很不利的。

于是，我先安抚好她，在以后的课间试着慢慢接近她，我问一问她是否听懂，有时候我也把她叫到办公室问问她对一些问题的看法。起初，她也只是默不作声，偶尔笑一笑罢了。后来，她对我有了一些了解，于是，态度有了一些转变。我抓住契机，适时的和她交谈着心里话。原来，她确实是有心结的。她说了她的家庭破裂了，爸妈离婚了，谁也不理她，感觉自己是多于的，也因此导致成绩下滑。而爸妈却不理解她，还当她是出气筒，打击她。所以在同学面前，她觉得抬不起头，在老师眼里她又觉得自己没用，晚上一个人偷偷流泪。听了她述说，我心酸了一阵，故作坚强，笑着对她说："你觉得我喜欢你吗？同学们喜欢你吗？"

她沉默了一会儿说："我就想整天呆在学校，不想回家，因为你们不像他们，如果你也是那样的老师，我一定不告诉你这些……"

"是的，你现在感觉怎样？心里怎么想的呢？"我顺着她柔软的心继续着。

"好多了，我会记住你的话，我也一定会去和同学搞好关系，相信我，我会 把成绩赶上来的。"她一边擦泪一边说。

我拍拍她的肩膀说："努力吧孩子，相信自己是最棒的。"

人有悲欢离合，月有阴晴圆缺。在生活中我们难免会遇到不开心的事情，又有谁会对别人的关心而弃之于不顾呢？这个孩子可以说是认同了我对她的关心，也因为我的无微不至的关怀，才化解了她心中的结，才使得她重新找回了自信。后来她在期末考试中取得了班上第三名的好成绩。直到六年级毕业，以优异的成绩考入了彭一中。让我感到无比的欣慰。

我们经常说教育学生不是一朝一夕的事，是一个漫长的过程，这就需要我们有足够的耐心，在平常的工作中细心观察，发现了学生有不好的兆头，慢慢接近他，坦诚地和他交流，会得到预期的疗效。

古人说："三尺讲台，道不尽酸甜苦辣，二尺黑板（现在变白板了，）写不完人生风景。"这不无道理。我们要让陶行知先生的"捧着一颗心来，不带半根草去"言犹在耳。我深感一位人民教师的责任，教师的责任就是点亮学生心中的灯。也深感一位人民教师的光荣，作为一位人民教师，只有勇于进取，不断创新，才能赶上时代的步伐、取得更大的成绩。作为一位人民教师，只有爱自己的学生，像爱自己的孩子，尽情欣赏学生的创造，才能感受人生的幸福。

作者简介：吕正菊，女，重庆市彭水县保家镇中心校教师。教师是人类灵魂的工程师，教书育人是我最崇拜的职业。1998年通过选拔走进了代课教师队伍，在2007年获得了教师资格。我将始终践行：热爱学生，为人师表。

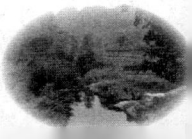

恪守孝道，播种希望

胡容

  我是武隆区白云乡红旗校点的一名乡村教师，从事教学工作二十六个春秋。我没有什么惊天动地的故事，也没有过高的生活奢望，含辛茹苦几十年，也没有一丝怨言，为了一个"孝"字，我留在这大山里。我出生在七十年代一个农村家庭，从小和奶奶、父母两代人生活在一起，丈夫是个厚道的庄稼人，长年外出务工。家庭虽不富裕，但一家人和睦相处，其乐融融。我把赡养老人作为己任，把教育事业作为首任。

  2009年9月的一天，噩运降临到这个家，常年患病的母亲突发脑溢血，经全力抢救后落下半身不遂，生活完全不能自理。我既放不下自己的学生，又放心不下病床上的母亲。每天，我白天上课，晚上步行两个多小时回家照顾老人。每到吃饭前先为母亲把围裙系上，像照顾小孩一样照顾母亲，从不嫌麻烦。为了照顾方便晚上和母亲睡在一起。熬过多少个彻夜难眠的夜晚，但我在学生面前从未表现出一丝疲倦。终于在几个月后的一天，我累得晕倒在讲台上，是我的孩子们送来了关心，他们都说："老师你病了，该休息休息了！"尽管这样，我没有向领导请过一天假。我深深的热爱我的教育事业，我把教学当做是我人生中最快乐的事，一天也离不开孩子们。但我也深知：赡养老人，孝敬老人的责任重大，自己有不可推卸的责任，只有付出没有回报。就这样，我在快乐中痛苦着，在痛苦中快乐着。

  更不幸的是2011年，我89岁高龄的奶奶患上食道癌。为了缓解奶奶的病痛，我四处求医，不放过任何一次治疗的机会，邻居常常看到，第一天是一位医生上门，第二天又有新医生登门……而常常得到"你已经尽孝了"的嘱咐。为了方便照顾奶奶和母亲，我将两位老人安置在一间屋内，自己打地铺陪睡。看着奶奶的病情一天天恶化，我想让老人在有生之年能过得舒心一些，只要奶奶想吃的、能吃得下的，我都想办法去做，然后一口一口地喂到老人的嘴里，每次都是先喂完这边床上的奶奶，再转身喂另一边床上的母亲，饭菜热了又凉、凉了又热……，回头看看明天的课还没备，今天的作业还等待着自己批改，我身子一挺，咬咬牙，打起精神，可是没坚持多久，竟然睡着了。直到病床上的老人的呻吟声把我惊醒，我又继续备课、批改作业，一晚不知要惊醒多少次，直到黎明，还要给两个未成年的孩子做饭等其他家务。我这样默默地坚守了两年后，奶奶还是被无情的病魔带走了。

人生难测，祸不单行。第二年，我的父亲被查出了食道癌，尽管心里很明白这种病已经定了生死，但我还是尽力而为。"父亲辛苦了一生，哪怕有一线希望我也不会放弃。"随后，我东拼西凑了7万多元，为父亲动了手术。手术很成功，只是父亲身体非常虚弱，需要补充营养，但饮食很成问题，不能吃干硬的东西，一次也不能吃多，很多时候吃了还要吐。为了方便照顾，我又把双亲安置在一间房内，往日的情景再现，一边是重病的父亲一边是瘫痪的母亲。我坚持每天早上天不亮就起床，步行近20公里去上课，上完课再走路回家，细心照顾父母的饮食起居，只要父亲想什么时候吃东西就给他煮，面对父亲的痛苦，我心如刀割，只好偷偷地流泪。而拖着重病身子的母亲，看到父亲受苦，心中更是痛苦不堪，这时的我既需要调节好自己的情绪，又要笑脸安慰另一张床上的母亲。等二老都睡下后，我才在夜深人静时默默地清洗二老换下的衣物，还要批改当天的作业，备好第二天的课。

在我精心照料下，父亲能多吃一点食物，并能像正常人一样走路了，这让我看到了希望。

但谁也没想到，一年后，父亲的癌细胞扩散到了无法治疗的晚期。当时他全身疼得在床上直打滚，我每天晚上回家守在床边给他按摩，喂他吃止痛药，给他打止痛针，他不忍心看我熬夜，硬逼着我去睡觉，我常常哄着他，就睡在旁边的沙发上。亲戚朋友看在眼里，都说我太累了，身体支撑不了，让我向领导请假。学校领导知道情况后，多次劝我请假在家照顾老人，可我生怕自己的教学工作没做好，耽误孩子们的学习。太大的压力让我不知多少次悄悄的落泪，多少次班上的孩子们陪我一起哭，恨不得帮老师分担内心的痛苦，为此，他们学习更努力，更懂事了，班上的大小事务从不忍心让我操心，那一年他们以最好的成绩——全县期末教学水平测试我所任学科以同年级全县第一名的成绩回报了老师的一片苦心。所带班级班风纯正、学风优良，被评为县级"先进班集体"；当年自己被评为县级 "优秀班主任"；还被评为重庆市"最美乡村教师"。

9月，父亲在看到我的事业硕果后含笑离开了我们。

接连的打击，给我带来了深深的伤痛，但作为坚强的女儿、贤惠的妻子、慈爱的母亲、尽职的教师，任重道远。奶奶和爸爸离开我们了，照顾好母亲就是我的重任。从小，母亲就经常教育我：要做一个孝顺长辈、忠于事业的人。我铭记于心，我将用自己的行动去传承母亲的教诲，诠释忠孝两全的美德。

作者简介：胡容，女，重庆市武隆区白云乡中心小学校语文一级教师，中共党员。从事教育教学、及班主任工作二十六年，所带班级班风纯正、学风优良，多次评为"先进班集体"。指导学生多次荣获县级、市级奖，发表多篇教育教学论文，曾荣获"优秀班主任"和"重庆市最美乡村教师"等荣誉称号。教学格言：爱心献给学生，诚心送给家长，信心留给自己。

做一个擦星星的人，挺好

黄鉴古

我不信佛，但父母信。我还是娃娃时，父亲就培养我的佛教情怀：袱包要我恭恭敬敬地写，祭祀要我三跪九叩，父亲虔诚，我则好玩，就当过家家；但算命先生说我们父子有冲突，要我改口把"父亲"喊成"小爷"，则令我极度愤怒、抵触，认为是迷信，不足信。几十年过去了，父子俩相安无事。还有，每逢祭祀，父亲那种顶礼膜拜样也令年轻气盛的我反感，总觉得父亲愚昧。俗话说，世上无神鬼，尽是人在闹。因此，一直到今天，我仍不信鬼神，没有任何宗教信仰。

但，读了谢云老师的"禅学与教育"系列文章，特别是《就做一个擦星星的人》后，我使劲擦了擦有些浑浊的眼睛，揭掉了我盖在佛学与佛教身上的有色外衣，对此有了重新认识。

请看《禅师捡落叶》——

学僧问禅师："落叶这么多，你前面捡，它后面又落下来，怎么捡得完呢？"

禅师回答："落叶不光落在地上，也落在我们心上。这地上的落叶捡不完，我心上的落叶总是可以捡完的。"

《禅师沐浴》——

师父端坐烈日下，大汗淋漓，泪流满面，学僧问："师父，您怎么了？"师父心平气和地说："没怎么，我在沐浴呢！"学僧迷惑不解："我没看见您沐浴啊！"禅师说："我在沐浴自己的心灵，你当然看不到。"而当学僧问怎样沐浴心灵时，禅师说："点燃一颗感恩之心，在自己的心底煮沸半腔开水，再加入仁义、孝悌、反思、忏悔等几味名贵的'心结'，便可以为心灵沐浴了。"

这哪是佛学，分明是哲学；这哪是佛教教义，分明是哲学思想。读了这两则故事，我的心灵受到震颤，思想受到洗礼。鼎州禅师与其说是在捡拾地上的落叶，不如说是在捡除心上的妄念、烦恼；与其说是在打扫土地，不如说是在

打扫心地。禅师给心灵沐浴，使之洁净高尚，不蒙尘垢——这种清洗和净化，既是自我重塑，也是道德提纯；既是对过去的超越，也是对未来的追求。

作为教书育人、为人师表的我们，要不要给心灵扫垢，为心灵沐浴呢？

我曾从媒体上看到这样的人和事：某老师在任校长期间，一个学生突发疾病死去，他被迫挂冠离职后，只吃粮不打仗，四五年不上班。忽然有一日，他又想当校长，就曲线救国，辗转找到一个县领导，如愿以偿，又走马上任了。可是，四五年没上班，他业务生疏了，长期玩惯了，又不想搞事，他就顶着校长的桂冠，吃喝玩乐，不理朝政，结果，在任期的第一学年，又出了一桩恶性事故——一个学生遇害。此事闹得沸沸扬扬，满城风雨，学校声誉一落千丈，本人也担惊受吓，饱受诟病。第二学年升入重点高中的人数为零，我们这里叫剃光头。如果一所学校剃了光头，则被人睥睨，生源将大幅萎缩，甚至威胁生存。两届出了几桩大事，他本人不得不黯然下台，又吃空饷去了。

职位、利益、虚名是盖在他心上的厚厚的灰尘。有职位，手中有权，主宰一切，他的心醉了；手中有权，可以批条，可以大把花钱，他乐了；头顶乌纱帽，人家言必称"校长"，有人求，有人捧，他笑了。

心存妄念，行事愚蠢；己所不净，焉能净人？

此人混了两届校长，赚得了"校长"的名声，利用手中公权力，吃了，喝了，玩了，也结交了一些领导干部，这是"得"；可是，"无能"、"腐败"、"此人不可用"的帽子又及时地代替"校长"的桂冠被牢牢地戴在了头上。得失取舍间，他选对了吗？教育是心灵的事业，他的心上只有"事"，没有"业"，怎么混得下去？

我也学着禅师，一片一片检视、捡除我心上的落叶：废寝忘食学习、成绩好的，我特别喜欢；乖巧的、机灵的，我特别喜欢；自己的亲戚、邻居、关系生，我特别喜欢，对他们，我格外关照，厚爱有加。上课捣蛋的，我讨厌；不做作业的，我讨厌；不敬老师的，我讨厌；品行残次的，我讨厌，对他们，我声色俱厉，严厉打压。

我也跟其他教师一样，为养家糊口而忙碌，为子女学费而厌教，我也曾羡慕大款一掷千金，向往富豪灯红酒绿，因而我也曾产生职业倦怠。

我想，禅师捡落叶，沐心灵，大概就是教育我们要讲究心灵卫生，要像爱护眼睛一样爱护心灵。眼睛容不得沙粒，心上容不得尘垢；眼里有沙看不清事物，心上蒙尘则犯糊涂。我们要像禅师一样勤扫勤洗，扫净一切落叶与尘埃，洗净一切俗务与杂念，永远保持心灵的洁净与高贵。

我们的服务对象是学生，我们的素养、操守、专业能力、敬业精神直接影响他们的成长。受社会环境、家庭背景、个体差异等的影响，我们的学生千人千面，千差万别。有调皮的、捣蛋的、懒散的、违纪的、厌学的、身体残疾的、心理障碍的——他们就像美国诗人谢尔·希尔弗斯坦的小诗《总得有人去擦星星》里的星星："它们看起来灰蒙蒙"，"又旧又生锈"。

留守儿童，一个焦点话题，也是一个沉重话题。他们有家，但父母不在；他们有爱，那是溺爱；他们也不乏教育，但那是隔代教育。性格乖张，打架斗殴，不服教化，厌学逃学，沉湎网吧……几乎成了他们的专利。

单亲子女，缺乏正常而健全的爱，敏感多疑，不合群，结交困难……

社会是个大染缸，染得学生的心灵五颜六色。食品安全、诚信问题、杀人抢劫、官员腐败，无一不冲击着学生的心灵，干扰着他们的成长，破坏着他们前行的道路。

农村学生，因为坏境的关系，大都奉行读书无用论，还有各种各样的"劣行"：上课睡觉者有之，擂肥勒索者有之，小偷小摸者有之，损坏公物者有之，拉帮结派者有之，捣蛋使坏者有之，浑浑度日者有之……

如果我们不加擦拭，以我们蒙尘的心灵观之，一个个简直"劣迹斑斑"，不可教矣。

诚然，现阶段，我们的评价指标主要是分数加升学率，考分高的，老师喜欢，学校表扬，披红戴花；考分低的，归入另类，成为绿叶，甚至败叶。

可尖子生毕竟少之又少，绝大部分学生被升学指挥棒打入冷宫，成为在籍在校却不在教的所谓问题生。

我们把两则故事中禅师的思想观点发散开来，就会发现，每一位学生都是有长处、有优点的，都是闪光的星星，只是考分和升学率这两种灰尘盖住了他们的光源，遮住了他们的光泽，我们不能发现而已。如果我们"带上水桶和抹布"，用力地擦去灰尘，他们就会发出耀眼的光芒，也会刺痛我们有些灰暗的心灵。

是的，我们无法改变现行教育体制，但我们可以在45分钟的时间内，在三尺讲台上，心存"公平""公正""良心"，把"爱"洒向每一个灵魂，把"平等"赠与每一个生命，把"希望"播向每一个星星，不顾此失彼，不厚此薄彼。

因为我们是老师，是全体学生的老师，不是部分学生的老师，更不是少数学生的老师，他们每一个人都这样地称呼我们："老师"。

少些抱怨，少些指责，少些歧视，拿起我们的水桶和抹布，开始擦星星吧！

太阳虽烈，也要月亮映衬；月亮虽亮，也要众星拱之。

我愿与星星为伍，做她的朋友，永远为她擦拭。

这其实挺好！

作者简介：黄鉴古，湖北省监利县教师。1981 年参加工作，现任教于监利县福田寺镇中小学校。先后在《人民教育》《中国教育报》《中国教师报》《中国青年报》等报刊发表文章一百余篇。出版专著《做幸福的乡村教师》。

做一个有激情的语文教师

张铁刚

激情，是对生活的高度热爱，对教学工作的全身心投入，是对学生的热切期盼。

——题记

一

一个精神饱满、激情四射的语文教师，必定会激发和唤起学生的学习热情，传递给学生探求学问的正能量。而一个十足倦怠的老师，面对懵懂而又倦怠的学生，这课就倦怠十足无精打采了。但愿天天都有激情奔放的语文教师，每一节都是激情四射的课堂。

激情，就是强烈激动的感情。激情就是全身心投入，专心于教学，感情充沛，富有教师个人魅力和对学生的感染力。

激情是一种激励，会让学生摩拳擦掌；激情是一种鼓舞，会让学生跃跃欲试；激情是一种关心，会让学生暖意盈怀。教育需要激情，教育呼唤充满激情的教师。因此，每个怀揣教育理想并追求理想教育的教师要富有激情。

语文教师要富有激情。因为我们的劳动对象很特殊，不是冷冰冰的车床，而是活泼好动有思想有个性的青少年。语文教师要有激情，因为我们每一天面对的都是一个个鲜活的生命；教师要富有激情，因为我们每一天面对的都是一双双渴盼知识的眼睛；教师要富有激情，因为我们每一天面对的都是一颗颗纯净的心灵。

有激情的教师应该是朝气蓬勃的，健健康康的，有活力的，有思想的，心中充满阳光的人。如此，教师才能关爱学生，感染学生，教育好学生。不要课内损失课外补的，工作亡命不顾家人的，不顾自己身体的，对得失斤斤计较的，把名利看得比生命更重的。

语文教师要富有激情。因为我们的劳动过程很特殊，不是整齐划一的生产流水线，而是一次次精神的旅行，要用一棵树摇动另一棵树，要用一朵云推动另一朵云，要用一颗心感染另一颗心。

有激情的教师永远唱着富有激情高亢嘹亮的清音，会开出幽默诙谐的花朵，永远绽放激情活力。

二

一个有激情的语文老师，应该做到：

教师精神饱满，教学投入。

一腔热血催桃李，满怀豪情育栋梁。教师每一天都应该朝气蓬勃，活力四射；教师每一天都应该心态阳光，谈笑风生；教师每一天都应该精神饱满，神采奕奕。讲课声情并茂，以高昂的激情感染学生，传递给学生正能量。

别的课堂我不懂，但我深知语文课不能对着空气讲，对着天花板讲，对着电脑讲。因为"现场感"很重要，语文教师必须盯着学生的眼睛，时刻与之进行交流对话，让课堂充满活力，让课堂教学更有效率！

有激情的语文教师应该关注生活，热爱生活。正如巴金说的"把书本、知识、生活连在一起，把学习好做人连在一起"。

"问渠那得清如许，为有源头活水来。"教师应该喜欢读书，备课时广收博采，深思熟虑，胸有成竹；讲课时厚积薄发，举重若轻，游刃有余。课堂上表情丰富，手势潇洒，板书美观，语言更是抑扬顿挫，妙语连珠，实现老师与学生互动，进行心灵与心灵对话，掌声与笑声共鸣；做到启迪心智，感悟人生，激发热情，给人感染力，让课堂洋溢灵动和诗意，让课堂充盈生命的活力。

教学中插入相关的故事传说，历史图片，影视资料等，教师讲解深入浅出，语言幽默风趣。客观评价和对待现实生活、历史事件和人物，引导学生学会思辨的看问题。敢于说真话，不神话人，不鬼化人。教人求真，学做真人，让学生树立正确的生活观，学会独立思考，完善人格。

语文教师注重学习方法的指导和培养。培养学生思维方法和动手能力，诸如做好读书笔记，筛选整合信息，分析鉴赏内容，评价探讨观点；注重知识的归纳总结，厚积薄发，熟能生巧；注重答题技巧，追求细节的完美。

尊重学生，教学相长。教师真情地尊重学生，教学中师生互动。尊重，让学生昂起头来，会让学生安下心来。教师要肯定学生，欣赏学生；要虚心接受学生的意见，弥补教学的不足。要用知识的源头活水去浇灌学生龟裂的心田，要用智慧的登天云梯去铺架学生成功的天路。教师要醉心于学习，书香浸润，与学生共同进步。

语文教师可以请学生当助手，对学生的阅读、回答、习作，教师适时中肯的点拨；有时教师装点糊涂，让学生去查证求证，取得成功感，满足感，加深对相关知识的理解。如果学生有表达的欲望，那就请学生来当一回老师……

语文教师注重肢体语言，诸如模拟表演情景再现，模拟声音，运用简笔画，增加学生的理解和学习的趣味。

语文教师要富有激情。激情是师德的彰显，激情是素养的流露，激情是能力的积淀。激情是教师的一种睿智，激情是教师的一种风采，激情是教师的一种魅力。语文教师要富有激情。让我们激情地去期待，让我们激情地去唤醒，让我们激情地去点燃，让自己的教育生涯演变成激情燃烧的岁月。

作者简介：张铁刚，四川省宜宾人，笔名"本色男儿"，自诩"教书匠"。一生的轨迹：割草娃—学生—农民—教书匠。毕业于宜宾学院，进修于西南民族大学，从事语文教育工作近30年，语文高级教师，省级骨干教师，现任职于宜宾市第三中学校。一生教书育人，逐渐形成了自己的教学风格：认真、严谨、激情、幽默。自创"激情语文，生活语文"教学法。发表教学经验文章和散文随笔200多篇，著有《生活·阅读·感悟·高考作文》一书，散文《岁月深处》（五人合集之《岁月·足迹·滋味》），随笔《灵犀自悟》。

宅女·书迷·才女

张铁刚

泰戈尔说，使鹅卵石变得至臻完善的，不是铁锤的敲打，而是那缓缓流淌的湿柔的流水。

——题记

一个宅女

她是一个典型的宅女，她也毫不隐讳地戏称自己是宅女。

宅女是我的一个同事，青春靓丽。她梳一个马尾，走起路来，马尾就在脑后左右左右晃荡；她背着一个双肩包，时尚而有魅力，睿智而明亮的眼睛藏在镜片后面，更显得书生意气，仿佛总是在思考。在流行超级女生讲究个性张扬的今天，这种传统淑女型的老师也少见了。

她的办公桌玻璃板下压着一张毛笔书法，"闲谈莫论人非，静坐常思己过"，字体飘逸，很见功力。这应该就是她的座右铭吧。

果然，宅女不多言不多语，心平气和的备课上课，工作有条不紊。她自己也说，"我就是典型的宅女，假期里，我可以一个月宅在家里不出院子，一个周不，出家门，一上午不离座……就连父母都为我担忧啊！"其实，这正是她，作为一个语文教师内心恬静淡泊的标志和板凳甘坐十年冷的潜在学者气质！

一个书迷

她既是宅女，又是书迷。她在宜宾市图书馆办有借书证。

就在这次峨眉三日游中，有两个晚上她都不出门，一到宾馆就拿出自己的大部头书籍来读。她读过很多书，在她的办公桌上，除了教参，还堆放有文艺书哲学书；什么庄子、孔子的，还有现当代的名家大作，如《随想录》《沉默的大多数》《平凡的世界》《蛙》……她还向我推荐过阿根庭名作《风筝飘》，她简直是一个书迷。

在最近的全市语文教师培训会上，她也在埋头看《看电影》的杂志。原来，她是喜欢法国大导演特吕弗，而且花大价钱买下了有关他资料的好几本书，哪怕中午只吃一碗面条。新课改的"电影文学"学习模块，她就可以大显身手了。

由于看书多，知识面广，她向我们讲解拜佛的礼仪，就一套又一套的，还用手势来示范，但讲解中又很矜持内敛，具有学者风范。

在今天这个物欲横流的时代，能够静下心来，临窗而坐，潜心读书，并以此自愉自乐，真是难得的"自觉"。

一位才女

有一天，一个老师指着她的背影羡慕地说，宅女是四川大学文学院毕业的高才生，是学校引进的特殊人才……这让我们刮目。四川大学的高才生，没有丝毫的张扬浮躁，却是那么虚心内敛，这更让我们格外敬佩。

她的教学很有条理，讲解也清晰流畅，很有文采。我们打趣说，你应该是一个电视节目主持人的。她却说，我当老师，就是在对学生进行直播！

说到直播，她还就拍摄了不少高质量的微课，在网络上点击量过万，老师们争相下载观摩。

也许是一个柔弱宅女和个人性情的原因吧，她的教学就多了几分人性化的味道。她说，要激发学生内在的想象力和引导学生独立思考，兴趣、好奇心远比那些死记硬背的东西重要。教书育人是艺术，一味的背书，有的理科学生就背成傻子了。

学习是快乐的，要摈弃背诵（死记硬背）情结。而那些被有几分泼辣凶悍的老师训斥和背诵已习以为常的学困生，面对如此宽容的老师，就有点放肆、嚣张。她也能忍耐、包容，仍然笑盈盈的讲解。温和如柔风的声音里，含着一股拨人心弦的柔美之力，把几十个学生的心紧紧拽住收紧，那学生也据渐渐安静下来，被老师带到了一个风光无限美丽的地方，享受着学习的乐趣，让人领会到了"润物细无声"的含义。她就是用自己的知识讲解和个人魅力，对学生进行唤醒，而不是逼迫……

在她的备课本上，自己总结出了一套诗歌、小说、散文、传记阅读的答题方法技巧，让学生在答题时有法可依，减少了失误。我们要求借鉴参考，她也乐意奉送，毫无保留。对作文，她又有专门的研究，总结了材料作文的写作方法，编写了《生活 读书 作文》一书。

开教学研讨会，她很少发表意见，但又常常一语惊人。记得有一次讨论辛

弃疾的《摸鱼儿》，她就从作家的身世说起，引经据典，讲明了文句的特殊含义，让我们在佩服中受益匪浅。

一次我去主任办公室打印资料，听到她正与主任说到《肚痛贴》的来历，也颇风趣。主任又拿出报纸说，这儿还有她写的诗歌呢！后来，才得知她还是市里作家协会会员，正筹备出版一本诗歌散文集子呢！她又自己的QQ文学群，定期组织读书和作品交流会……

她，是一位名副其实的才女。

而她，其实就是我们学校的一个普普通通的语文教师！

后记：她还说，明年暑期准备一个人去西安、咸阳，或者去敦煌，象一个旅行者一样去旅行，去流浪……读万卷书，行万里路。那时，她就应该是一个旅行家了……

作者简介：张铁刚，四川省宜宾人，笔名"本色男儿"，自诩"教书匠"。一生的轨迹：割草娃—学生—农民—教书匠。毕业于宜宾学院，进修于西南民族大学，从事语文教育工作近30年，语文高级教师，省级骨干教师，现任职于宜宾市第三中学校。一生教书育人，逐渐形成了自己的教学风格：认真、严谨、激情、幽默。自创"激情语文，生活语文"教学法。发表教学经验文章和散文随笔200多篇，著有《生活·阅读·感悟·高考作文》一书，散文《岁月深处》（五人合集之《岁月·足迹·滋味》），随笔《灵犀自悟》。

最美的遇见

——重读《魏书生现代教育丛书》有感

张振娜

　　和魏书生老师相遇是在七年前，2009 年 8 月 8 日，就在这一天，我亲身聆听了他的专题报告，目睹一位特级教师、一位全国劳模、一位重量级大师、一位著名教育专家的风采，真让人耳目为之一新，心灵为之一振！之后再搜罗和他相关的书看呀看，我很快在亚马逊买了一套《魏书生现代教育丛书》（4 本），之后的手不释卷中我醍醐灌顶，他的六步教学法，他的语文知识树，他的培养学生自我管理自我教育和自学能力的观点……烂熟于心。这一次，我用了一个暑假再次翻看了他的书，有了新的感悟。特别是《魏书生谈语文教学》，开篇第一页《改变自我，世界变新》中的"改变自己的世界观、人生观，提高自己的认识能力，改变自己为人处事的态度，改变自己的工作方法，改变自己的学生观、教育观，改变自己的语文教学观。将自己的狭隘变得宽阔，自私变得利他，僵化的思想方法变的活跃，唯心的变成唯物的。""埋怨外界不好，常常是我们自己不好；埋怨别人狭隘，常常是我们自己不豁达；埋怨环境太恶劣，常常是我们自己没能力；埋怨学生难教，常常是我们自己方法少。"说得多么精辟！

　　他的书，正如他的报告娓娓道来，没有故作高深玄虚的专业术语，没有居高临下的指指点点，我的思绪不由再次回到 2009 年 8 月 8 日——

　　上下午各三个小时的报告，魏老师都是一气呵成，自始至终他一直站着（注意：不是坐着！），纯正的东北口音，没有咄咄逼人，没有愤世嫉俗，幽默而不落俗套，渊博却不失纯朴，听众们屏息倾听，不时发出会心的笑声。阵阵热烈的掌声足以说明一切。听完报告我当时最深刻的体会是: 这是一次艺术的享受，更是一场精神的盛宴。

　　时隔七年，再次捧读《魏书生谈语文教学》，魏老师对寓德育于学科教学

之中的执着探寻和真知灼见、对主体教学高屋建瓴的阐释和创造性的实践、对学生科学学习方法的深刻思索和精当归纳……一一在字里行间显现，我内心的涟漪一次一次荡漾，我激动，我兴奋，我再次领悟了很多。

"教育者应该用民主化、科学化的教育理念来指导教学"，这个教育理念被魏老师从 1984 年提出直至今日，没有更改过。那近似口语化的语文教学经验总结的提纲"一个思想"（教学民主）、"两个能力"（自我教育能力和自学能力）、"三个结合"（教给知识、培养能力、发展智力）、"四个过程"（提高认识、激发兴趣、教给方法、培养习惯）、"五个内容"（教科书、心理学、教育学、名篇时文、科技知识）、"六个教学步骤"（定向、自学、讨论、答疑、自测、自结），看似平淡无奇，但其丰富的内涵、直逼语文教学本质，与时下的课改理念和精神非常吻合。但和当今花里胡哨的教育理论相比，魏书生的语文教学系列理论更显朴素、明晰，操作性更强，不浮躁，不媚俗，可谓"繁华落尽见真淳"。他的"守住"还表现在很多方面：一是他写日记从 1978 年开始，一直写到现在；二是他喜欢的杂志《国外科技动态》《比较教育研究》，二十几年订阅，持续不断；三是每天跑三千米，从七十年代开始，哪怕大年三十也从未中断；四是要求学生天天写日记、口头作文，从 1978 年开始，一直坚持至今……如果有什么事情值得去做，就值得把它做好。只要是魏书生认准的事，只要他做，他就坚持，他就守住，天天、月月、年年。一个平常的人，以永恒的心态对待流动的时光，他便会在逝者如斯夫的时光中凝固。

魏老师以一个从挫折、磨难中走出来的杰出教育家的身份告诉我们："种好自己心灵的责任田"：安贫乐道，潜心育人。

任尔东西南北风，我自岿然不动；任凭风吹雨打，我自闲庭信步。

人生 99% 的事我们自己说了不算，我们要做的是把自己说了算的那 1% 做好。

用平平常常的心态，快快乐乐地工作。

在平凡的岗位，平常的工作，平淡的生活中，感受真快乐，体验真自在。

享受不在空中在脚下，不在大处在细处。

……

轻轻合上《魏书生谈语文教学》，我又翻开一本笔记本，仔细审视最近写下的点点滴滴,这是我个人最珍视的读书笔记本,它的扉页上,赫然是一行字——"静能生慧 魏书生 二〇〇九年八月八日"，那字迹，柔而有刚，清瘦遒劲。静静凝视魏老师的真迹，再次提醒自己，要谨记一个教育前辈给后辈在做人、工作、生活等方面的最朴素又最丰富的提点，以及无限期许……

感谢魏书生老师为我带来了最为明亮和纯真的信念，给了我前进的动力和自强的力量。七年来，我获得了一些微末的工作成绩和荣誉：中学语文高级教师，广东省首批省级骨干教师、广东省中小学教师资格考试面试考官……但我明白，凡人都会诸多欠缺，只不过是伟人少些，凡夫俗子们多些，而我正站在这后一个行列之中。我会睁大眼睛，仔细地审视自己，真诚而勇敢地面对自身的欠缺，并用积极感恩的心态奋力前行。

作者简介：张振娜，女，广东省揭西县纪达中学语文高级教师，国家二级心理咨询师，中国关工委高级家庭教育指导师，美国认证正面管教家长、学校双讲师。广东省首批省级骨干教师，省中小学教师资格考试面试考官，省十佳阅读教师，揭阳日报社《教育周刊》特约撰稿员，第六届潮汕星河辉勇师表奖获得者，多次执教省、市、县优秀课例获奖，多篇教学论文及教学设计在全国、省、市获奖，主持完成三项市县课题，长期负责初中毕业班语文教学工作并参与中考阅卷评卷工作，曾受邀前往多个社区、学校、教育机构及企业单位开展中考备考和家庭教育讲座，近两年在省内已开办数十场次线下公益讲座，100多节线上公益微课，颇受好评。

集邮丰富我的课余生活

江剑锷

我爱集邮，因为邮票是国家名片。通过集邮，我可以从邮票上懂得了中国悠久的历史、文化和科技发展，可以感受到我们文明古国的伟大，还可以了解到世界各国的历史文化和风土人情……多姿多彩的邮票，给我的教学生活书写了无限精彩。

说起集邮的历史，那还得追溯到上个世纪80年代初。那年我十岁，刚上四年级。有一天，我偶然接触到堂哥的集邮册，顿时被花花绿绿的邮票所吸引住。堂哥看到我如此喜爱，顺便给了我一些零散的盖销邮票，并教我如何来收集邮票。从初识邮票开始，到现在还一直坚守着这个还算文雅的爱好，如此算来，到现如今集邮的年限也将快有四十个年头了。

近四十年集邮生涯中，总有一些往事令人唏嘘。回想起小时候集邮的种种"糗"事，我现在还历历在目：曾记得那些年，当时农村的交通信息还十分落后闭塞，书信还是最常见的交流沟通方式。那时每个村子都设有临时邮政经销代办点。邮递员骑着单车每周隔三差五的会送来一大批信件，就是放在临时邮政经销代办点柜台上面。每当邮递员自行车铃铛响起，我都会往临时邮政经销代办点里凑，有时假装翻翻信件，似乎在寻找信件；有时也会假装买点糖果什么的，更多时候是趁店主不备，快速地撕下自己心仪的邮票。俗话说："常在河边走，哪有不湿鞋？"随着自己"偷撕"邮票的次数实在是太频繁了，难免总有那么一两回会遭到店主人或信件主人的呵斥和怒骂。那时年少无知的我，只能落荒而逃……

小学毕业，我以优异的成绩考到中学。父亲为了鼓励我，奖励我，特地给我买了一本集邮册。我当时甭提有多高兴啦！拥有了第一本集邮册后，我的邮票从此有了个安身的"家"。我每天都会小心翼翼地整理套插邮票，虽说自己的收藏中没有多少珍稀邮品，但由此而带来的欢乐和享受也许会永远伴随我的生活。闲来无事时翻看一下，面对着一枚枚方寸邮票，往往就会将陈年往事盘点出来，甚至能详细地回忆起每套邮票或邮品的具体来历，尤其是早期　收集的那些。回想起小时候"偷撕"别人信封上的邮票，现在都还觉得好笑，太幼稚了！

随着邮票的越来越多，我也无师自通地弄懂了邮票志号的含义，J代表纪念邮票，T代表特种邮票，J、T邮票都有自己的排列序号，序号后面括号里的（6－1）代表这是全套六枚中的第一枚。明白了这些后，我更加痴迷进去——原来这小小的邮票还有这么多学问。尽管痴迷，但那几年我几乎没能收集全一套多枚票，因为当年发行邮票都是以实用为目的，每套多枚票的最后一枚或几枚几乎全是用于国际信函的高面值，这是在平时通信中根本见不到的。现在再拿出来看也都是一点价值都没有的，因为那一枚枚邮票都是被我从信封上直接揭下来的，几乎没有一枚不被揭薄的。

这样的境况一直到了 1988 年的下半年才有了彻底的改观，师范毕业后，我有了自己的工作和固定收入后，改变了"偷撕"别人信封上邮票的嗜好，从此就在邮局征订年册了，2003 年又开始加征订小版票年册。现在，在我的书柜里，整齐地放着四五十几本精致的集邮册，加上早年间"偷撕"的战利品，里面珍藏了近万张本国或外国的各式各样的邮票。

在众多的邮票中，值得自豪的是第一轮生肖票全部集齐了，其中以"金猴"尤为珍贵；还有就是 2003 年"非典"小版张……当然喜欢的邮票还很多，有上世纪五、六十年代发行的邮票，有"文革"票，还有许多外国邮票……每一张都使我如痴如醉，百看不厌。从这些邮票中，我认识了世界上各种各样的珍禽异兽，欣赏到世界各地的风土人情，了解了古今中外许多传奇的历史故事，领略到国内外的名胜古迹，还让我记住了很多有纪念意义的日子。

至今，我还一直坚守着我的集邮梦。每当工作疲劳或烦恼时，我只要翻阅欣赏年册邮票，就能给我带来无比快乐与幸福，那种烦闷燥动的情绪立马在邮票中得以释放，精神顿觉轻松舒爽、心旷神怡。这时，我忽然灵光一现，脑洞大开。我不禁思忖：新课改大力倡导特色校本课程的开发和利用，我何不趁着这股强劲的春风来实现"邮票进课堂"的教学梦想呢？于是，这个大胆的设想便在我的语文课堂中得以播种并且生根发芽：我先在班里举行一次集邮展，介绍集邮的相关知识，让同学们开开眼界，也让同学们和我一起分享集邮的快乐。展览之余，然后我找寻文本中与邮票有着千丝万缕联系的内容"结合点"，进一步让诸如"颐和园""长城""秦兵马俑"等邮票运用于语文教学上，让这"方

寸"文化有效地融入语文教学,真正开创出一条语文校本教学的特色之路。

集邮丰富了我的课余生活,集邮带给我无穷的乐趣。邮票,我的至爱,我将一如既往的陪伴在你的身边……

作者简介:江剑锷,福建省龙岩市教师。1969 年 7 月出生,现任教于龙岩市永定区湖坑中心小学,中学高级教师。系福建省优秀教师,福建省农村骨干教师,龙岩市第一批"名师",龙岩市语文学科带头人、骨干教师。担任市级语文重点课题负责人,致力于客家土楼文化与语文教学有机结合的校本研究。撰写教育教学论文在《中国教师报》《江苏教育》《新教师》《新班主任》等教育刊物上发表 80 多篇,并且在国家、省、市、县级教育教学论文评比中屡获佳绩。指导学生作文参加高规格比赛成绩突出,已指导学生 300 多人次在各类作文期刊上发表。

对　联

吴宾

　　离年三十还有三天，我匆匆把超市赠送的那副对联贴在出租屋的门上，就坐火车回千里之外的老家。虽然工资很低，但我还是买了几件像样的礼物给父母。由于行李超重，下了火车，被终点站的工作人员逼着交了 40 块钱的超重费。

　　回家的时候，已到第二天晌午，超重缴费的事情还影响着我，以至于到家后父母看到我，觉得我是在工作上遇到了什么难处。吃饭的时候，我大骂火车站的人欺负外地人，父亲却沉默不语。直到我说的无话可说，父亲才轻轻的说了句话："杨老师病了，明天你去看看他。"

　　杨老师算是我的启蒙老师，从小学一年级一直教到我五年级。说句掏心窝子的话，杨老师是位好老师，对我也格外照顾。小时候的我不懂事，不懂得老师的照顾是那么的珍贵。直到我上中学时离开他，才明白老师照顾一个学生的重要性。初为人师的我遇到多次家长提着礼物让我照顾学生的事情，虽然我担心被举报没有收下礼物，但也明白老师的态度对学生是多么的重要。

　　在求学阶段，我这个人很率真，说话直来直去，这让我得罪了不少同学。没有老师罩着，我的处境可想而知。上中学以后，我才明白世态炎凉、尔虞我诈、勾心斗角等成语的含义。走上社会，才知道男人需要关系，需要圈子，而女人更爱房子、票子、车子，而不是一无所有的才子。这些年在外闯荡，每当遇到被排挤陷害，我就会想起杨老师，尽管我已经长成了人高马大的山东大汉，但实际上我还是那个内心脆弱且需要大人保护的小学生。

　　晚上去理了发，又去村里煤矿的浴池免费洗了个澡。第二天，我吃完早饭，和父亲打了声招呼"我去杨老师家了"，拔腿就走。父亲吃惊的拦住我，让我把带回家的礼物给杨老师。我当然不同意，那可是我花了半月的工资给父母买的，而且年后我还想和父母提买房子的事情。如果父母看到我实心实意地孝敬父母，父母可能会拿出家里的全部积蓄帮我买房。

无奈之下我诓父亲说，我担心城里的买的东西，杨老师不习惯用。父亲信了我的话，把家里原有的十斤鸡蛋和二斤挂面塞给我。父亲又想去抓家里那只大公鸡，但我已迈步出了家门。父亲也没有抓住那只公鸡，站在家门口看着我离开，快进另一个胡同了，我皱着眉摆手让父亲回屋。

杨老师有三个儿子，都比我大，但都没有考上大学。我进杨老师家门的时候，杨老师的小儿子正在天井里独自看着天抽烟。看见我来了，他有点吃惊，过来接过东西，放在地下。他似乎是想和我握手，却快速迈步进屋，"爸，洪涛来看你了。"我听见里面有人很吃力的"嗯"了一声。

我进了堂屋，杨老师就在堂屋床上躺着。原先红润的皮肤没有了，此时整个人消瘦的只剩皮包骨头。不知道怎么的，我心里特别难受，眼睛含满了泪水。杨老师看我的眼神很亮，他努力抬着手，从嘴里挤出几个字"坐，快坐。""三儿，冲茶。"第一次和癌症病人坐的这么近，我内心有一种难以名状的恐惧。但我不想被杨老师发现，努力地让自己表现得自然一些。

我不敢与杨老师对视，目光来回游离，直到落到八仙桌上。八仙桌上有十来副写好的对联，杨老师的字我认识。每逢春节，妈妈就拿着红纸找杨老师写对联。杨老师给乡里乡亲写对联，从不收任何费用。每年，杨老师都要写几百幅对联，自己还要花钱买油墨，但杨老师从来不计较。杨老师在村里是个文化人，受人尊敬。村主任在村里飞扬跋扈，动不动就骂娘，可见了杨老师总是低声细语，毕恭毕敬。

我觉得毛笔字没什么用，从来也没有练过毛笔字。但是，我知道杨老师毛笔字非常好，自成一体。杨老师写毛笔字时全神贯注，心无旁骛，写出的字工整中带着洒脱，笔锋锋利中带着圆润。我要是能有杨老师的字一半好，我就会先申请个某某书法学会的会员，然后把字装裱起来出售。

我是村里第一个本科生，上的又是师范专业，杨老师常以我为荣。毕业后，我到离老家千里的农村中学教书，混得一般。但因为我毕业没有回家，村里人都觉得我有本事，在外面吃得开。每当有人想问我工作的问题，我就十分局促不安。可是，杨老师却开门见山的和我聊起了工作。

"在大城市工作，工资一定很高吧。"

"一般，和咱这里差不多。"

"大城市消费也高，赚得多，可能也不够花，得节省。"

"嗯"

"大城市的教室都是现代化吧。"

"嗯"

我真想告诉杨老师，我在农村工作，工资不高，混得不好。可是，虚荣心又让我张不开嘴。

"你比我有出息，能去大城市教师。好好工作，给咱们当老师的长脸。"

我简直有点无地自容，想找借口离开。这时，杨老师的儿子进得屋来，劝我留下吃饭。我连忙接话，说时间不早了，改日再来，就匆匆离开了。

离家老远就看见母亲和一个二婶在我家门前聊得起劲，不时传来哈哈大笑之声。走近了，发现二婶拿着一叠红纸，难道是让我写？二婶也看见了我。

"这不是回来了吗？杨老师病了，不好意思再去麻烦他。找你帮着写几副对子。"

"额"……

晚上就和父母大吵一架，因为我根本不会写毛笔字，而父母说，你上了那么多年的学，现在又当了老师，怎么连毛笔字都不会写。父母还说，你是不是想收钱，如果想要钱，父母给，但二婶的钱绝对不能要。

无奈之下，我用握钢笔的姿势一笔一画的给二婶写了3副对联。字迹虽不潦草，但毫无书法的韵味，与杨老师的字有天壤之别。字一晾干，母亲就迫不及待的给二婶送去。回来时欢天喜地，夸二婶家的干果好吃。我的内心稍微宽慰了一些，毕竟我的字算不上书法。

还好，再没有别人让我写对联，大多数家庭都是在村里的大集上买对联。买的对联，还有鱼、元宝、胖娃娃等装饰性的图画，有的还有鎏金的镶边。村里人依然对我尊敬有加，大家对我的尊敬源自于我那个大学本科毕业证。而大家对杨老师的尊敬，是源自于杨老师懂道理、有知识、有涵养，还能写一手好字。而我只是会做题，能考试，最后有个大学毕业证。

春节过后，我匆匆赶回了学校，因为要给学生补课。大概到了立夏时节，父亲打电话给我，杨老师去世了。工作很忙，又有千里之遥，也没有回去看一看。

十几年过去了，各地的学校都规范了，老师早已不再给学生补课，老师的假期多了起来。闲暇之余，我会练几笔书法。可我从来也不敢将自己的书法张贴，因为我的书法比杨老师差的太远。

这些年著书立说，文章发表了不少。每次过年回家，都有一种把自己的拙作烧于杨老师坟头的冲动。可是，我不敢。杨老师的人品、为人远在我之上，我有何面目显摆自己的一点点成绩呢。

偶有一次去书法展，一副对联动辄上千元。杨老师的书法绝不逊色于书法

展中书法家的作品。可是，几十年来，杨老师每年给大家写几百副对联。如果按书法展的行情估价，杨老师书法的价值之和几乎是天文数字。

我没有杨老师的书法，可是，每逢假期，我会做一些公益的讲座，给我网络上的学生做免费的辅导，这或许是受了杨老师的感召。君子固穷，不该拿的不拿，这或许是每位老师应该坚守的道德底线。

杨老师去世十几年了，我也年届四十。偶有学生家长馈赠或请吃，我必力辞。教师工资不高，勉强养家糊口。每日粗食淡饭，外出自行车代步，总会被人耻笑。我遇到过向我炫耀锦衣玉食的学生，可总不为所动，因为我对锦衣玉食没什么感觉。学校在农村，去市里我必做城乡公交，决不肯坐家长的小轿车。杨老师的书法和人品，我望尘莫及，但做一些力所能及的小事，我无惧别人耻笑。

又要到春节了，再回千里之外的老家，是否还有人找我写对联呢？我的字依旧不好，但是我不再拒绝。因为我的字里面，有我的为人。我虽不如杨老师，但为师十六载，我无愧为学生，无愧于家长。

作者简介：吴宾，山东省威海三中物理教师。在《中国教师报》《班主任之友》《班主任》《中小学德育》《福建教育》《青年教师》《当代教育家》《教师月刊》《今日教育》《山东教育》《教师博览》《中学物理》《德育报》《教育文摘周报》等发表文章80余篇，著有《师经》等。威海市市直教学能手，威海市教科研先进个人，威海市市直优秀教师，山东省优秀电教员，威海市名课程团队骨干成员，校长传媒专栏作者，《教师博览》签约作者，2017年9月登上《教师博览》"人物志"。主讲《师德师风修炼》、《新入职教师培训》、《国学中的班级管理智慧》等课程。

读书从听书开始

赵富强

谈起我的读书史，我感到自己印象最深刻的并不是读，而是听。我是一个自幼生活在农村的人，农村村上没有图书馆，学校也没有，家里连饭都吃不饱，更谈不上有余钱买书了。关于有书的记忆只有几本连环画，也记不清究竟翻过多少遍。现在想来，有不少大部头书，都是从听开始了解，收音机里播讲的"书"。

爷爷曾经高小毕业，在我们镇供销社上班，在农村也算是一名知识分子吧！他会写毛笔字，喜欢听收音机。我童年的时候，家乡非常贫穷落后，人们精神文化生活非常贫乏（我初中二年级那年，村上才通了高压电）。晚上，写完作业，跟着爷爷听收音机成了一种享受，爷爷喜欢中央台广播电台的《新闻联播》、《今晚八点半》等节目，我则喜欢听《小喇叭》、《评书联播》等节目，尤其是《评书联播》节目，特别的钟爱，有《三国演义》、《萍踪侠影》、《红楼梦》、《水浒传》、《说岳全传》、《隋唐演义》、《七侠五义》、《杨家将》、《封神榜》、《穆斯林的葬礼》等，天天等着、盼着，播出的那一刻……刘兰芳、单田芳、袁阔成，他们用曲折动人的历史故事，充实了我的青少年时代。

印象最深的是听到中央人民广播电台播讲作家路遥的长篇小说《平凡的世界》。著名播音员李野墨那憨厚悦耳的男中音，深深地吸引着我，使我认识了生活在黄土高原上的许多有志青年：孙少平、田晓霞、金波……知道了他们对人生、对爱情执着追求的感人故事。

《平凡的世界》中给我留下印象最深的是孙少平，他是一个有文化，但没有机会进入大学或拥有工作的农村高中生，也是一个近似于宗教信仰的精神至上的奋斗者，他不甘心把自己局限在农村这个狭小的生活天地里，就带着一种悲壮的激情走进城市，在一条最为艰难的道路上进行人生的奋斗和拼搏。他对人生的狂热追求，是如此强烈地震撼着我的心灵。一股从来未有过的激情不可抑止地从我的心底里滋生起来，我感到有一种回旋上升的力，一种超自然的力，

一种强大的生命力，猛烈地向我胸间袭来……

小说播讲完之后，很长一段时间里，我的心一直还停留黄土高原上那群青年身上。我极想得到一本《平凡的世界》，然而，小镇的书店里没有，县城的书店里也没有。我在焦急地等待中深信：不久的将来，《平凡的世界》这本书，县城的书店会有的，小镇也会有的。因为这本书曾感动无数的人。

当《平凡的世界》终于出现在县书店的书架上时，我连忙买了一本。在我在人生的道路受到挫折、郁闷、苦恼的时候，总是默默地打开书，一遍又一遍地读孙少平在艰苦的劳动中，身子被背上石头压成一张弯弓的背影，读孙少平用劳动"掠夺"别人财富，征服别人的故事，……尽管小说结尾，孙少平仍是一名普通的煤矿工人，但在我的心中却是一个顶天立地的英雄，因为他不曾丧失远大的理想，并为此而艰难地奋斗过。我知道了：人活一生，总要坚持一点什么吧！哪怕是微不足道的，哪怕是错的，坚持到底也自有一种令人不敢讥笑的气质、底蕴在。后来，我写的一篇读后感，还在中央广播电台的《黄金二十二点读书》栏目中播出。

再后来，我有机会进入师范学校学习，本想会在学校的图书馆里读到一些好书，谁知学校面临着被省里撤销的尴尬境地（后来还是被撤销了），拼命地抓硬件建设，根本顾不上学生读书这方面的小事，想在师范中多读书的愿望成了泡影。好在学校门口有个个人书摊，对外出租图书，我就从生活费中节省一些钱，用来租书看，主要看一些世界名著，如《老人与爱》、《假如给我三天光明》、《简爱》等，因为书是花钱租来的，并且按天收费，我格外珍惜时间，所以读的比较快，两年下来，虽说囫囵吞枣地读了不少书，但吸收的却很少。

参加工作后，娶妻生子，工作忙碌了，家务活也多了，读书的时间少了，在加上农村学校读书也没有读书氛围，也很少读书了。平时只是翻翻一些学校订的教育报刊杂志，即使想写一些文章投稿发表，也非常有功利性（评职称加分），虽然也在《中国教师报》、《人民教育》、《山东教育》等报刊发表了十几篇"豆腐块"，但是没有什么读书计划，一晃就是十多年过去了。

2009 年 4 月，结识琴岛的李淑芳老师，她给我提供到青岛名校参观学习的机会，并有幸到她家做客，看到她家中到处都是书籍，很受震动，在她的介绍下，我还成了青岛大学教授兼青岛作协副主席曹安娜老师的编外学生，开始读一些教育专著，如苏霍姆林斯基的《给教师的建议》，陶行知的《陶行知文集》，李镇西的《做最好的老师》，薛瑞萍的《给我一个班级就足够了》，陶继新老师赠送的《名校解码》，孙明霞老师的《用生命润泽生命》，茅卫东的《心平气和当老师》，曾纪洲老师的《教书，不简单》，……

如今，学校有了图书室，互联网网络也普及到了农村，我不但能读纸质书，也能在网络是读电子书。常常觉得一卷在手，感觉生命就不再枯燥，人生就多了些灵润。书，将是我永远的朋友了。

作者简介：赵富强，山东省曹县普连集镇回民小学教师。先后被市、县宣传部评为优秀辅导教师，被教育局评为师德标兵、优秀教师。喜欢文学，爱好写作，自1996年6月25日在《菏泽日报》发表处女作《美好的期待》至今，已发表文章30多篇；2002年10月，作品《家在商都》在县电视台举办"家乡巨变"征文大奖赛中荣获成人组二等奖；2007年11月7日，《您将永远引导我成长》发表在《中国教师报》的头版上；《做一个有爱心的教育者》发表在《人民教育》（2008年2期）上。

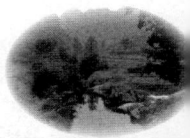

幸福就在身边

吴海峰

题记：幸福就是恋人的陪伴、爱人的守护、亲人的理解、家人的等候。

星期三上完两节晚自习，回到办公室，整理好自己的办公桌，点燃一支烟，凝望着飘渺的烟，思索着今晚问问题的几个学生是否真的都理解了，统一分析的共性问题又有多少学生懂了，弹落烟灰，手机适时地响起，哦，八点半了，孩子催我回家！

一股烟味向学校大门口飘去，烟味随即被深秋的夜风吹散，我把风衣的扣子都扣上，竖起了衣领，手中香烟的火星在风中忽明忽暗，站在街边等待偶尔有开往县城的出租车，头顶的电线被风吹得发出恐怖的怪叫，街上的行人较少，出租车的顶灯看得很真切，谢天谢地有车，望着它渐渐近了，烟蒂被我弹出手，划出美丽的弧线落在路边，跳了几下，眨着眼看着我钻进出租车里。

"真舒服，再过 30 分钟就到家了！"我自言自语道。

车载音响中流淌着萨克斯吹奏的"回家"！

"怎么不走啊？"我疑惑地问道。

"大叔，您就让他再等一客吧？！"副驾驶位置上传来一声轻柔的建议，我以为是乘客的姑娘对我回声诚恳地一笑。

"好吧，那老板你也不能在这儿傻等啊，你到街面上再兜一圈。"我附和着，钱难赚啊，就我们两客人，20 元不足以弥补他行驶 35 公里的油费。

"好嘞……"驾驶员娴熟而迅速地调转车头一路前行。

在车灯和路灯的照射下，很清楚地看到前面有人招手，车子停稳，放下车窗。

"老板，头罾你去吗？"头罾与我回家的方向相反，我如果随车去，至少要耽误 45 分钟的时间，如果我不随他们去，下车再等车，还不知道等到什么时候。

驾驶员回头望着我，面带为难，又转头望望副驾驶位置上的女孩。

"你傻啊，看钱不赚！"女孩毫不客气的埋怨着。

"走吧，我顺便也跟你们去兜兜风。"我无奈的哼了声。

"还是大叔大气！"女孩说话直来直去。

车子上来了一个三岁左右的小女孩和一对小夫妻。

"今晚回到家，奶奶肯定会骂死你！"一上车女人嘟嚷着。

"怎么啦？我妈才不像你那么小气！"男人嘟着嘴回道。

"你还说我小气，来时车费30，回家又是60，晚饭160，小吃又是80多，加起来都可以给孩子买几身新衣服了。"女人一脸的不高兴。

"谈恋爱时，你特爱小吃，对钱一点不心疼。"男人针锋相对地回着。

"以前是以前！"女人声音有点大了，小女孩愣愣地看着爸爸妈妈，"你可不能学你爸，用起钱来，大手大脚地用。"女人逗着小女孩笑着说。

小女孩咯咯地笑了，女人掏出纸巾轻轻地擦掉小女孩嘴角的口水。

出租车载着孩子的笑声，在路灯下平稳地前行着，擦掉后门车窗上的水汽，望着车窗外一户户还亮着灯的农户，心中有一种说不出的温暖。

"哦，到家了！"孩子的欢呼声打断了我的思绪。

出租车调转车头前往回家的方向。副驾驶位置上女孩的手机响了。

"喂⋯⋯"女孩小心地接着电话。

"⋯⋯"

"现在大概9:10。"

"⋯⋯"

"没事的，恩⋯10:00前肯定到家。"

"⋯⋯"

"您就放心吧！"女孩抿着嘴说到。

"⋯⋯"

"那⋯⋯，我挂电话了！"

"是你妈打过来的？"

"不是，是我爸！太迟了，他不放心！"

"我叫你今晚不要跟过来，让他们担心了吧！"男孩心疼地说着。

"还不是全怪你，只知道赚钱，白天我要上班，只有晚上坐在你车上寻找恋爱的感觉！"女孩低着头。

"从来没发现你爸这么关心你！"男孩支开了话题。

女孩幸福仰头把身体地靠在车座位上的靠背上。

车窗外的路灯迎面而来，又迅速向后飞去，一路上，我一言未发，不忍心打断他们温馨的谈话。

女孩似乎意识到我的存在，扭过头不好意思地对我说："大叔，耽误您时间，到家都快 10:00 了。"

进入小区，到了楼下，看到自己那还亮着灯的家，一股暖流在我血液中流淌，快步上楼打开家门，儿子扑进我的怀里，抬头望着我，仿佛在责怪我的迟归，老婆忙着用手机抢拍我们父子相拥的镜头……

作者简介：吴海峰，江苏省滨海县教师。盐城市学科带头人，盐城市教科研先进个人，盐城市教科研先进集体负责人，数次开设省市县级教育教学讲座，有三十多篇文章发表于各级各类刊物。曾赴英国苏曼教育国际发展中心培训、考察交流。

圣洁的脚印

刘多勇

　　2017 年的第一场雪来得突然、迅猛，漫天的雪花迅速将天、地、人融为雪白的一体。屋顶、马路很快积了厚厚的雪，树枝断了，竹子弯了。城里的人蜂拥着出城去玩儿雪、拍雪景。而我们必须在周日下午趁道路没有上冻之前赶回明中小学，几百个孩子还盼着我们呢。

　　三排山的雪，块头特别大，密密层层地击打着挡风玻璃，如果不动雨刮器，几秒钟就可以覆盖汽车的挡风玻璃，公路上的新雪已经有好几寸厚，还好是新雪，汽车不打滑。我们一行 5 人赶到校园，一个瘦小的背影出现在操场上，她站在被大雪覆盖的操场上，一边和到校的孩子们热情打招呼，一边清除积雪。走近一点，再走近一点，啊！这不是已经请婚假了的赵老师吗？

　　她的婚期在 10 号，现在都是 7 号了，还有两天就出嫁，　这可是人生的大事啊！怎么不去好好准备，跑到学校来干什么呀！我走上前去，用训斥的声音问她。她简单地回答我："刘校长，不是还有两天吗？结婚的当天我上完第 2 节课就回去结婚！"这是什么逻辑？我无语，跟着我一起进来的老师们也蒙了，是婚姻出现了变故，想逃婚？还是……这些念头风快地滑过我的脑海，这是大问题，我必须弄清楚。"赵老师，你待会儿到我办公室来一下。"我撂下这句话，离开。

　　我在办公室足足等了半个小时，在半小时里我假设了 N 种情况，预设了 N 种处理的办法。咚咚咚，她敲门走了进来，我随便说了声请坐，刚等她坐下，我就问："你说，是怎么回事？马上就要结婚了，怎么？想不接了吗？刚刚请假，你不在家好好准备，跑到学校来干什么，你班上的学生都给你安排好了的。你说说，你说说……"

　　我越急，她越慢条斯理，不慌不忙的挤出两个字："上班。"我的个天啊！你是脑壳搭铁吗，结婚可是人生的大事啊，需要筹备的有很多，你就这么不在

乎？这时，她的脸上露出了笑容，而且笑出了声！我的个天啊，你是跟你未婚夫闹僵了，还是？亏你还笑得出来，如实招来，怎么回事？她笑着说道，刘校长，您别急，我们没事，好着呢！您甭替我操心，一定准时请你吃喜糖。是这么回事，周末我回去跟他商量了，因为这几天天寒地冻的，又到期末了，我又是班主任，心里放心不下这群孩子，我决定继续上班，结婚的当天上午上完第 2 节课就回去结婚，准备的事由他在屋里准备就行了，还要请您批准！她说得很轻松，每个字都清脆而欢快。我顿时沉默了，我不知道怎么去回答她，我也找不出什么理由来拒绝她。当我抬起头，她已经走出了办公室，我回过神来，快步走到阳台上，操场上她的身影又映入了我的眼帘，娇小的身段，轻快的步伐，一头秀发在寒风中快活地摇摆。

我望着她的背影陷入沉思，说实话，在这个物欲横流的时代，很多人变着法子都要请假耍，哪怕扣钱也在所不惜，而小赵老师，这个 90 后的姑娘，能够放弃婚假坚持上班，而且不像某些特殊年代那种带着强烈政治色彩的行为，而是由衷的、淡定的、顺应的。很明显，她很自信很轻松地做到了结婚和工作两不误。我不禁对小姑娘的生活态度和处世哲学心生敬佩。

雪地上，两行圣洁的脚印向前延伸……

作者简介：刘多勇，重庆市城口县教师。1999 年师范毕业，2008 年重庆教育学院函授本科汉语言文学专业毕业；1999 年 7 月参加工作，先后在城口县沿河小学、城口县河鱼小学工作，现城口县明中小学支部书记、校长。参加工作的 19 年中一直在乡村小学工作，多篇文章在《城口教育》、《城口文艺》发表，多篇论文在市县级获奖，2016 年指导学生参加全国五好小公民主题演讲读书活动比赛荣获市级三等奖；主研市级课题《农村小学课外阅读与能力培养研究》于 2017 年顺利结题， 2017 年 4 月撰写论文《孩子的"悦读"习惯从兴趣抓起》荣获科研论文市级一等奖。

小小的纸签

郭训池

窗外，一片宁静，天空一片静谧，而这阴冷的寒风似乎与这份惬意格格不入。室内，温暖的炭火，踢去阵阵寒意，为这片祥和增添了不少韵味。国培成果展示阶段进行得如火如荼！此时的我如坐针毡——抽签上课，我会不会是那个"倒霉蛋"吧。毕竟我一向的手气都是"好到爆棚"！怀着忐忑不安的心境，我顺势坐在了教室的角落，注视着教室内接下来会发生的一切不定之数，乃至一切皆有的可能！耳旁的窃窃私语不禁让我抿嘴自笑！"哈了，等会儿把我抽中了，怎么得了！""完了，我脚都在打闪闪！""不怕，没事，平常又不是没有上过课，当历练吧！""妹儿，等哈如果把我抽到了，你去帮帮我……"听着这一片哗然，内心的那份不均匀的喘息，着实平静了不少。因为紧张惶恐的不止我一人，随即陷入一片沉思……

一秒、两秒…… 九点整……

"好了，请各位老师回到座位上，我们马上进入抽签环节。"子民老师的声音打破了这份喧嚣，整个教室内恢复了以往的平静。所有人围着炭火团团坐，注视着子民老师手中的纸签。大家心里都在盘算："会是谁？谁会拿下这个'头条'，但愿不是我！"一双双"惊恐"的眼睛瞪得圆圆的，脖子伸得老长老长，你捏捏我腿，我拍拍你肩，而后相视一笑，估摸着此时大家的心都在拍簸箕吧！不过，每位待抽签的老师们耳根子倒是竖起来了的，生怕听漏掉了哪一注意事项，生怕一个不小心就花落自家！祈祷子民老师大发慈悲吧。"不用抽啦！人已经拟定好了，你们就把心装进肚子里，好生歇着吧！"事实证明，这是假的。规则拟定，抽签正式开始了，一小组的俊男靓女们手搓着手，依序上场，拿下属于自己的那张纸签。曾经多么不理解这句话——谁是最可爱的人？但现在，我想我能尽可能的诠释出什么是可爱？是拿着签条，看见"感谢支持，不上课"后的那种得意，那种如释重负爽朗的笑声！那种敞开心扉怡然自得的窃喜！那

种不用语言表达，不用声音修饰的满脸堆笑……

你看！小冉老师中头等奖了，她的签条是"恭喜你，一展才华"，她举望着自己的那份"头等舱"，巴望着此时会出现一位勇士来拯救自己于水火。只可惜，勇士只会在神话中出现，且都是……此刻，没有勇士，小冉，靠自己吧！见她稍作停滞，捋捋思绪，收起那份不淡然，从容面对苍天赐予她的小恩惠。既然已坐定，成铁打的了，谁也撼动不了这牢实的位置。我小冉也不是吃素的，也就趁此机会给你们露一手，事实证明，苍天的这份眷顾并不是没有道理的。而后小冉老师的课堂着实让我们"活"了一把。课堂上的她娓娓道来，精彩纷呈，起伏跌宕，与我以往对她的认识是那样不符合。她居然也会不按常规出牌。先前只知道她性情温婉，苗条淑女，殊不知这只停留在表皮，是多么的肤浅。人家心里的"货"还真不少呢？实则让我刮目相看，让我叹服，打心底的为她点赞！

时间就是这样快，一小组落定，顺理成章的事，接着就是二小组了，子民老师抖抖手中的签条，说话满腹经纶，且不失幽默，巴适则是他的另一大标签。他挥了挥手中的"筹码"，示意台下人稍安勿躁，好戏马上开始了，请你们静待花开！在这里，有必要简介一下我们小组的情况，依年龄而排，我们小组实属高龄，当然，在能力方面，并没有因为年老而略逊一筹。反之，他们拥有老道的经验，传道授业解惑这么多年，无论如何也储蓄了不少的能量。在这种盛况下，又怎么会退缩呢？只不过，他们老还小，顽皮得像个孩子！想开开玩笑，逗逗咱们子民老师开心呢？既然依照年龄来，我拥有优势，我排第一，当子民老师用雄浑的男中音呼叫我的名字时，我既喜又忧，喜的是：签条这么多，中头彩的几率不高吧！应该不会成为那十二分之一。忧的是：万一被我这好到爆棚的手儿逮着了，怎么办呀？容不得我多想，三步并作两步，伸头是一刀、缩头也是一刀，何不来个痛痛快快？麻利地抽了一张，定睛一看，我靠！我是上帝的宠儿，不是我……不是我……握着心肝宝贝似的纸条欢蹦乱跳地回到了自己的位置上！此时的我又何尝不是一个孩子呢？说实话，在庆幸之余，又有一点淡淡的失落，因为与展示自己的机会失之交臂！有经历才会有成长，国培现已经历了三个阶段，一阶段诊断课，发现自己的不足，找差距，而后对症下药！在这一阶段，我们的樊老师和宴老师不顾舟车劳顿，冒着严寒，深入我们的课堂，为我们指点迷津，解决我们在作文教学中的棘手问题，排除我们的疑虑，可谓是手把手的指引着我们前行。据我所知，就在成果展示的前一晚，樊老师病倒了，我以为：她会选择在家养病，令我万万没想到的是，一大早，我见到了樊老师娇小的身影，脸色苍白，静静的坐在教室的一角，还不时传来阵阵咳嗽声，手上的留置针还没有被拔掉，细小的说话声足以透露出她虚弱的身体。顿时，我被感染了，心口有一种莫名的疼，更多的是一种敬畏！疼她不顾惜自己，敬她的专业、敬她的执着……同时也令我深思：而立之年正是好拼的时候，我们有什么理由不奋斗，有什么理由不专研，有什么拿得出手的东西值得我们安于现状？更为先前的得过且过感到惭愧！想到这些，此时的我有一种莫名的冲动，真想一股脑儿冲上去，能胸有成竹地拍拍胸脯，可以从容不迫地说道："不就一堂课么？有什么稀罕的？"当然，有这份自信也得于二阶段专家团队教师上的示范课，在吴小兰老师的课堂上，我领略到了什么是楚楚动人。她的一颦一笑，甜美的声音、优雅的姿态把学生带到了吃货的境界！不难发现吴老师的个人修为有多高。一连串的画面浮现在我眼前，要是我在课堂上也能像他们如鱼得水，那该多好哇！每天观摩着讲师们的精彩课堂、聆听着专家们犀利的点评，无异于一种享受，每每结束之时，子民老师都以唱"白脸"自居，我想弱弱地说一句，唱"白脸"的人有你这么幽默诙谐么？唱"白脸"的人有你说得这么通透彻底么？唱白脸的人能一语道破天机么？感叹之余，我的心灵仿佛也被洗礼了一般。这些足够营养的心灵鸡汤足以让我们回味无穷！

虽是凌寒，只因有国培相伴，依然春风拂面；虽是隆冬，只因有国培相伴，我每天都收获满满……相信我，国培，在成长的道路上，我不会退却！愿小小的签条，下次眷顾我……

作者简介：郭训池，女，重庆市城口县坪坝镇中心小学老师，中共党员。2006年9月师范毕业的我，带着对教师职业的无限憧憬，踏上了从教之旅——周溪乡凉风村小学。次年9月调到蓼子乡第二中心小学。在那里一直担任六年级班主任和语文教学工作，其间分别荣获语文教学质量一等奖和二等奖，也曾被评为县级优秀班主任和县级优秀教师。2013年9月调坪坝镇中心小学任教。

让教育踏歌起舞

李建文

面对课改，我们不言迷惘！

置身课改，我们辟波斩浪！

推动课改，那就让我们踏歌起舞！

让教育踏歌起舞，那是对教育事业的眷恋钟情，是对教书人生的怡然享受，是对"春蚕到死丝方尽，蜡炬成灰泪始干"的完美解读。因而会有"长大后我就成了你"的自豪，会有"捧着一颗心来，不带半根草去"的誓言，会有"学而不厌，诲人不倦"的壮志。于是，听着大山沉闷的呐喊，伴着课铃劲强的节奏，吸着铅字悠悠的墨香，浴着孩子天真的灵气，就会扯开喉咙圆圆润润抖起教育之歌；于是，划着一道道白色的笔痕，踏着一方方三尺的脚印，纳着一缕缕求知的目光，抹着一滴滴耕耘的汗水，就会挽起裤管轻轻扬扬跳起教育之舞。这踏歌、这起舞不是生计的压力，而是生命的律动，不是工作的要求，而是上帝的赐与……

让教育踏歌起舞，就是对教育作为一种艺术的形象诠释。直面教育本来的枯燥，探析求知的心路历程，寻思教学的方式方法，摸索成长的阳光大道，打望终点的灿烂阳光，从而让课堂变成余音绕梁的音乐会，教师的讲解变成"同一首歌"，使那些平躺在课本上的字符站立起来，变成一个个跃动的音符拂过学生的心田；让被动的受教育者伸出双手拥抱知识的苍翠，洗耳倾听知识动人的乐章。从而让学生闻知识清风而舞动，虽没有统一的舞姿，但都有一颗起舞之心；不一定和谐、优美，但那是学生求知求识的萌动。这踏歌、这起舞没有一丝故作，而是教师——"累，并快乐着"的体现；没有一丝牵强，而是学生——"学习，并快乐着"的彰显……

让教育踏歌起舞，实是教师与学生一道成长的写照。人生如戏幕，悲歌凄舞、劲歌强舞、高歌曼舞……皆而有之，在教与学的人生驿站上，踏什么歌起什么舞并不重要，重要的是是否有踏歌起舞的心态，只要唱起"阳光总在风雨后"，那还愁教书人生采不到"好一朵茉莉花"……

　　作者简介：李建文，重庆市南川区教师。大学本科学历，中共党员，中学语文高级教师。1992年中师毕业后任教于南川区马嘴实验学校，先后担任教导副主任、主任、支部书记、校长，2015年6月调任南川区三泉镇中心小学校校长兼党支部书记。第六届全国十佳春蕾园丁，重庆市第七批中小学骨干校长。曾先后获得"重庆市优秀共产党员""重庆青年五四红旗手""南川区优秀共产党员""南川区十大优秀青年"等荣誉称号。

后　记

奉献，感恩梦想
无边有际

　　我有一位中学校友，曾以托福满分和全额奖学金的成绩进入耶鲁大学，在完成了经济学和政治学两个学位的学业后，他并没有选择去华尔街拿高薪或是跟美国的同学一起创业，而是毫不犹豫的来到了湖南一个小山村，当起了真正的最基层大学生村官，这是一条与求富贵完全相反的路，但这位校友却乐在其中，其实这是他一开始就已经为自己设定好了的人生路：根植农村，为中国新农村的建设发展献出自己的力量和智慧。这些年，他为他所在的乡做了数不清的贡献，乡亲们喜欢他；又于2015年发起了黑土麦田公益计划；被评为了"感动中国2016年度人物"；后又当选为第十三届全国人民代表大会代表。虽然这位校友不是乡村教师，但是跟乡村教师以及选择留在农村、山里，真心为了发展和改变农村现状的人们一样，付出了自己的青春、饱尝了人生的艰辛、坚持了自己的梦想。更为可贵的是，他们不计较自己的利益，所做的一切都为成就他人的梦想。

　　乡村教师是农村教育"活的灵魂"，是农村学生睁眼看外部世界的"第一面镜子"。而当前国情下，乡村教师的收入水平普遍较低，在农村的生活环境比较差，所在乡村学校的校舍和设备等等通常也是跟不上发展的基本需求。农村学生数量较多，还有很多留守儿童，虽然有的农村孩子已被家长想办法转移到城镇学校入学，但是大量的乡村学生仍是中国的基本国情之一，而乡村教师的数量似乎显得不足，还不能完全满足学生学习的需要。这些教师通常都是同时教授数个科目，身兼教学、行政等数职。更有在一些条件特别艰苦的地方，一个学校就只有一位老师在管理，由于有些学生住家实在偏僻，上学路途艰辛，通常会住校，这时候老师还要同时肩负起照顾学生饮食起居的责任。在这种情况下老师们很难全精心研究教学并把知识完整地传授给学生，学生也不能以最佳的状态接收知识，所以，提高乡村教师的待遇，改善乡村学校的软、硬件条件迫在眉睫。待遇好了，条件好了，才会有更多的人愿意投身到乡村教学事业中来，才能帮助更多的农村孩子和贫困家庭孩子实现他们的梦想。而这些广大农村的孩子，他们能得到更好的发展，就能为整个社会的发展起到更大的助推作用，还会反过来回馈乡村的发展，也能解决社会一部分的福利问题，这是一个"双赢"的过程。但是现阶段，乡村教育的发展仅靠国家政策的支持是远远不够的，所以希望社会大众行动起来，很多乡村教师支持计划也都在进行中，如果有能力，希望大家参与到这项公益事业中来，哪怕是很少量的经济上的支持或是精神上的支持都完全可能改变一位农村孩子的命运。我们知道，不管是以前还是现在，虽然艰难，但是贫困农村都走出了很多伟大的人物。

编辑和出版此书的目的就是在于此。希望能在心理上、精神上能给乡村教师带来一点点慰藉和鼓励，也希望社会更多地关注关心他们，尽可能给予帮助，哪怕是只有微弱的一点点，能够帮助他们完成梦想也是我们的梦想。感谢所有在此过程中给予了帮助和支持的人，当然最感谢的还是本书的主角，完成这些美丽散文的可爱乡村教师们。透过他们的作品，我们能体会到他们最真实的生活和心理状态，了解到他们成长和奋斗的故事，感受到他们在教育事业上的梦想以及对学生们美好未来的期望，并更加深刻的认识到乡村教育工作的艰辛与不易。老师们的作品处处散发着积极向上的正能量，激励读者更加努力拼搏，更加热爱生活，同时也更加学会付出、热心帮助他人，更愿意为社会的美好发展献上自己的微薄之力。同时也要感谢可爱的学生们，特别是家庭条件差的农村学生们，因为你们战胜了这个世界上最可怕的东西——贫困。贫穷没有阻挡你们对知识的渴求，没有浇灭你们的梦想，你们的努力比城市里的孩子，比富裕家庭的孩子要难上千百倍，但是你们没有放弃，你们坚强地在艰苦和贫困的环境里找到那一束束的光，而这些光汇集起来就能照亮你们通往成功的道路。学生们和教师们的共同努力让老一辈乡村里的贫困人们看到了希望，同时你们也是整个新农村建设的创新力量和希望。

梦想有很多种，帮助别人实现美好梦想的梦想无疑是伟大的，我们每个人都是梦想的播种者，努力耕耘，一定会获得丰满的收获。心存感激，学会奉献，这个世界就会更加美好。